「イヤだ」
「は？　今、なんて？」
「もうレティシアの言うことには従えない、従わないよ」
レティシア・プラチナス
勇者であり、ハルの幼馴染み。
ハルを虐げ続けた結果、逃げられてしまう。
ハル・トレイター
幼馴染みの勇者に
虐げられていた魔法使い。
ついに反旗を翻し、自由を得る。

「ヒール」

淡い光がアリスの傷口を包み込み、
時間を逆再生するかのように傷を癒やしていく。

ほどなくして傷は完全に消える。

「これでよし、っと」

「……」

「どうしたんだ、アリス？」

「どうしたもこうしたも……ど、どういうこと!?」

アリス・スプライト
戦士の少女。一人になったハルに
パーティを組むことを持ちかけるが――。

「え、どうしたの？　なんで、そんなに驚いているの？」
「驚くに決まっているでしょう！　なんで、魔法使いのハルが回復魔法を使えるの？　回復魔法は、神官とその他、限られた職業にしか使えないはずなのに。魔法使いが使えるのは攻撃魔法だけ。そう決まっているの！」
「え、そうなの？」
「そうなの！　なんで、そんな常識を知らないわけ？」

「よし、いくぞ！　今度こそ、今の俺の全力全開だ！」

「この場は見逃して……いや、あの、我の話を聞いている!?

聞いていないのかな!?」

「ありったけの魔力を込めて……」

「フレアブラストッ!!」

「いやぁあああああああぁぁぁ――!?」

MIYAMA SUZU
深山 鈴

ILLUSTRATION
藻

追放の賢者、世界を知る

～幼馴染勇者の圧力から逃げて自由になった俺～

CONTENTS

プロローグ　自ら追放されることにした

「ハル、あんたふざけてるの⁉　あんな格下の魔物を相手に怯《ひる》んで、魔法の詠唱を失敗するとかどういうつもり⁉　ハルってば、あんな雑魚に劣る雑魚なの？　あーあ、それなら私が悪いんでしょうね。あの程度なら、グズのハルでもさすがになんとかなると思ったんだけど、まさか、ここまで使えないなんて思ってもいなかったわ！　使えなさすぎで、本気でびっくりよ。マジありえないんだけど」

目の前で幼馴染《おさななじみ》が怒りを爆発させ、俺こと、ハル・トレイターにありったけの罵声を浴びせている。

そんな彼女の名前は、レティシア・プラチナス。世界で七人しかいない勇者の称号を持つ、超一流の冒険者だ。

世間一般では、彼女は地上に降臨した女神と言われている。強い力を持つだけではなくて、その心はとても慈悲深い。故に女神。

また、その呼び名に恥じない容姿を持つ。男が十人いれば、その全員が振り返り、見惚《みと》れてしまうだろう。とある芸術家は、レティシアのことを彫刻のように完成された美だ、と評した。

そんな風に評されている勇者の素顔は……

「あー、そういうことね。なるほどなるほど、私、わかっちゃった。ハルってば、私の予想を遥《はる》かに上回る雑魚なのね。そんな冗談、顔だけにしてほしかったんだけど、そんなわけじゃないのね。

そういうことなら私が悪いわ。ごめんね、ハル。あんたが雑魚の中の雑魚……雑魚キングなんて思ってもいなかったわ」

「ご、ごめん」

「ごめん、じゃないわよ。謝ることしかできないわけ？　ハルのせいで、私の顔に傷がつきそうになったのよ！　そういう時はあんたが盾になって、代わりに死ぬべきでしょ！　それくらいもできないのね？　この無能っ！」

こんな感じだ。

女神のように優しいとか言われているけど、それは偽りの仮面。彼女の性格は、このような感じで歪《ゆが》んで歪んで歪みまくっている。

ただ外面だけはいいから、俺以外、レティシアの本性は知らない。

仲間はいるが……今は席を外しているため、彼女は言いたい放題だ。

一度、仲間に現状を訴えたことがあるが、レティシアがそんなことをするわけがないと信じてもらえなかった。ホント、外面だけは完璧な勇者様だ。

「ちょっと、黙ってないでなにか言ったらどうなの？　頭が空っぽだから、しゃべり方を忘れちゃったの？　おーい、聞こえてますかー？」

「……」

「仕方ないわね。ハル、あんたが言うべき台詞を教えてあげる。雑魚でもできるはずの当たり前のことをミスをしてしまいごめんなさい、深く反省しています。どうか許してください、レティシアさま……よ」

「……」

「ほら、早く口にしなさい。でないと私、怒りのあまりなにをしちゃうかわからないんだけど？　ねえ、聞いてるの？　ハルっ！　ハルってばっ！」

「聞いているよ」

「えっ」

レティシアの暴言に怯むことなく、まっすぐその目を見返した。

今までそんな反応を見せたことがないため、彼女は若干怯む。

しかし、すぐに高慢な笑みを口元に貼りつけて、強い口調で言う。

「聞いてたのなら、さっさと実行に移ってくれる？　私、待たされるのは嫌いなの。ほら、早くして。あ、土下座を忘れないでね。ちゃんと額を地面に擦りつけてちょうだい」

「イヤだ」

「は？　今、なんて？」

「もうレティシアの言うことには従えない、従わないよ」

鳥がしゃべったところを見たかのように、レティシアがキョトンとした。

次いで、ガシッと俺の胸元を摑《つか》み、ものすごい目で睨《にら》みつけてくる。

「あんた、舐《な》めてるの？　この私が謝れって言ってるんだから、謝りなさいよ。ほら、早く！　グズで使えないハルは、ソッコーで私に従えばいいの」

「だから、それはもうできないんだ」

レティシアとは幼馴染で、物心ついた時からの付き合いだ。最初はこんな傲慢でわがままで暴力的じゃなくて、とても優しい女の子だった。

しかし、共に冒険者の道を歩み……勇者に選ばれた時から、レティシアは変わり始めた。

俺の価値を常に否定して、無価値の烙印《らくいん》を押してくる。それは一度だけじゃない。何度も何度も俺に価値なんてないと、空気を吐くように言い続けてきた。

それだけじゃなくて、日常的に罵声を浴びせられている。たぶん、俺を練習用の木人かなにかと勘違いしているのだろう。そうすることで、ストレスを発散しているのだろう。

そんなレティシアと一緒に、五年以上、旅を続けてきた。

反論することなく、言われるがままに従順な態度を示して……なにもかも、レティシアの言うとおりにしてきた。

なぜ、そうしてきたのか？

俺は、どこかでレティシアを信じていたのだと思う。

いや、信じたかったのだと思う。

いつか、優しいレティシアに戻ってくれる……って。

また昔のように、心から笑えるようになるはずだ……って。

でも、そんな現実がくることはなかった。レティシアはひたすらに増長し続けて、毎日のようにパワハラを繰り返してきた。昔に戻ることはなく、むしろ、どんどんかけ離れていった。

そして、今日の台詞。


私のために死ね。

昔のレティシアなら、絶対にこんなことは言わない。口が裂けても、そんなことを言う女の子じゃなかった。

でも……そんなレティシアは、もういない。

死んだのだろう。

そう認識した瞬間、レティシアに従うことが途端にバカらしくなった。

もうやめよう、こんな時間は終わりにしよう。

俺もそうだけど、レティシアにとってもよくないだろう。俺に対する態度が当たり前になっていて、いつ他の人にも刃《やいば》を向けるかわからない。そんなことになれば終わりだ。勇者としての名声は地に堕ちて、冒険者を続けることはできなくなる。

だから、そうなる前に俺が終わらせる。

俺は今日、レティシアと決別する。

「へぇ。この私に逆らうなんて、ハルのくせにいい度胸してるじゃない。罰、決定ね。そんなふざけたこと考えられないように、調教してあげる」

「だから、もうレティシアの言うことは聞かないよ」

「そんなこと言っていいの？　私は勇者であり、パーティーのリーダーなのよ。私が寛大な心を持っているから、ハルのようなグズをパーティーに残してあげてるの。それなのに、生意気な口をきくなら……あんたみたいな落ちこぼれ、追放しようかしら？」

「わかったよ。なら、さようならだ」

「えっ？」

その台詞を待っていた。

この展開に持っていくために、あえて弱い魔物相手にミスをしてみせたのだから。あえて、試すような台詞を連発していたのだから。

多少の暴言なら許すことはできた。不機嫌そうにしたとしても、気にしないでいられた。

でも、私の代わりに死ね、なんて言葉はとてもじゃないけれど許容することはできない。俺の命は俺のもの。レティシアが好き勝手に管理していいものじゃない。

それなのに彼女は、俺の全てを管理することができると、当たり前のように考えている。本当にもう、とことん救えない話だ。

「レティシアが言うように、俺はパーティーを抜けることにする。今までありがとう」

「えっ、いや、ちょっと……えっ？」

「パーティー登録の解除は俺が申請しておくから。だから、レティシアはなにもしなくていいよ。あ、そうそう。今回の依頼の報告は自分でしておいて。いつも俺がしていたけど、でも俺はもうレティシアとなにも関係ないから」

「いや、だから……待ちなさいよっ！」

焦りを含み、慌てた表情でレティシアが叫ぶ。未だ現実を飲み込めていない様子だ。

「ハルってば、なにふざけたこと言ってるの？　私のパーティーを抜ける？　そんなこと、許可した覚えはないわよ」

「レティシアの許可なんて必要ないでしょ？　後々で問題が起きないように、パーティーを組んだり抜けたりした時はギルドに報告しなければいけないけど、でも、抜けるのに許可が必要なんて話は聞いたことがないからね」

「そういうことを言ってるんじゃないの！　ハルのくせに、私の言うことに逆らうつもり⁉　あんた、本気なの⁉」

「本気だよ」

「うっ」

強く睨みつけると、一瞬、レティシアが怯んだ。

「もうレティシアとは一緒にいられない。前々から考えていて、少し迷っていたんだけど、今日のことで完全に吹っ切れた。撤回するなんてありえない。俺とレティシアは、今日から他人だ」

「な、なによ。マジな顔しちゃって。なんでそこまで怒るのよ？　雑魚って言われたのが腹立ったの？　それとも、グズって言われたことが我慢できなかった？　それくらいで不機嫌になるなんて子供ね。でもまあ、仕方ないから謝ってあげるわよ。感謝しなさいよ？」

「……ホントに、なにもわかっていないんだね」

「な、なによ？」

「俺がなにを思っているか、なにを考えているか。普通なら、そのことに思い至ることができるのに、まったく気がつかないで、上から目線の発言ばかりだ。話にならないよ」

「だから、なにが不満なのよ⁉」

「教えても、レティシアにはわからないさ。一生わからない」

こんなレティシアに対して、怒りは覚えない。ただただ悲しい。

仲の良かった幼馴染に死ねと言われることが……たまらなく悲しくて、寂しい。

「お別れだ」


あらかじめ持ち出しておいた荷物袋を背負い、レティシアに背を向ける。

「ハルっ、本気なの⁉　あんたみたいな雑魚、私のパーティーから抜けてやっていけるわけないでしょ！　世界はそんなに甘くないのよっ」

「俺がどうするかは、俺が決めることだよ。レティシアが決めることじゃない」

「ぐっ。ちょっと待ちなさいよ、今すぐ前言撤回しなさい！　今なら許してあげるわよ。泣いて頼むなら、このタイミングで、まだそんなことを言うんだ」

「このタイミングで、まだそんなことを言うんだ」

「私は勇者なのよ！　それなのにパーティーを抜けるなんて、私を敵に回すようなものなんだからね！　そんなことをして、タダで済むと思っているの⁉　っていうか、タダじゃ済まさないわよ⁉　わかっているの⁉」

「じゃあね」

ぎゃあぎゃあと喚き散らすレティシアの顔を見ることなく、前に進み始めた。

「ちょっと、ハルっ⁉　ふざけんじゃないわよ、こんなこと私は絶対に認めないわよ⁉　聞いているの、ハルっ、ハルってば‼」

厳しい現実を突きつければあるいは、なんて小さな期待を抱いていたのだけど、レティシアが変わることはない。今までと同じように、感情に任せて叫ぶだけ。
そんな元幼馴染の悲鳴のような声を聞き流しつつ、俺はその場を後にする。
一度も振り返ることなく、前を向いて、歩き続けるのだった。

1章　新しい生活

街に戻った俺は、その足で冒険者ギルドを訪ねて、レティシアのパーティーを抜けたことを報告することに。

ギルドでは、冒険者にパーティーを組むことを推奨している。報酬は減ってしまうが、パーティーを組むことで危険度を減らすことができるからだ。

より多くの冒険者が自発的にパーティーを組むように、ポーションやサバイバルキットなどのアイテムの支給など、いくつかの特典が用意されている。

その制度を悪用されないために、パーティーを抜けた時はきちんと報告をしなければいけない。

「えっ⁉　トレイターさん、勇者様のパーティーを抜けたんですか⁉」

受付嬢に報告をすると、ひどく驚かれた。

五年以上、ずっと同じパーティーだったからな。納得の反応だろう。

「抜けたというか、追放されたんだ」

「追放、ですか?」

「色々とミスをしちゃって。まあ、そんな感じで」

「そうですか……はい、わかりました。パーティー離脱の報告、確かに承りました。記録も更新しておきますので、今後、トレイターさんは勇者様のパーティーとして扱われることはありません」

深く聞かないでほしいことを察してくれたらしく、受付嬢はスムーズに手続きをしてくれた。

これで完全にレティシアとの縁が切れた。今日から赤の他人だ。

そう思うと、とても晴れ晴れとした気分になる。なんていうか、生まれ変わったような感じだ。

こんな時は初心に返り、冒険でもしたい。レティシアと一緒にいることは止《や》めたけど、冒険者として活動することは好きなのだ。

「さっそくだけど、報告とは別に依頼を請けたいんだ。ソロ向けの依頼は、なにかない？　討伐、採取、護衛。種類はなんでもいいんだけど」

「そうですね。えっと……すみません。今、ソロ向けの依頼はなくて。パーティーに参加していれば、わりと選び放題なのですが」

「そっか。じゃあ、仕方ないか」

パーティー用の依頼を個人で請けることも、可能といえば可能だ。でも、そんなことをしても手に負えるわけがない。

毎日日課のように、レティシアに使えないだのグズだの言われていたけど、それを否定することはできない。事実、俺は役立たずで大した力を持たない、落ちこぼれ魔法使いなのだ。

そんな俺がパーティー用の依頼をソロで請けるなんて、できるわけがないし、ギルドとしても認められるわけがない。

諦めて、ソロ向けの依頼が出てくるのを待つか、新しいパーティーを探すことにしよう。

「そういうことなら、あたしと組まない？」

「え？」

振り返ると、赤毛の女の子が。

歳は俺と同じ十八くらいだろうか？　燃えるような赤い髪は長く、腰まで届いている。スラリと伸びた手足。それでいて、凹凸のハッキリとしたわがままな体。その顔は、ついつい見惚れてしまうほどに綺麗《きれい》で、視線を離すことができない。

ただ綺麗というだけじゃない。凛《りん》としていて、強い意志を感じられた。

レティシアとタイプは異なるが、完璧な美少女だ。

「あたしは、アリス・スプライト。気軽にアリス、って呼んで。よろしくね」

「えっと……よろしく。俺は、ハル・トレイター。同じくハルでいいよ」

ひとまず握手を交わす。

それから談話スペースに移動して、詳しい話を聞くことに。

ギルドは冒険者同士が顔を合わせる場でもあり、情報交換をするための場でもある。そのため、こうした談話スペースが用意されているのが当たり前だ。

「組まない？　っていうことは……パーティーっていう認識で正しい？」

「ええ、もちろん。あたしも今、パーティーを組んでいないの。そのせいで良い依頼を請けられなくて困っているの。だから、ハルさえよかったらあたしと組まない？」

「それは願ったり叶《かな》ったりなんだけど、俺、弱いよ？」

「そうなの？　ちらっと聞こえたんだけど、勇者様とパーティーを組んでいたんでしょう？　それなら、ある程度の実力はあるんじゃない？」

「あー……それはまあ、そうなんだけどさ。ただ、色々と事情があるんだ。なんていうか、雑用係みたいなもので、お情けでパーティーに参加していたような感じかな」

　俺は弱い。魔法使いという職業に就いているものの、未だ、使える魔法は初級魔法が三つ。レベルも低い。雑魚雑魚と言うレティシアの言葉は、事実なのだ。

　その点、レティシアは強い。たった一人でドラゴンを討伐することも可能だ。

　さすが勇者様、というところか。

「え？　でも、お情けで勇者様のパーティーに入れるものなの？　仮にお情けで加入できたとしても、長続きしないと思うけど。だって、あの勇者様なのよ？」

　どこか興奮気味に、アリスはそう言う。

　その瞳はキラキラと輝いていて、勇者に対する憧れが含まれているのがわかる。

　そんなアリスの反応は一般的なものだ。そんな反応をしてしまうほどに、勇者に対する世間一般の評価は高い。

　なにしろ、勇者の称号を持つ者は、広い世界で七人しかいない。大きな力を持ち、歴史に残るような偉業を達成した者だけに与えられる、冒険者としての究極の証《あかし》だ。

　強い力を持つだけではなくて、上級貴族並みの特権も与えられている。勇者の発言は絶対であり、時に、法以上の強制力を持つ。

　力と権力を共に極めた存在、それが勇者だ。

「ところで、ハルはどの勇者様のパーティーに？　絶対守護者の異名を持つ、アンダルフさま？　それとも、異界の盟主の異名を持つ、シークリフさまとか？」

「えっと……レティシアだよ。レティシア・プラチナス」

「それって、斬撃姫？」

「そうそう。確か、そんな異名がつけられていたかな」

その剣技は、戦場でありながら見惚《みと》れてしまうほどに研ぎ澄まされていて、斬られたものは痛みを知覚する間もないとか。

その剣技を讃《たた》えられて、レティシアは『斬撃姫』と呼ばれていた。

ともすれば悪役のような呼び名なのだけど、彼女は気に入っていたらしく、そう呼ぶと機嫌が良くなったことを覚えている。

「うそ。ハルってば、すごいパーティーにいたのね」

「すごいかな？」

「すごいに決まっているじゃない。だって、斬撃姫よ、斬撃姫。史上最年少の勇者。しかも、封印されていた悪魔を討伐したことで、勇者の称号を得た。これ以上ないほどの功績をあげていて、一躍有名になった時の人じゃない」

「そう、だね。一応、有名みたいだ」

「本当にすごいのね、ハルは。斬撃姫と一緒にいるなんて、並大抵のことじゃないと思うわ」

「俺は大したことないさ。さっきも言ったけど、お情けで入った雑用係だから。なので、自分で言うのも情けないんだけど、戦力としてアテにされると困るかな」

「うーん」

「アリス？」

訝《いぶか》しげな表情をしつつ、アリスがぐいっと顔を寄せてきた。

そのまま至近距離で、こちらの顔を覗《のぞ》き込んでくる。

「本当に弱いの？　そんな風には見えないんだけど、うーん。むしろ、あたしよりも強い雰囲気？

そんなオーラを感じるんだけど」

「気のせいじゃないかな。アリスのレベルは？」

「二十二よ」

「俺は七なんだ。ほら、弱いだろう？」

冒険者カードに記された、俺の情報を見せた。

ハル・トレイター。男。レベル七。職業、魔法使い……と記されている。

レベルというものは、その者の強さを表している。数字が大きければ大きいほど強い力を持ち、たくさんの経験を積んできたという証になる。

ちなみに、最大レベルは百だ。

「ホントだ、七なのね。でも、うーん。やっぱり強そうな感じがするんだけど……あら？」

「どうかした？」

「その冒険者カード、古くない？」

冒険者カードというものは、ギルドが発行してくれる魔法のカードだ。身分証のようなものであり、持ち主のレベルや職業などが表示される。

ただ、それらの情報は自動的に更新されることはない。更新するためにはギルドに立ち寄り、多少のお金を支払わないといけない。

俺の冒険者カードは、レティシアと一緒に旅を始めた時以来、一度も更新していない。

「そういえば、ぜんぜん更新していなかったっけ」

「どれくらい？」

「五年以上かな」

「ながっ⁉　なんで、そんなに更新していないわけ？　更新するのに多少のお金はかかるけど、でも、冒険者カードの更新ってわりと必須よ。身分証としての役割もそうだけど、自分の力を把握するのに一番適しているんだから」

「そうなの？」

「そうよ。っていうか、これくらい常識なんだけど、なんで知らないの？」

「俺、色々と使えないから、常識もないのかも」

「そう、なの？」

「まあ、俺の場合、ちょっとした事情があって更新できなかったんだ」

というのも、レティシアがそれを許してくれなかったのだ。


「はぁあ？　冒険者カードの更新？　そんなもの必要ないでしょ。レベル七の雑魚が成長したところで、なんにもならないわ。雑魚はいつまでも雑魚のまま。だから、ハルの冒険者カードの更新なんて必要ないの。これ以上ないほどの金の無駄遣いになっちゃうわ、あはははははっ！」


そんなことを言われてしまい、更新するためのお金をくれなかったのだ。

財布はレティシアに完全に管理されていたから、どうしようもない。

「今度、時間のある時に更新しておこうかな。とりあえず……今は、アリスとの話を優先するよ。急ぐことでもないからさ」

「そう？　なら、話を進めさせてもらうわね。まずは試しにパーティーを組んでみる、っていうのはどう？　それでうまくいくようなら、正式に、っていうことで」

「やけに俺にこだわるね？　腕の立つ冒険者なら、他にたくさんいると思うけど」

「そうね。たくさんいると思う」

「なら、どうして？」

「ハルがいいの」

アリスは、澄んだ瞳でまっすぐにこちらを見つめてきた。

優しく、包容力のある笑みを浮かべつつ、俺を選ぶ理由を語る。

「他の誰でもダメ。ハルじゃないとダメなのよ」

「なんで、そんな？」

「いくつか理由はあるんだけど、そのうちの一つは、勘かしら」

「曖昧な理由だね」

「女の勘をバカにしたらダメだからね？」

ちょんっと、いたずらっぽく微笑みつつ、アリスは俺の鼻を指先で押す。

「ハルとなら、うまくやっていけそうな気がするの。強い弱い関係なくて、相性っていうのかしら。そういうのってけっこう大事でしょ？」

「ものすごく大事だね」

レティシアとのことで、嫌というほど思い知らされた。

「他の理由は、ハルに興味があるから」

「え？」

「ハルのことをもっと知りたい、って思うの。だから、一緒にいたいし、冒険もしてみたい。そんな理由じゃダメ？」

「ダメじゃないけど、なんで俺なんかに？」

「なんか、とか言わないで。そういう風にハルが自分を貶《おとし》めるようなことを言うと、あたしも悲しくなるから」

彼女は、どうしてここまで優しくしてくれるんだろう？

どうして、俺に興味を持ってくれているんだろう？

今までにないタイプの女の子で、俺もアリスに興味を持つ。

「あたしは、ハルと一緒のパーティーになりたいわ」

「えっと」

「迷っている？　それなら、ひとまず一回、依頼を請けてみない？　二人でできるような簡単そうなヤツ。それで、うまくいきそうならそれでよし。ダメっぽいなら、そこまで。どう？」

「そうだなあ……よし、やってみようか」

こうして俺は、お試しでアリスとパーティーを組むことになった。

◆

俺とアリスはパーティーを組み、ギルドに登録をした。お試しということなので、いつ解散しても問題はない。

パーティーの登録、解散を繰り返していたらペナルティを受けることもあるのだけど、今回はお試しなのでそんな心配はない。

問題なく受理されたところで、そのまま依頼を請けた。

その内容は、街の外に現れる、ハウンドウルフと呼ばれている犬型の魔物の討伐だ。討伐推奨レベルは五なので、大した敵じゃない。アリスとの相性を確かめるいい運動になるだろう。


「はぁっ！」

アリスの鋭い剣がハウンドウルフを襲う。見た目以上の威力を秘めているその剣戟《けんげき》は、魔物の体を両断した。

しかし、敵は一匹だけじゃない。

残り二匹。そのうちの一匹が、攻撃を繰り出した直後で動けないアリスに迫る。

牙をむき出しにして、唸《うな》りながら飛びかかるのだけど、それは許さない。

「アリスッ！」

アリスのものより一回り小さい剣を盾にして、俺はハウンドウルフの突撃を止めた。

「ナイス、ハル！」

アリスの体勢を立て直す時間を稼ぐことができた。

彼女は気持ちのいい笑みをこちらに向けて、次いで、敵を睨みつける。

「ファーストブレード！」

アリスの剣技が発動した。

踊るような動きを見せて、ハウンドウルフの体を切り刻む。

これで、あと一匹。

「グルァッ！」

追いつめられた最後の一匹が、やぶれかぶれ気味に突撃してくる。

「こいつを喰《く》らえっ！」

俺は投げナイフを投擲《とうてき》して、ハウンドウルフの動きを止めた。

「ダブルスラッシュ！」

アリスは別の剣技を使用した。剣閃《けんせん》が二回、駆け抜けて、最後の一匹を仕留める。

そのまま周囲を警戒して、これ以上敵がいないと判断したところで、剣を鞘《さや》に収める。そして、とても明るい笑みをこちらに見せた。

「ハル、すごいね！」

「え？」

なんのことだろう？

「俺、大したことはしてないけど？　ただただ、援護に徹していただけだし」

「そんなことないって。魔法使いなのに剣が使えるっていうだけでも、十分にすごいと思うよ。なによりも、あたしの欲しいタイミングで攻撃をしてくれるし、やばいと思った時も援護をしてくれるし……なんていうか、援護の達人？　ハルみたいに動ける人、なかなかいないと思う」

「そんなことないって。俺、ホントに大したことしていないし」

「謙遜しないで。ハルは十分に活躍した。あたしは、それをちゃんと知っているわ」

「そう、かな？」

「そうよ。でも、本当に慣れているのね」

「まあ、色々としていたからね」

レティシアのパーティーにいた頃は、俺はいつも援護に徹していた。前線に立つことを許されなかったからだ。

最初は、俺のことを心配してくれているのかと思ったのだけど、そんなことはなかった。

レティシアは、どんな小さな手柄であれ、俺に与えたくなかったのだ。どんな小さな手柄であれ、自分のものにしたかったのだ。

レティシアの底のない欲望に呆《あき》れてしまう。

いつから、あんな風に歪んでしまったのか？　そのことを考えると、胸がチクリと痛む。

「ハル？　どうかした？」

「いや、なんでもないさ」

「本当に？　なにかあるのなら、ちゃんと言って」

アリスがぐぐっとこちらに近づいて、顔を覗き込んでくる。その瞳を見ていると、こちらを本気で心配していることがわかる。

そんなアリスの心に触れて、少し優しい気持ちになる。

「大丈夫？」

「問題ないよ。それよりも、アリス、怪我をしているじゃないか」

アリスの腕に切り傷が見えた。さきほどの戦闘によるものだろう。

重傷というわけではなさそうなので、アリスはあまり気にしていないみたいだ。

「これ？　さっき軽く……ね。でも見ての通り、大した怪我じゃないから大丈夫！」

「化膿《かのう》したら大変だから、すぐに手当てするよ」

「でも、これくらいでポーションを使うなんて」

ポーションはわりと貴重品だ。安いのだけど、冒険者には必需品。それ故に、生産に供給が追いついていなくて、購入制限が設けられている。

「あたしは平気。我慢できるから」

「もったいないとか、そういう心配なら平気。魔法を使うから」

「え？」

なぜかアリスがキョトンとした。気にすることなく回復魔法を唱える。

「ヒール」

淡い光がアリスの傷口を包み込み、時間を逆再生するかのように傷を癒やしていく。

ほどなくして傷は完全に消える。

「これでよし、っと」

「……」

「どうしたんだ、アリス？」

「どうしたもこうしたも……ど、どういうこと⁉」

「え、どうしたの？　なんで、そんなに驚いているの？」

「驚くに決まっているでしょう！　なんで、魔法使いのハルが回復魔法を使えるの？　回復魔法は、神官とその他、限られた職業の人にしか使えないはずなのに。魔法使いが使えるのは攻撃魔法だけ。そう決まっているの！」

「え、そうなの？」

「そうなの！　なんで、そんな常識を知らないわけ？」

「なんで、と言われても」

間違いなくレティシアのせいだ。

冒険者として一般的な知識を持つことを、俺はレティシアに妨害された。

「冒険者としての知識を学びたい？　え？　なんでそんな無駄なことを思いつくの、ありえないんだけど。ハルなんかが学んでも、一つの単語を覚えるのが精一杯でしょ。だって、落ちこぼれなんだもの。私の貴重なお金と時間を奪おうとしないでくれる？」

という感じで学ぶ機会を奪われて、反論することもできず、そのまま。

なにひとつ知らない、というわけじゃないけど……魔法使いが回復魔法を使えない、なんていう情報は知らなかった。

「ハルって、よくわからないところがあるのね。勇者パーティーにいたら、基本を知らないどころか、逆に色々と人より詳しくてもおかしくないと思うんだけど。いったい、どんな風に過ごしていたの？」

「えっと、それは」

本当のことを言っても、信じてもらえるかな？

返事に迷う、その時だった。

「グルルルゥ！」

怒りに声を震わせながら、さらにもう一匹、巨大なハウンドウルフが現れた。

そのハウンドウルフは、今までの個体に比べて体が大きい。一回り……いや、二回り以上大きいだろうか？　とにかく巨大だ。

体格だけではなくて、爪と牙も三倍以上あり、凶悪な曲線を描いている。

「う、うそ。どうして、こんなところにキングウルフが……」

なぜか、アリスが顔を青ざめさせていた。

対照的に、俺は落ち着いていた。

だって、焦る必要がない。コイツは、レベル五のただのハウンドウルフ。ちょっと体は大きいかもしれないけど、それは親だから。それだけの理由。

たまに遭遇することがあるけど、焦ることのない、ただの雑魚だ。

まあ、俺も雑魚みたいなものだから、偉そうなことは言えないんだけどね。

「ハルっ、あたしがなんとか時間を稼ぐから、急いで逃げて！　それで、すぐに援軍を呼んできてちょうだい！」

「え？」

「レベル七のあなたが敵《かな》う相手じゃない！　それどころか、一瞬でやられてしまう。あたしでも、たぶん、時間を稼ぐだけで精一杯よ。くっ、こんなことになるなんて」

「えっと」

アリスはなにを言っているのだろう？　なんで、慌てているのだろう？

確かに、手強い相手に見える。巨大な体は威圧感を放ち、獰猛《どうもう》に見えるかもしれない。

でも所詮、ハウンドウルフだ。レベル五なのだから、俺達が倒せない道理はない。

「慌てる必要なんてないでしょ？　こいつは、ただのハウンドウルフの親じゃないか」

「え？　なにを言っているの？」

「もしかして、アリスはハウンドウルフの親に遭遇したことがない？　だったら、驚くのも無理ないか。大きいせいか、他の連中よりもすごく凶暴そうに見えるし。うん、驚く気持ちはよくわかるよ。俺も最初は驚いたからね」

「なにをわけのわからないことを。ああもうっ、ホントにもう時間が……！」

アリスはすさまじく慌てているのだけど、どうしたのだろう？

ああ、なるほど。理解したぞ。

これはたぶん、相性を試すための試練なんだな？

巨大なハウンドウルフに驚くことなく、冷静に対処できるか？　アリスは、そういった部分を見極めようとしているのだろう。

しかし、その試練は失敗だ。

レティシアのせいで、色々とモノを知らない俺だけど、ちょっとしたことがあって、ハウンドウルフに親がいるという情報は知っている。

親だからでかいし、ちょっとだけ戦闘力は上だ。しかし、繰り返しになるけれど、所詮はレベル五なので倒せない道理はない。

よし。

ここは一つ、良いところを見せよう。

「それじゃあ、ここは俺に任せてくれないかな？　大したことのない俺でも、さすがに、これくらいの魔物を倒すことはできるからさ」

「ハルッ⁉　バカな真似はよして、今すぐ逃げてちょうだい！　あたしのことなら大丈夫。なんとか隙を見つけて、途中で逃げてみせるから。だから、コイツと戦うなんて無茶な真似はしないで。ハルがやられちゃうなんて、そんなことになったらあたしは……」

「ファイアッ！」

ゴォッ！　と空気が震えた。

巨大なハウンドウルフの親よりもさらに大きい炎が出現して、一気に飲み込む。

抗うことなんてできない。骨まで焼き尽くして、その身、全てを炭に変える。

「よしっ、討伐した！」

「……」

「俺も意外とやれるじゃないか……って、いけないいけない。油断は禁物。俺みたいな雑魚が調子に乗るとロクなことがないからな。気をつけないと」

「……」

「アリス？　どうかした？」

「どうしたもこうしたも、ど、どういうことっ⁉　ハルじゃなくて、アイツが一瞬でやられているんだけど⁉」

「うわっ」

アリスがいきなり大きな声を出して、びっくりしてしまう。

どうして騒いでいるのか理解できなくて、キョトンとしてしまう。

「なによ、今の魔法はっ⁉」

「知っているでしょ？　初級火魔法のファイアだよ」

「知っているけど、知らないから⁉　普通のファイアは、手の平サイズの炎を生み出すだけなのに、さっきのはいったいなに⁉　キングウルフよりも大きい炎を生み出して、一瞬で消滅させてしまうほどの火力。そんなのファイアじゃないわ。上級火魔法のエクスプロージョンよ⁉」

「そんわけないって。俺なんかが、上級火魔法を使えるわけないじゃないか。あれは、初級火魔法のファイアだよ」

「あーもうっ、なんかハルの常識がおかしい！」

アリスが混乱した様子で、ガシガシと頭をかいていた。迫真の演技……ではなくて、本気で混乱しているらしい。

もしかして、間違っているのは俺の方？

「アリスは違うって言うけどさ。でも、本当に初級火魔法のファイアなんだけど。ほら、詠唱でも

『ファイア』って言っていただろう？」

「そういえば。でもそうなると、ハルのファイアは上級火魔法並みの威力がある、っていうこと？　え？　そんな話、聞いたことがないわ。でも、魔法の威力、効果は魔力の容量によって変わるって聞くし、ありえないことじゃない？　だとしたらハルは、とんでもない魔力を持っているのね」

「俺の魔力、大したことないけど」

「そんなはずはないと思うんだけど」

「これくらい普通だって」

「普通じゃないわよ！」

おもいきり否定されてしまう。なぜだ？

「普通じゃないの？」

「少なくとも、こんなファイア、あたしは見たことも聞いたこともないわ。でも、納得ね。あんな常識外のファイアが使えるのなら、キングウルフも一撃だし、恐れる必要はないか」

「ちょっといい？　さっきから気になっていたんだけど、キングウルフっていうのは？」

「そこで炭になった魔物のことだけど。残念。素材が回収できないわね。キングウルフなら、けっこうな報酬になったのに。ホント残念」

「コイツは、ハウンドウルフの親じゃないの？」

「違うわ。ソイツは、ハウンドウルフが進化した個体で、キングウルフっていうの。レベルは三十よ。見た目は似ているけど、中身はまったくの別物」

「え？」

そんなはずはない。こいつは、ハウンドウルフの親で、キングウルフなんていう個体じゃないはず。

だって、レティシアがそう言っていたのだから。

いつだったか、こいつに遭遇したことがある。

その時の俺は、今よりも積極的で、先陣を切って戦った。

その結果、なんとか倒すことができた。すごい獲物を倒したとはしゃいだのだけど、そんな俺に、レティシアが冷たく言う。


「そいつ、ただのハウンドウルフよ？　親だからでかいっていうだけで、レベル五の雑魚よ。そんな雑魚を倒して喜ぶとか……ぷっ、あははは！　ダメ、ハルは私を笑い死にさせる気？　滑稽すぎて、ホント笑えるんだけど、あはははははっ！　マジで、バッカじゃないの！」


なんてことを言われた。

すごい獲物を倒したと喜んでいた分、落胆も激しい。三日、ふさぎ込んだ。

以来、俺は調子に乗らないように自分を戒めた。他にも、色々なことがあり、その度に調子に乗ってはいけない勘違いしてはいけないと、自分を戒めるように。

ついでに、こいつをただのハウンドウルフと認識するようになった。

でも本当は、レベル三十のキングウルフ？　ウソだろう？

「うーん。というか、あのすさまじいファイアはどういうこと？　今まで不思議に思わなかったの？

勇者パーティーにいたのなら、誰かが指摘してくれそうなものだけど」

「えっと、その。まともにファイアを唱えたのは、一回なんだ」

ファイアを覚えて、巨大な炎を生み出せるようになった俺はうれしくなり、そのことをレティシアに自慢した。その結果……

「は？　それ、子供でも使える初級火魔法なんだけど。えっ、それで喜ぶって、ハルの精神構造は子供と同じってこと？　うわー、さすがに引くわ。マジで恥ずかしいから、今日一日、他人のフリしてね？　話しかけないでくれる？」

……そんなことを言われた。

だから、大したことないと思っていた。普通の初級火魔法だと思っていた。

「なんでこんなことになっているのか、俺、よくわからないかも」

「あたしも、ハルのことがよくわからなくなってきたわ」

レティシアにあれこれと吹き込まれてきたせいか、どれが真実でどれがウソなのか、自分で判別することができない。

今まで、レティシアの言うことを全て信じてきた弊害だ。

独り立ちしたものの、いきなり頭の中の情報が修正されるということはなくて、どのように判断したらいいかわからない。

「色々と気になるけど……でも、その前に」

アリスが俺の手を取り、そっと両手で握る。

顔が近くて、ついついどぎまぎしてしまう。

そんな俺に、アリスは優しく笑う。

「ありがとう、ハル」

「え？」

「あたしのことを助けてくれて、ありがとう。すごくうれしかった」

「あれは、偶然うまくいっただけだから。キングウルフなんて知らなかったし、下手したら返り討ちに遭っていたと思うし、ただの勇み足だよ。俺はなにもしてないって」

「そんなこと言わないで。ハルはあたしを助けてくれた。その事実は、どんなことがあっても変わらない。だから、ありがとう」

「えっと、その」

「ハルが自分を否定するなら、その分、あたしはハルを肯定するわ。何度もお礼を言うわ。本当にありがとう、ハル。あなたは命の恩人よ」

アリスの言葉はとても温かい。

胸に染み渡るみたいで、なんともいえない不思議な感覚が広がる。

この気持ちはいったい？

「あっ」

気がつけば、アリスの顔が近いことを思い出した。

恥ずかしくなり離れようとするのだけど、アリスが手を握り、それを許してくれない。

「どうしたの？」

「いや、その。ちょっと顔が近いというか、この距離はダメじゃない？」

「照れているの？」

「……少し」

「ふふっ。あたしも、ちょっと照れているわ。でも、恥ずかしさよりも、こうしてハルの温もりを感じていたい方の気持ちが強いかな？」

再び優しく笑いながら、アリスは俺の手を握りしめる。

枯れた大地に水を注ぐかのように、心が潤うのを感じた。

「そ、それよりも！」

さすがに照れくさく、恥ずかしくて、俺は強引に話を切り替える。

「俺、自分のことがどうなっているのか、ものすごく気になるかも」

「そうね。あたしも気になるわ。ハルは、どんな力を持っているのか？　本当に、レベル七なのか？　ちゃんと調べた方がいいと思う」

「でも、自分でもわからないことを、どうやって調べればいいんだろう？」

「それは、えっと」

二人で考える。

ほどなくして、同時に閃《ひらめ》いた。

「『冒険者カード！』」

冒険者カードは身分証明であり、己の力を把握するためのもの。そんな冒険者カードならば、今、俺が知りたい情報を得られるかもしれない。

「急いでギルドに戻ろう！」

「慌てないで。その前に、ハウンドウルフ達の素材をきちんと回収しておきましょう。更新には、多少のお金が必要なんだから」

「あ、そっか。ごめん。つい焦って」

「ふふっ、気にしないで。ハルのそういうところ、子供みたいで好きだから」

「えっ⁉」

ど、どういう意味の『好き』なのか？

気になるものの、さすがに尋ねることはできない。

勘違いだとしたら恥ずかしいし、そうじゃなくても、どう反応すればいいかわからない。

必要以上に気にしないことにして、素材の回収に専念した。

キングウルフは炭になってしまったけれど、ハウンドウルフはそのままだ。解体用のナイフを手にして、毛皮、牙、肉を取り分ける。

内臓やら骨などは不必要なものなので、焼いておく。こうしておかないと新しい魔物を呼び寄せてしまうし、最悪、ゾンビ化してしまう。なので、こうした処理は必須だ……ということをアリスに教わった。とても勉強になる。

「ハル、解体は得意なのね。とても手際がいいわ」

「俺の仕事だったから。解体ばかりやらされていたよ」

「これからは、二人でやりましょう」

どういう意味で捉えていいのかわからず、返事に迷う。

「えっと、これだけあれば更新料は十分かな」

「そうね、問題ないと思うわ」

「って、アリスの取り分がないか。ごめん。もう少し稼いでからにしよう」

「気にしないで。あたしはいらないから」

「え、でも」

「それよりも、ハルのことが気になって仕方ないの。どうなっているのかすぐに知りたいから、分配とか気にしないで、すぐに戻りましょう」

「ありがとう。それじゃあ、今回は、厚意に甘えさせてもらうよ。貸し一つでいいから」

「違うでしょ。あたしはすでに助けてもらっているんだから、貸しなんていらないわ」

「じゃあ、これで相殺？」

「命の恩人だから、ぜんぜん釣り合わないと思うんだけど。もっともっと、あたしはハルに尽くさないとダメね」

「つ、尽くすって言われても、そんなことは」

「顔が赤いわよ？　もしかして、変なことを想像した？」

「ま、まさか！」

「ふふっ、冗談よ」

「まったく」

実はちょっと想像しました、なんてことは絶対に言えない。

「でも、あたしは冗談にしなくてもいいんだけど」

「……それも冗談だよね？」

「ううん、本気よ」

「えっ⁉」

「それじゃあ、行きましょうか」

結局、話はうやむやに終わる。

でも、モヤモヤするとかそんなことはなくて、自然と笑みがこぼれていた。

レティシアと一緒だった時は、こんなことはなくて……今、とても良い気分だ。これが自分の思うように動いて、自分の思うがまま感情を示す、っていうことなのだろうか？

これまでは、そんなことはできなかった。

だから今、俺は、心の底から『自由』を感じていた。


その後、俺とアリスは街へ戻り、冒険者ギルドへ。

さっそく報告をしようと、扉を開けるのだけど、

「ようやく戻ってきたわね、ハルっ！」

仁王立ちしたレティシアが待ち構えていた。刺すような鋭い目でこちらを睨みつけている。

ここにいれば俺が現れるだろうと、張り込んでいたのだろう。怒り心頭の様子で、今にも暴れだしそうな雰囲気だ。

そんなレティシアと視線を交わすものの、特に言葉をかけることはない。

俺はすぐに視線を外して、奥の受付嬢に声をかける。

「今、いいかな？　素材の買い取りと、他に頼みたいことがあるんだけど」

「え？」

自分が話しかけられるとは思っていなかったらしく、受付嬢がキョトンとした。

そんな受付嬢の前に、ハウンドウルフの毛皮や牙を並べる。

「これなんだけど、大丈夫だよね？」

「えっと……は、はい。問題ありません。状態も良好ですし、それなりの値で買い取らせていただきますが、しかし」

レティシアのことが気になって気になって仕方ないらしく、受付嬢が俺の後ろに目をやる。

「はぁあああああるぅううううう！」

地獄の底から響くような声がした。

「はあ……」

面倒だ。とてもめんどくさい。

でも、このまま無視するというわけにはいかず、諦めて振り返り、声をかける。

「なにか？」

「あ……う……」

自分でも、ものすごく冷たい声が出たと思う。それと、とんでもない仏頂面をしていると思う。

こんな姿、今までレティシアに見せたことはない。

それ故に戸惑っているらしく、レティシアは言葉を紡げないでいた。

ただ、それは一時の間だけで、すぐに勢いを取り戻す。

「こ、この私を無視するなんて、ハルのくせにいい度胸してるじゃない。私のパーティーを抜けるとか、わけのわからないことを言うし……ハル！　あんた、ちょっと調子に乗りすぎよ！」

「ただ単に、パーティーを抜けただけだから。金や装備を持ち逃げしたわけじゃないし、その他、問題を起こしたわけでもない。文句を言われる筋合いはないと思うけど？」

「大アリよ！　ハルは私のものなのよっ！　ご主人さまに黙って勝手なことをしていいわけないでしょ！　それくらいのこともわからないの？　だから、あんたはグズでバカで、役に立たないのよ！」

俺が自分の思うようにならないことが、よほど許せないのだろう。目を血走らせて、怒鳴り声をギルド中に響かせるほどに、レティシアは激怒していた。

ここがどういう場所なのか、理解できないほどに理性が飛んでいた。

「そんなことしてて、いいの？」

「なに⁉　ハルごときゴミが、私に意見するつもり？　なにを言うつもり？　私のパーティーを抜けるとか、ふざけたことをまだ言い続けるつもり？　冗談じゃないわ！　そんなこと、許すわけないでしょ！　ハルは、私の……」

「こんなにたくさんの人がいるところで、勇者様がそんなに汚い言葉を連発して大丈夫？」

「っ⁉」

レティシアはハッとなり、慌てて周囲を見た。

しかし、すでに時遅し。とんでもないことを口走る勇者様に、ギルドに集まる冒険者と職員達は、唖然《あぜん》としていた。

勇者様があんなことを口にするなんて、というヒソヒソ話も聞こえてくる。

「くっ！」

レティシアは悔しそうに、ギリギリと奥歯を噛《か》んだ。

そんな顔を見るとスカッとするのだけど、でも虚《むな》しくもある。

俺達は、もう以前のように笑い合うことはできないんだろうな。そんな事実を思い知らされることになり、心が重くなる。

「……今夜、南門を出た先にある広場に来なさい。そこで話の続きをするわよ」

俺にだけ聞こえる声でそう言い、レティシアは足音も荒く、冒険者ギルドを後にした。

唖然としていた冒険者や職員達は、ほどなくして我に返り、今のはなんだったんだろう？　と再びヒソヒソと話を始める。

「今の、勇者様よね？」

同じく我に返ったアリスが、そっと話しかけてきた。

「なんだか揉《も》めていたみたいだけど、なにかあったの？　大丈夫？」

「えっと……うん。心配してくれてありがとう。でも、俺は大丈夫だから」

「……」

「ど、どうかした？」

じっと見つめられる。

ややあって、アリスは小さな吐息をこぼしつつ、コツンと俺の頭に軽いげんこつを落とす。

「大丈夫とか、そんなわけないじゃない。今のハル、ひどい顔しているわよ？」

「それは、その」

「あと、あたしはパーティーメンバーでしょ？　まだ解散していないもの。だから、ハルのことを心配させて。できることがあるなら、力になりたいの。ハルのことが心配なの」

「アリス……ありがとう」

アリスは、本気で俺のことを気にかけてくれている。表情や言葉からそのことがわかり、俺は温かい気持ちになった。

「ごめん、今は待ってほしい。考えとかまとめることができたら、その時はちゃんと説明するから」

「ん、了解」

「え？　いいの？　俺が言うのもなんだけど、そんなあっさりと納得するなんて」

「ハルに余計な負担はかけたくないから。だから、あたしのことは気にしないで、自分の心を気にかけてあげて。それが、今ハルが一番しないといけないことだと思うから」

「ありがとう」

いつかちゃんと、レティシアのことをアリスに説明したいと思う。

ただ、あれから時間が経《た》っていないこともあり、落ち着いて話をする自信がない。それに、こんな人が多いところでするような内容じゃない。

もう少し時間が欲しい。

「とりあえず、当初の目的通り、冒険者カードを更新しましょう」

「そうだね」

心の中でありがとうと、もう一度、感謝しておいた。

その後、俺の冒険者カードを更新したのだけど、とんでもないことが判明する。

「……」

「……」

「……」

更新された冒険者カードを見て、俺とアリスと受付嬢の三人が唖然とした。言葉も出てこないくらいに驚いている。

俺の正確なレベルは、八十二。

そして職業は、魔法使いではなくて賢者。攻撃と回復と、さらに補助まで同時にこなせる、魔法のエキスパートだ。

今までレティシアに毎日のように散々に言われてきたため、俺は、レベル七の落ちこぼれ魔法使いと思っていたのだけど……これはいったい、どういうことだろう？

「レベル八十二って、ど、どういうことですか？　トレイターさんに、こんなすさまじい力があるなんて。というか、勇者様が確かレベル五十五だから、勇者様よりも上ということに？」

「賢者は、ごく一部の人しかなれない職業のはずなのに、いつの間に？　でも、うん、納得ね。ファイアだけじゃなくて、ヒールも使えて当然ね。でも、あのとんでもない火力は聞いたことないわね。ハルの力なのかしら？」

受付嬢とアリスが驚いていたが、一番驚いているのは、たぶん、俺だと思う。まさか、こんな事実が隠されていたなんて、考えもしなかった。

同時に困惑していた。

俺はものを知らないけど、レティシアは違う。俺のレベルが本当は高かったことや、職業が賢者であることは知っていたはずだ。

それなのに、なぜ、あんな言動を？　どうして、隠すようなことを？

「自分よりレベルの高い俺を疎ましく思っていた？　だから、あんな言動を繰り返していた？」

だとしたら、元から信頼関係なんてなかったことになる。最初はうまくやっていたというのは、俺の勝手な思い込み。

一緒に冒険に出た頃から……いや、それよりも前。幼馴染として村で一緒に遊んでいた頃から、レティシアは俺のことを嫌い、疎ましく思って……

「ハル」

気がつけば、アリスの顔が目の前にあった。

「宿に行きましょう」

「え？　いや、でも」

「いいから、ほら。今はなにも考えない方がいいわ。あたしに任せて」

「……うん」

今はどうすることもできなくて、言われるがまま、アリスと一緒に外へ出た。

適当な宿で部屋をとり、二人きりになる。

「……」

「……」

沈黙が辛《つら》い。

お試し期間とはいえ、パーティーを組んでいる仲だ。まだ気持ちの整理ができていないところはあるんだけど、でも、いい加減に説明しないといけない。

「実は、俺……」

「なにも言わないでいいから」

アリスにそっと抱きしめられる。

胸が当たるのだけど、いやらしい気持ちになることはなくて安らぐことができた。

「アリス、俺は」

「いいから、ほら。なにも言わないでいいの、無理をしようとしなくていいの」

「でも、それでアリスは納得できる？」

「もちろん」

アリスは、それこそ聖母のような笑みを浮かべていた。

「ハルと勇者様の関係は気になるけど、でもそれ以上に、ハルが辛い思いをしていないかどうか、その方が気になるの。だから、無理しないで。泣きそうな顔をしないで」

「俺、泣きそうに見える？」

「迷子になった子供みたい」

「そっか、そうなんだ……」

レティシアとのことは、もう完全に諦めていた。だから、自分からパーティーを追放されることにした。決別することを望んだ。

でも、簡単に過去が消えるわけじゃない。レティシアはずっと一緒に過ごしてきた幼馴染で、できることなら、これからも一緒にいたいと思っていた。優しい彼女に戻ってほしいと思っていた。

でも、そんな望みは、今完全に消えた。

明るい未来は絶たれてしまい、夢のように四散する。

辛くて苦しくて泣きたくて、心が悲鳴をあげる。

「泣いていいよ」

アリスは優しい声でそう言いつつ、俺の頭を撫《な》でる。

「辛い時は、我慢することはないの。男だからとか、そんなことは関係なくて、心の赴くままにしてもいいの。無理をする方が大変だから……だから、泣いちゃえ」

そして……俺は少しの間、泣いた。


「えっと、ありがとう」

「どういたしまして」

あれから、三十分くらい経っただろうか?

俺はアリスの胸で泣いて、彼女はしっかりと受け止めてくれた。

おかげで落ち着くことはできたのだけど、我に返るとひたすらに恥ずかしい。穴があればそこに入り、蓋をして引きこもりたいくらいだ。

「ふふっ、泣いているハルは子供みたいでかわいいわね」

「やめて、ホントにやめて」

「ごめんなさい。でも、大丈夫。本当のハルは、とてもかっこいいことを、あたしはちゃんと知っているから」

「かっこいい？　えっと、冗談だよね？」

「そんな冗談言わないわよ。ハルはかっこいいと思うわ」

アリスがそんなことを言うけど、本気なのだろうか？　だとしたら、ちょっと目が悪いか、あるいは感覚がおかしいのだと思う。

だって、俺がかっこいいとかありえない。レティシアから見たら、俺はとんでもないブサイクにカテゴリーされるらしい。事実、彼女と一緒に歩いていると、釣り合わないなどの声をちらほらと聞くことがあった。

そんな話をすると、アリスは難しい顔に。

「外見の問題じゃなくて、内面の話よ。ハルの心、在り方は、とてもかっこいいと思うの」

「内面、と言われても」

「キングウルフを倒した時は、自信に満ちあふれていたじゃない。正直なところ、ちょっと見惚れちゃった」

「あれは、一度倒したことがあるから。あと、レベル五と勘違いしていたし」

「勘違いしていたとしても、自信があるのはいいことよ。いつも、あれくらい堂々としていればいいのに。そうすれば、今よりも、もっとかっこよくなるわ。それこそ、街中の女の子が放っておかないくらいに。あ、でもそれは困るか」

「どうして？」

「あたしがヤキモチを妬いちゃいそう」

「……冗談はやめて」

「え？　本気だけど」

ものすごく反応に困る。

なので、深く追及しないことに。

「でも、そういうものかな？　心の在り方が、その人の姿を決めるもの？」

「ええ、そういうものだと思うわ。外見は確かに大事だけど、それ以上に大事なのは心。心を綺麗に強くすれば、自然と外見が引き締まるはず。で、それにつられて異性も引き寄せられるの」

俺がかっこよくなるなんて、まるでイメージできない。ただ、アリスの言うことは一理あるような気がした。

かっこよくなりたいとか、女の子にモテたいとか、そういうことを考えているわけじゃない。

ただ、レティシアと完全に決別するために。

今まで、バカみたいにレティシアを信じようとしてきた俺とさようならをするために。

少しは前向きになってもいいんじゃないかと、そう思った。

「すぐに変えられるかどうか、それはわからないけど……うん。少し意識してみるよ」

「ほどほどでいいからね。あと、そうね……ついでに髪を切ってみたら？」

「髪？」

「もったいないな、って思うの。ハルって、とても綺麗な顔をしているのに、髪を伸ばして隠しているんだもの」

「これ、ダメなのかな？」

俺の髪は長く、目にかかるほどなので、顔の半分が隠れている。

視界が制限されて、あまりいいものではないんだけど、レティシアが珍しく褒めてくれた。

「いーい？　ハルは、髪を伸ばした方がいいわ。後ろだけじゃなくて、前も伸ばすの。そうすれば、まともに見られないハルの顔は、少しマシになるわ。だから、髪を伸ばしなさい。いいわね？　ふふっ」


なんてことを言われた覚えがある。

冷静になって考えると、褒められているかどうか非常に微妙だな。でも、あの時はうれしくて、以来、髪を伸ばすようにしてきた。

「じゃあ今度、整えてみようかな」

「なら、あたしがやりましょうか？」

「え？　アリスは理容師の資格を？」

「一時期、理容室でアルバイトをしていたことがあるの。本格的に切るのは難しいけど、整えるくらいならできるわよ」

「じゃあ、お願いしようかな」

「うん、了解」

椅子に座り、ベッドのシーツを首に巻いた。

そして、ハサミと櫛《くし》を持つアリスが後ろに立つ。

準備完了。

「お客さん、今日はどんな風にしましょうか？」

「あはは。どうしたの、いきなり」

「この方が雰囲気出るかなー、って」

「確かに、それっぽいね」

アリスといると楽しいというか、自然と笑うことができる。

俺、こんな風に笑うことができるんだな。

レティシアと冒険を始めてからは、柔らかく笑った記憶なんて一度もない。

「とりあえず、アリスに任せるよ」

「それじゃあ剣で、えいやっ、ってやってみてもいい？　かっこよさそうだから、一度やってみたいんだけど」

「それは勘弁して」

「ふふっ、冗談よ。ちゃんと、普通にハサミでやるから」

アリスは楽しそうに言い、俺の髪にハサミと櫛を入れる。

ほどなくして、チョキチョキという音と共に髪が切られていく。

「んー……やっぱり、前から横を整える感じで」

時折、考えるように手を止めつつ、アリスはハサミを動かしていく。

その手付きは慣れたものだ。理容室で働いていたというのは、本当のことなのだろう。

「ところで、アリスはどうして冒険者に？」

じっとしているだけなのもヒマで、そんな話題を振る。

「せっかくだから、そのまま理容室で働こうと思わなかったの？」

「もちろん、それも考えたわよ。けっこう迷ったけど、冒険者になることを選んだの」

「それは、どうして？」

「自分で言うようなことじゃないんだけど……誰かのためになりたい、からかな？」

「誰かのために、か」

アリスの言葉は、不思議と胸に深く響いた。

「冒険者って、基本的には人助けでしょう？　理容師は誰かのためにならない、なんてことを言うつもりはないんだけど、でも、できることは限られている。人を助けることは難しい。ならあたしは、人を助けることができる冒険者をやりたい。そう思ったの」

「すごいね」

「え、なにが？」

「俺、そんな風に考えたことなかった」

冒険者になったのは、レティシアに誘われたからだ。

一緒に勇者になろうという約束をして、その夢を叶えるためだけに冒険者になった。誰かのためになんて、考えたことがない。

そう思うと、俺は、自分がひどくちっぽけな存在に思えてきた。アリスと比べると、志のない、なんてダメな男なのだろう。

「俺も、アリスみたいにしっかりとした志を持つべきだったのかも」

「なに言っているの。ハルなら、もうしっかりと持っているじゃない」

「え？」

「あたしを助けてくれた。逃げてもいいはずなのに、そんなことはしないで、魔物に立ち向かった。それは、誰にでもできることじゃないわ。ハルだからこそ、できたことなの」

「そんなことは」

「あるわ」

アリスは強い口調で断言する。

「あと、ハルは自覚していないだけで、たくさんの人の役に立ってきたと思う。本当の力で、たくさんの人を助けてきたと思う」

「そんなことは……」

「あまり自分を卑下しないで」

後ろからそっと手を伸ばして、アリスは俺の頬に触れる。

そのまま優しく撫でた。

「まだ短い付き合いかもしれないけど、でも、あたしはハルのことを見ているから。優しくて、強くて、でも、とても繊細で……そんなあなたのことを見ている。ちょっとした勘違いをしているだけで、強い志を持っていることがわかる」

「……」

「ハルは、無意識のうちに人のために、って行動してきたの。あたしは、そんなハルのことを心から尊敬するわ。とても立派よ」

「そう、なのかな？」

「そうよ。だから、たとえ深く考えてなかったとしても、ハルは、誰にも真似できないことをしてきたの。それは、誇っていいことよ。あたしが保証する」

まだ出会ったばかりなのだけど、どうして、アリスの言葉はこんなにも心に響くんだろう？

アリスの言葉はいつも優しい。とても温かくて、心をゆっくりと甘やかしてくれる。

「ハル、どうかした？」

「なんでもないよ。髪、お願い」

「オッケー、任せて」

アリスは楽しそうに言い、チョキチョキと髪を切る。その音は、どこか心地よく感じられた。


髪を切ること三十分。

「はい、完成」

「おー」

手鏡を渡されて、自分の顔を見る。

目元にかかっていた前髪が消えて、綺麗に整えられていた。

「ありがとう。けっこうスッキリしたよ……って、アリス？」

「うーん」

じっと、アリスがこちらを覗き込んできた。

「ど、どうかした？」

「むぅ」

「もしかして、失敗したとか？」

「あ、ううん。そういうわけじゃないの。心配させたなら、ごめん」

ぱたぱたと手を横に振り、言葉を続ける。

「かっこいい」

「え？」

「ハル、すごくかっこいいよ。うん、本当にかっこいい」

「お世辞はいいって」

「そんなものじゃないから。本心よ？　目元がキリッとしていて、なんていうのかな？　瞳に力強さを感じるの。雰囲気はバッチリ。それで、隠れていた顔がすごく綺麗だから、完璧？」

「えっと、本当に？」

「もちろん。こんなことでウソは言わないから。ハルは、とてもかっこいいわ。あたし、ちょっとドキドキしているから。確かめてみる？」

「い、いいから」

俺の手を胸に導こうとするアリスを、慌てて止める。

「でも、ちょっと残念」

「これからは、ハルがかっこいいこと、みんな知るだろうから。あたしだけが独占できないことが、残念かな、って」

「なにが？」

「……」

「どうしたの？」

「いや、だって、そんなことを言われたら照れるから」

「でも、本心よ」

アリスはにっこりと笑いつつ、そんなことを言う。

さらに顔が熱くなり、目を合わせることができない。

「と、とにかく、ありがとう。イケメンかどうかはともかく、おかげでスッキリしたよ」

「どういたしまして。じゃあ、金貨二十枚になりまーす」

「たかっ⁉」

一般的な商人の一ヵ月分の収入じゃないか。

くっ、しかし、髪を切ってもらったのに代金を踏み倒すわけにはいかない。

「ストップ。本気で財布を取り出そうとしないで。ただの冗談だから」

「そう、なの？」

「当たり前よ。まったくもう、こんな冗談を真に受けちゃうなんて。ハルってば、けっこう危うい性格なのかしら？」

アリスはやれやれと小さな吐息をこぼしつつ、肩などに落ちている髪の毛を払ってくれる。

それが終わったところで、俺は立ち上がり、杖《つえ》を手に取る。

髪を切り、アリスの話を聞いて、落ち着くことができた。心が定まった。

ならば、次はやるべきことをやらないと。

「どうしたの？　もう夜なのに、どこかに出かけるつもり？」

「ちょっと約束があって、ごめん」

「……一人の方がいい？」

「うん、一人じゃないとダメだと思う」

「そっか。ちょっと悔しいかな。できることなら、ハルと一緒にいたいから」

「ごめん」

「ううん、気にしないで。これからは、どんな時もハルと一緒にいたいっていう、あたしのわがままだから」

どういう意味なのか気になるけど、今は聞かないことにした。

「それじゃあ、行くよ」

決意を胸に出かけようとする俺に、アリスが優しく声をかけてくれる。

「ハルは、ハルだから」

「俺は……俺？」

「たまに、ハルってば、誰かのものになっているような、無機質な目をしていたから。あたしの勘違いならいいんだけど。でも、もしもハルがなにかしら思うところがあるとしたら、これだけは忘れないで。ハルはハル自身のもので、他の誰かのものじゃないの」

「うん、わかったよ。ありがとう」

「じゃあ、いってらっしゃい」

「いってきます」

自然とそんな言葉が出て……俺は、レティシアが待つ南門へ向かった。

大抵の街は魔物の侵入を防ぐため、周囲に高い壁が設置されている。一部に門が設置されていて、そこから中と外を行き来する構造だ。

その門を抜けた先に、小さな広場が作られていた。

他所からやってきた馬車の待機場所として作られたものだ。時折、検問などが敷かれるために、そういった広場は必要とされている。

その広場にレティシアの姿があった。

「遅いっ！」

こちらの姿を認めると、肩を怒らせつつ、カツカツと足音を立てて近づいてくる。

「遅い遅い遅いっ、遅いわよ！　ハルのくせに私を待たせるなんて、いい度胸してるじゃない！　グズな下僕はご主人さまを待たせたらいけないって、教わらなかったの？」

「俺は、レティシアの下僕なんかじゃないんだけど？」

「はぁ⁉　昼も言ってたけど、あんた、この私によくそんな口が利けるものね。この私を誰だと思っているの？　世界で七人しかいない、勇者の称号を与えられた選ばれし者なのよ！　本来なら、ハルのような雑魚《ざこ》が話をするどころか、顔を合わせることすらできないんだから！　そこんところ、理解してる？」

周囲に人がいないせいか、レティシアの口撃は絶好調だ。パーティーにいた頃よりも激しい。

以前なら、この暴言の嵐に怯《ひる》んでなにもできなかったけど、今は違う。

俺もう、レティシアと決別したんだ。そのことを言葉だけじゃなくて、態度でもハッキリと示さないといけない。

「レティシア」

「な、なによ？」

暴言に一切反応することなく、彼女の名前を呼ぶ。

今までの俺にない反応に、レティシアは戸惑いを覚えているらしく、わずかにたじろいだ。

「もう俺に構わないでくれないかな」

「は？」

レティシアが、何事かと目を丸くした。

構うことなく言葉を続ける。

「俺はもう、レティシアとパーティーを組むことはできない。というか、一緒にいることは……いや。ハッキリ言うと、一緒にいたくない」

「はあ？　なんで、そうなるわけ？　意味わからないんだけど」

「わからない、か」

パーティーを抜けるという大きなリアクションをしたというのに、肝心のレティシアは、こちらの意図をまったく理解していないらしい。なにもわからないらしい。

なんで、こんな人になってしまったのか？

昔は誰よりも優しくて聡明《そうめい》で、とてもまっすぐだったのに。だけど、いつからか歪《ゆが》み始めてしまい、今ではこんなことに。

そのことを悲しく思いつつ……しかし、もう過ぎ去ったこととして、思い出を心の奥底にしまいこむ。

都合よく思い出を消すことはできないが、振り返ることはやめよう。今日で終わりにしよう。

「俺はもう、レティシアと一緒に旅をするつもりはない。だから、パーティーを抜けたんだ。もう他人だから。これ以上、関わらないでほしい」

「……へぇ」

レティシアの目が細くなる。

ハッキリとした怒りをその瞳に蓄えていて、今にも噛《か》みついてきそうな雰囲気だ。怯んでしまいそうになるけれど、なんとか耐える。

「この私が、ハルみたいなグズを慈悲深い心でパーティーに加えてやったっていうのに、その恩を仇《あだ》で返すわけ？　ハルごとき雑魚が私に逆らうわけ？」

「そういうことになるかな。もう、レティシアの言うことは聞けないよ」

「ふざけるんじゃないわよっ‼」

突然、レティシアがキレた。

街にまで響きそうな大声を放ち、こちらの胸元を摑《つか》んでくる。

「ぐっ⁉」

「いい？　ハルってば、なんか勘違いしてるみたいだから、きちんと教えてあげる。パーティーを抜けるとか関わらないでくれとか、そんなこと、ハルが決めることじゃないの。全部、私が決めることなのよ！」

「そんなこと、レティシアに決められる筋合いは……」

「あるの！」

俺の反論を遮り、そうすることが正しいというかのように、キッパリと言う。

「ハルは、私の言うとおりにしないといけないの！　そうすることが、この世の真理なのよ！　そうでないとハルは、ハルは……!!」

「レティシア？」

レティシアの顔が悲しそうに歪む。なにかに耐えているような、重い使命を背負っているかのような、悲痛な顔になる。

でも、なにかの見間違いだったのか、それはほんの一瞬だけ。すぐに怒りの形相に戻り、俺を睨《にら》みつけてくる。

「まだわからないようなら、ハッキリと言ってあげる。ハルは、私の所有物なのよっ！」

俺がレティシアの所有物？

それは……違う。

だって、アリスが言ってくれたじゃないか。俺は俺、他の誰のものでもない……って。

レティシアを信じるか。

アリスを信じるか。

俺の答えは……

「……ふざけるな」

「えっ？」

「ふざけないでくれっ！」

レティシアの手を振り払い、その肩を突き飛ばす。

大して力は入れていないのだけど、予想外の反応がショックだったらしく、レティシアはそのまま尻もちをついてしまう。

そんなレティシアに、俺は心の叫びをぶつける。

五年以上、積み重なってきた鬱憤を全てぶちまける。

「俺はレティシアの言うとおりにしないといけない？　俺に関する決定権は、全てレティシアにある？　俺はレティシアのもの？　そんなこと全部、レティシアが勝手に言っているだけじゃないか！」

「あっ……は、ハル？」

「あのさ……レティシアは何様のつもりなの？　なんで、俺の全部をレティシアが管理できると思っているの？　それ、どう考えてもおかしいよね。俺には、俺の意思があるんだ。レティシアのおもちゃなんかじゃないんだよっ！」

「それはっ……ち、ちが……」

「違わないだろう!?　今、そう言ったばかりじゃないか。それに、口を開けば雑魚だの役立たずだの、そんなことを毎日毎日毎日、ずっと言い続けてくれたよね？　俺が傷ついていないと思った？なにも感じていないと思った？　そんなわけないだろうっ、俺だって傷つくんだよ！　大事な幼《おさな》馴染《なじみ》にそんなことを言われて、気にしないわけないだろうっ！」

「わ、私は……ハルのために」

「本当に俺のことを思うなら、もう放っておいてくれよ！　関わらないでくれよ！　俺は……俺は……」

心のどこかで、言い過ぎだと、それ以上はダメだと警告が発せられていた。しかし、一度ヒートアップした熱は簡単に消すことはできない。

初めて、レティシアに反抗したのだ。ブレーキをかけるタイミングがまったくわからなくて、最後まで突っ走ってしまう。

「レティシアが大嫌いなんだよっ!!」

「っ⁉」

言った……ついに言ってしまった。

これで、完全に俺とレティシアの縁は切れた。

今この瞬間から、俺とレティシアは幼馴染でもなんでもなくて、赤の他人に成り下がった。

「そういうわけだから、もう俺に関わらないで」

「……」

「今日から、俺とレティシアは他人。間違っても、声をかけないで」

「……」

「さようなら、それと」

最後の言葉を口にするか、迷うが……

「一応、言っておくよ。今まで、ありがとう」

そんな感謝の言葉を口にした。

レティシアにされたことは簡単に忘れられるものじゃないし、許せるものではない。大嫌いという言葉にウソはない。

それでも、彼女は幼馴染なのだ。

子供時代を一緒に過ごして、それから、共に冒険者になって同じ道を歩いてきた。どれだけひどい扱いを受けていたとしても、その思い出は変わらない。最悪な思い出だけど、忘れてはいけないものだと思う。

その点だけは感謝をして、一緒に旅をした仲間として、最後の言葉を送る。

これで終わり。

俺は俺の道を、レティシアはレティシアの道を、それぞれに歩いて行こう。

……そう思っていたのだけど。

「待ちなさいよっ！」

レティシアが立ち上がる。

顔は青くて白い。眉がつり上がっていて、目は血走っていた。

まるで亡者のようだ。

「ハルが私から離れるなんて、そんなこと許さないんだからっ！　絶対に……絶対に絶対に絶対に認めないんだからっ!!」

「俺の話、聞いていなかった？　それは、レティシアが決めることじゃないんだ。誰と一緒にいるかは、俺が決めることだから」

「それでもっ‼」

レティシアは血を吐くように叫びながら、腰の剣を抜いた。

「ハルは、私のものよ！」

「ちょっとまった。それ、本気で言ってる？」

「二度とふざけたことを言えないように、その手足を切り落として、私の手元に置いてあげる……そうよ、そうすることが一番なのよ。そうしないとダメ、そうしないとハルがダメになっちゃう」

「本気……みたいだね」

レティシアからあふれる殺気は本物だ。

それならばと、俺は杖を構えた。

こういう展開もあるのではないかと、念の為に持ってきていたのだけど、まさか本当にこんなことになるなんて。

でも、負けない。ここでレティシアを乗り越えていく。

「叩《たた》き潰すっ‼」

「やれるものなら」

強く言い放ちながらも、内心では、どうしようと焦っていた。レティシアと戦うことになったのだけど、正直、勝ち目は薄いと思う。

相手は、レベル五十五の勇者。高いレベルも脅威だけど、勇者という職業も厄介だ。全てのステータスが上昇補正されていて、特殊な魔法やスキルを使うことができる。その力は驚異的だ。

それだけじゃなくて、レティシアは何度も何度も激戦をくぐり抜けてきている。その経験は決して侮れない。

対する俺は、レベル七の魔法使い……じゃなくて、レベル八十二の賢者。

数値だけを見るならレティシアよりも上だけど、しかし、経験や技術がまったく足りていない。

使える魔法も初級魔法が三つだけ。

まともに激突すれば、勝利は難しいだろう。

しかし、諦めるつもりはない。どうにかして、勝利をもぎ取りたい。

そのための方法は……

先手必勝。

一撃必殺。

それしかない！

「ファイアッ！」

初級火魔法を唱えた。

十メートルに達するような炎が生まれ、竜のごとく荒れ狂う。それはレティシアに襲いかかり、豪炎を周囲に撒《ま》き散らす。

「ひぁっ⁉」

レティシアは奇妙な悲鳴をあげながら、大きく横に跳んだ。後先考えない全力の跳躍らしく、ゴロゴロとその場に転がる。

その間に、さきほどまでレティシアがいたところにファイアが着弾。石を溶かすほどの火柱が立ち上がる。

それを見たレティシアは、顔をおもいきりひきつらせる。

「ちょっと、ハルッ!!　あんた、私を殺すつもり!?　今のが直撃していたら、骨も残らなかったわよ!?　っていうか、防御しても防御ごと燃やされていたわよ!?　ふざけるんじゃないわよっ！」

「あ、いや……ごめん？」

先に、手足を切り落とすとか言い出したのはレティシアなんだけど。俺、ものすごく理不尽な叱責を受けていない？

「完全に頭に来たわ！　叩き切るっ！」

レティシアが立ち上がり、前かがみに駆けた。

速い!?

その動きは、まるで風のよう。あっという間に距離を詰められてしまい、レティシアは俺の懐に潜り込む。

「トリプルスラッシュッ！」

超高速の三連撃。五十レベル以上の者しか習得できないという、上級剣技だ。

いきなりそんなものを繰り出すところを見ると、レティシアは本気らしい。

キレて殺気を放っているだけ、という可能性もあるのではないかと思っていたが、それは甘い考えだったようだ。

「シールドッ！」

「はぁっ!?」

初級防御魔法を唱えて、不可視の盾を形成した。魔力で編み込まれた不可視の盾は、レティシアの上級剣技をしっかりと受け止める。一撃も通すことはなくて、俺は無傷だ。

それを見て、レティシアが唖然《あぜん》とする。

「ちょっとハルッ、なによそれ⁉」

「なに、って……レティシアなら知っているだろう？　初級防御魔法だけど」

「上級剣技を完全に防ぐ初級防御魔法なんて、あってたまるもんですか！　そんなものを展開しても、普通は防御魔法ごと叩き切ることができるのよ！　ありえないんですけど！」

「そんなことを言われても」

「くっ、ハルのバカみたいな魔力量を侮っていたわね！　まさか、ここまでやるなんて。ふんっ、雑魚のくせになかなかやるじゃない。足の爪先の欠片くらいは、認めてあげなくもないわ。でも、ハルのような雑魚が私に勝つなんて、無理、不可能、ありえないわ。今から土下座して泣いて謝るなら、許してあげなくも……」

「ファイアッ！」

「ぴゃあああああぁっ⁉」

紅蓮《ぐれん》の炎が再び渦を巻く。

レティシアは悲鳴を上げつつ、再び全力で回避した。

ただ、回避しきれなかったらしく、服の端が燃えている。それを見たレティシアは、慌てて地面を転がり消火する。

「惜しい」

「惜しい、じゃないわよぉおおおおおっ⁉　何度も言うけど、あんた、私を殺すつもりっ⁉　今、

燃えていたわよ!? メラメラと燃えていたわよ!?」

「レティシアだって、俺の手足を切り落とすとか、物騒なことを言っているじゃないか」

「私はいいのよっ！」

レティシアは胸を張って言う。

理不尽すぎる。そのうち、ハルの物は私の物、私の物は私の物……なんてことを言い出しそうだ。

「くらいなさいっ、ソードダンスッ！」

不意を突くように、レティシアは踊るような剣舞を披露した。

超速の斬撃が、計八発、勢いよく迫る。

俺の知らない技だ。見たことはないけど、これも上級剣技なのだろう。

「シールドッ！」

「きぃいいいいいっ！　だから、防ぐんじゃないわよ⁉　っていうか、おかしいでしょ⁉　なんで防げるのよ⁉　それ、初級防御魔法じゃなくて、上級防御魔法じゃないの⁉」

「単なる初級防御魔法だけど？」

「あーもうっ、ばかげた魔力が魔法の威力を何倍にも増加しているのね。ホントにもう、敵に回すと、トコトン厄介ね。まったく。そのふざけた力があるせいで、ハルはまともになれないから……だから、私はっ！」

「っ⁉」

ゾクリと背中が震えた。

レティシアは表情を消して、冷たく凍てつくような殺気をまとう。

今までは本気じゃなくて、様子を見ていた、というわけか。

「ハル、先に謝っておくわ。死んだらごめんなさい。殺すつもりはなかったんだけど、手加減してたら長引きそう。というか、私がやられるかも。でも、それはダメ。ここで私がやられたら、ハルがダメになっちゃう。私だけが、ハルを助けられるの」

「助ける？」

「ふんっ、なんでもないわよ。とにかく、遊びはもう終わり。一気に仕留めてあげる」

「本気でやるつもり？」

「あんたの勝手な行動は、絶対に認められないの。目を離すわけにはいかないの。私が管理しないといけないの。だから、殺してでもここで止める！　私の本気で、ハルを制圧してあげるっ！」

レティシアは剣を構えて、恐ろしいほどの闘気を収束させていく。

言葉通り、覚悟を決めたのだろう。

なら、俺も覚悟を決めよう。

「じゃあ、俺も全力でいくよ」

「……え？」

「どうなるかわからないから、魔力を温存しておきたかったんだけど、後のことを考えている場合じゃなさそうだ」

「えっ、いや、あの……えっ？　ちょっ……ま、まちなさい、ハルッ！　あんた、さっきのファイアとかシールドとか、あれで全力じゃなかったの!?」

「レティシア相手に、無策で挑むほどバカじゃないさ。今までは、俺も様子見。なにが起きても対応できるように、余力を残しておいたんだよ」

「あれで全力じゃないって、ハルの魔力はどれだけなのよ。ありえない、ありえないでしょ。やっぱり、ハルは……」

「全力全開だ。どちらが勝つか、勝負！」

「ちょ、まっ⁉」

「ファイアッ‼」

ありったけの魔力を込めて、初級火魔法を唱えた。

瞬間、世界が白に染まる。

激しい爆音、強烈な熱波……そして、大火炎。

それらが一体となり炸裂《さくれつ》した。

「ぴぎゃあああああぁっ⁉」

炎がレティシアを包み込み、さらに熱と衝撃がとめどなく炸裂して、体を蝕《むしば》んでいく。

炎が魂を焼いて。

爆発が体を打ちのめして。

熱波が心を燃やす。

「う……く」

ほどなくして荒れ狂う炎が消えて、ボロボロのレティシアが残される。シュウウウと煙を上げる地面の上に倒れていて、ピクピクと震えている。

今のは、間違いなく、俺の全力だ。

アリスにとんでもない魔力と言われていたけど、自分でもびっくりするほどの威力が出た。アリスやレティシアがありえない、と言う理由が少しだけわかる。

そんな一撃に、レティシアは耐えていた。たぶん、装備が関係しているのだろう。彼女が身につけている武具はどれも一級品で、高い防御力だけではなくて、高い魔力抵抗を持つ。常に結界が展開されているようなもので、大幅にダメージを軽減することができる。

それでも、こちらの火力が上回ったらしい。レティシアは意識はあるものの、地面に倒れたまま、立ち上がる気配は見せない。

俺の勝利でいいんだよね？

「えっと、大丈夫？」

「まだ、よ。ハルが私の手を離れるなんて……絶対に、認めない。そんなことは認めないんだから！」

「レティシア、どうしてそこまで……」

どこからその執念が生まれてくるのか？

できることならきちんと話をして、その理由を尋ねたい。そして、問題があるのなら、それを解決したい。そして、昔のような関係に……いや、無理か。

今まで、なにもしていなかったわけじゃない。話し合いを試みたことは何度もあるけど、まるで話にならなかった。まともに話を聞いてくれなくて、レティシアは横暴な権利を主張するばかり。

やっぱり、無理なんだ。

もう終わり。

終わりにしないといけない。

「レティシアは、俺は管理されないとダメだ、って言ったよね？」

「ええ、そうよ。ハルは、ダメダメな雑魚なんだからぁ……！」

「でも俺は、レティシアに勝ったから」

「……」

「この結果を見て、まだ同じことが言える？　言い続けることができる？」

「それ、は」

「俺は、レティシアのものじゃない。俺は……俺だ」

「……」

返事はなかった。

レティシアは言葉を紡ぐことができない様子で、ただただ黙りこくっている。

「今日から俺たちは、幼馴染でもパーティーの仲間でもなくて、ただの他人だから。そういうことだから……さようなら」

最後にそんな言葉をかけて、レティシアに背を向けて街に戻る。

今度は、声は飛んでこなかった。

～ Leticia Side ～

「ヒール」

私は回復魔法を使い、ボロボロになった体を癒やした。勇者なので、神官や聖女ほどではないもものの、多少は回復魔法を使うことができる。

ハルのバカ魔力が込められた魔法でボロボロになっていた体が、それなりに回復して、痛みが緩和されていく。

それにしても、危ないところだった。特製の防具がなければ、そのまま死んでいたかもしれない。それほどにハルの魔力は強大だ。

そのことを、私はよく知っている。私だけが知っている。

私が助かったのは防具のおかげと、運の良さと……それと、ハルが完全に力を扱いきれていないおかげだろう。

ハルの本当の力はあんなものじゃないはず。本気を出すとか言っていたけど、きちんと制御できていないと思う。

おかげで助かった。まだ痛みはあるけど、大した怪我じゃない。数日もすれば治るだろう。

でも、怪我とかそんなことはどうでもよかった。

「……ハル……」

まさか、パーティーを抜けるなんて。

私の管理下から抜け出すなんて。

ギリッ、と奥歯を噛む。

ハルのくせにそんな生意気なことをするなんて、許せない……絶対に許せない！

ハルは私のもの。

私以外が手を触れていいものじゃないし、優しくしてもいけない。

それは私だけが許されている特権で……

「……あれ？」

なんで私は、これだけハルに執着してるのかしら？　ハルは雑魚で、どうしようもないほどに役に立たなくて、あんなグズ、いない方がせいせいするはずなのに。

でも、あたしはハルを手元に置いていた。傍《そば》にずっと置いておいた。

それは……なんで？

「うあ⁉」

頭が痛い。割れてしまうくらいに、ギリギリと痛む。

なんでこんな、急に……

ハルのことを考えていたら、頭が痛むなんて。あいつ、疫病神なのかしら？

「くううう っ」

私はフラフラになりながら、街の宿に戻る。

一階で飲んでいた仲間達がボロボロになった私を見て、何事かと慌てる。

にっこりと笑い、なんでもないとごまかしておいた。

雑魚のハルを引き留めようとして、断られて、負けたとか……そんなこと話せるわけがない。

それから私は部屋に戻り、装備を脱いで、ベッドに寝た。

ぼーっと天井を見つめる。

頭はまだ痛い。

「なんなのよ、これ……どうして、ハルのことを考えると頭が痛くなるのよ」

正確に言うと、なんでハルを管理しなければいけないのか？　ということについて。その点について考えると、ひどい頭痛に襲われてしまう。

なら、考えなければいい。

ハルなんて、忘れればいい。

所詮は雑魚だ。今回は、たまたま私に勝ったけれど、それは単なるまぐれ。

もう一度やれば、必ず私が勝つ。その次も、そのまた次も……全部、私が勝つはずだ。

ハルを手元に置く理由なんてないのだから、このまま忘れてしまえばいい。戻ってきたいと言っても、無視してやればいい。その時は嘲笑してやればいい。

そうすればいいはずなのに、そうする気になれない。

「なんで、私は……！」

ハルのことを忘れようとしても、気にしないようにしようとしても、どうしてもそうすることができない。ハルのことばかり考えてしまう。

今もそうだ。とんでもない頭痛に襲われているのに、ハルのことを考えずにはいられない。

なんでだろう？　どうしてだろう？

訳がわからない。自分で自分のことが理解できない。

「あっ」

不意に思考がクリアーになり、頭痛が消える。

一時的にではあるけれど、私は本当のことを思い出した。

「……ハル……」

私は、誰よりも愛しい人の名前を口にした。

「ごめん、ごめん、ごめんなさい。本当にごめんなさい……ごめんなさい、ハル」

自然と涙がこぼれ出た。

ハルにひどいことをした。心を傷つけて、楽しそうに笑うという最低の行為をした。

ハルが怒り、私に愛想を尽かして、パーティーを出ていくのは当たり前だ。

私に毎日ひどいことをされているのに、それでもなおパーティーに残るとしたら、それはもう、聖人と呼ぶしかない。

でも、ハルは普通の人だ。とんでもない力を持っていて、ちょっとした秘密があるものの、でも、基本的に普通の人だ。

普通に笑い、普通に泣いて……普通に心が傷つく。

そのことを誰よりも理解しているはずなのに、私はなにも考えずに行動していた。ハルのためと決めつけて、バカなことを繰り返していた。

「でもこれは、ハルのためだから……」

どんなにひどいことをしたとしても。

逆に、ひどいことをされたとしても。

私は、私の今までの行動を否定しないで、むしろ、必要なことだと肯定する。

ハルは、自分が持つ力を自覚してはいけない。

あの力は恐ろしいもので、今は問題がないとしても、いずれハルを殺す。肉体と心と魂を蝕み、ボロボロにしてしまうだろう。

そんなことは許せない、見過ごすことはできない。

「嫌われたとしても、どうなったとしても……私は、今までもこれからも、同じようにハルを管理しないといけないの！」

この世のどんな宝物よりも、最高の名誉よりも……どんなものよりもハルの命が大事。

だから、どれだけ嫌われたとしても、私は今まで通りにする。ハルにひどいことをし続ける。その体をなぶり、心を傷つけていく。

後悔なんてしていない！

そして、これからも後悔なんて絶対にしない！

そんなもの、してやるものか‼

「このまま、終わらせてたまるものですか。絶対に、ハルを捕まえてやるんだから。そして……いつか、助けてみせるんだから。だから、その時は、その時は私は……」

体力と気力が限界に達した私は、意識が途切れて、そのまま深い眠りについた。

◆

「おかえりなさい」

宿に戻ると、アリスが笑顔で迎えてくれた。

ちょっとした理由からぽかんとしてしまう。

そんな俺を見て、アリスが不思議そうに小首を傾《かし》げる。

「どうしたの？」

「あ、いや」

おかえりなさいなんて言われたの、いつ以来だろう？

いつも罵倒されてばかりだったからな。そのせいか、ものすごく懐かしい気分に。

「ただいま」

「うん、おかえりなさい」

アリスの優しい笑みを見ると、張り詰めていたものが切れてしまい、足から力が抜けてしまう。

「おっと」

倒れそうになるけど、その前にアリスが受け止めてくれた。

「大丈夫？　よく見たら、ボロボロじゃない。どうしたの？」

「まあ、色々とあって」

「うん、別にいいわ。気になるといえば気になるんだけど、話をするかどうかはハルに任せるから」

「……それでいいの？」

「いいわ」

「ありがとう」

そこで意識を保つのが限界になり……

「おつかれさま、ハル。それと、おやすみなさい」

アリスの優しい声に抱かれるように、俺は眠りに落ちた。

◆

「ごめん！」

翌朝。

起床した後、一階の食堂に移動した俺は、先に起きていたアリスに頭を下げて謝罪をする。

一人、勝手な行動をして……

ボロボロになって帰ってきたと思うと、説明もしないでそのまま寝て……

付け加えるのならば、出会ったばかりのアリスと同じ部屋を使用するという始末。色々と配慮が足りていない。それどころか、たくさん気を遣わせてしまっている。

ホント、ダメダメだ。

「どうして謝るの？」

しかしアリスは、なぜ謝罪をしているのかわからない様子で、キョトンとしていた。

俺が自分の非を説明すると、

「別に気にしていないから」

あっさりとそう言うのだった。

「本当に嫌だったりしたら、その時はちゃんと言うわ。だから、あたしがなにも言わない時はなんとも思っていない、っていうこと。そういうことだから気にしないで」

「そう言われても、気にしちゃうというか」

「それよりも建設的な話をしましょう」

どうでもいい話として、なかったことにされてしまう。

器が大きいというか、大雑把というべきか……どちらだろう？

「建設的な話っていうと？」

「パーティーの話よ。もしかして、忘れていた？」

「あっ」

「その顔、すっかり忘れていたみたいね。まったく」

「ごめん」

虐げられてきたこと、決別したこと……そして、レティシアと対決したこと。

昨日一日で色々なことがありすぎたせいで、すっかり忘れていた。

「本当にごめん。大事なことなのに」

「ううん、気にしていないから。ハルは、大変だったんでしょう？　それなのに、無茶なことは言いたくないもの。だから、本当に気にしないで」

「アリスは優しいね」

「ハル限定でね♪」

どういう意味か気になるのだけど、今は話を先に進めることにした。

「とりあえず、昨日はお試しっていうことだったけど……ハルはどう思っているの？　ちなみにあたしは、ハルとパーティーを組みたいわ」

「俺は……うん。俺も、アリスと一緒にパーティーを組みたい」

ぴたりと息が合うだけじゃない。

アリスと一緒だと楽しくて、自然と笑うことができる。だから、できることなら、これからも一緒にいたいと思った。一緒にがんばりたいと思った。

そんな理由でパーティーを選ぶなんて、人によっては間違っていると言うかもしれない。普通に考えるのなら、基準は、依頼をより効率的に達成できるようになるかどうか、だ。

でも、心地よさ、っていうのも大事なポイントだと思う。心地いいと感じられるからこそ、長く続いていくと思うから。

そんな考えを伝えると、アリスは笑顔になる。

「そっか、ありがとう。ハルにそう言ってもらえると、すごくうれしい。あたしも、ハルと一緒にいると楽しくて、自然と笑顔になって、ずっとずっと一緒にいたい、って思うわ」

「じゃあ、これからも……」

「あ、まってまって。その前に、ハルに聞いておきたいというか確認しておきたいんだけど……本当にあたしでいいの？」

「え？　それは、どういう意味？」

「だって、あたしはレベル二十二の下級職の剣士で、圧倒的に力が足りていないでしょう？　時と場合によっては、ハルの足を引っ張っちゃうわ。だから……」

「そんなこと気にしていないよ。俺は、アリスがいい」

即答すると、アリスが驚いたように目を大きくした。

「大げさかもしれないけど、俺、アリスのおかげで救われたようなものだからさ。だから、これからも一緒がいいな。うん、アリスがいい」

「ふふっ、なんだか告白みたいね」

「えっ⁉　い、いや。今のはそういう意味じゃなくて、ああ、でも、そう取られても仕方ないようなセリフだし……」

「あたしは、告白でも構わないけどね」

「えっ⁉」

「ふふっ」

冗談なのか、本気なのか。

ものすごく判別しづらい顔をして、アリスが小さく笑う。

「まあ、その話は後にして。じゃあ、パーティー結成っていうことで問題ない？」

「もちろん」

「よかった。実は、もしかしたら断られるんじゃないかって、少しヒヤヒヤしていたの。でも、そうならなくて安心したわ。これからもハルと一緒にいることができて、すごくうれしい」

そんな甘い台詞を、綺麗《きれい》な顔をして言うものだから、直視できなくなってしまう。俺の顔、たぶん、赤くなっているだろうな。

「と、とにかく。これからよろしく、アリス」

「ええ。よろしくね、ハル」

笑顔と一緒に握手を交わした。

善は急げということで、俺達はさっそく冒険者ギルドを訪ねて、正式にパーティーを結成する旨を受付嬢に伝えた。

　問題なく受理してもらい、ここに新しいパーティーが誕生する。

「……」

「どうしたの、ハル？」

「なんていうか、妙な感慨深さを覚えていて」

　レティシア以外とパーティーを組むなんて、初めてのことだ。これから、どうなるのか？　どんな冒険をするのか？　楽しいことも苦しいことも、色々なことがあるだろう。

　そう考えると、とてもわくわくしてきた。

「せっかくだから、ついでに依頼を探してみる？」

「ダメよ」

　思いつきでそんなことを言うと、速攻で却下されてしまう。

「パーティーを正式に組んだ以上、色々とやることがあるでしょ」

「なんのこと？」

「え？　知らないの？　まずは活動拠点となる街を決めて、それから、どんな冒険者を目指していくのか、活動方針を決めないと。どのパーティーも、その二つは、最低限決めているはずなんだけど、知らない？」

「ごめん、知らない。ほら、俺、冒険者が当たり前に持っているような知識とか色々と欠けているみたいだから」

　アリスと一緒に過ごすことで、俺には知識が欠けているということを知った。

だから、アリスが言う、やらないといけないことについてもさっぱりわからない。

「うーん……ごめん！　昨日は無理して話さなくてもいいって言ったけど、やっぱり、ハルが今までどうしてきたのか気になるかも。今後のことにも関わるし、できれば話してほしいかな？」

「うん、了解。俺もアリスには知っておいてほしいと思っていたから、ちょうどいいよ」

「ありがとう。それじゃあ、宿に戻って話をしましょう」

今後の方針が決まり、冒険者ギルドを後にしようとするのだけど。

「見つけたわよ、ハルっ！」

冒険者ギルドの扉が開かれて、レティシアが姿を見せた。

「まったくもう、こんなところにいるなんて！」

昨日の光景を再現するかのように、レティシアはつかつかとこちらに歩み寄ってきた。

ものすごく睨みつけられている。視線に力があるのならば、俺の顔にはとっくに穴が空いているだろう。

昨日の騒動を知るギルド職員達は、ざわざわとしていた。また騒ぎになるのだろうかと、不安そうにこちらを見ている。

これ以上、問題を起こしたら、なにかしらペナルティを課せられるかもしれない。それはイヤだけど、でも、レティシアの言うとおりにする方がもっとイヤだ。

「話があるの。ちょっと来なさい」

レティシアは俺の手を掴み、外に連れ出そうとする。さすがに、以前と同じ失敗は繰り返さないみたいだ。

ただ、俺が素直に従うかどうか、それはまた別の話。

「お断りします」

「ほら、さっさと歩きなさいよ。ホント、ハルはグズなんだから……って、はぁ⁉」

「どこの誰か知りませんが、いきなり声をかけてきて外に出ろというのは、不躾《ぶしつけ》すぎませんか？」

「ちょっ⁉　ハル、あんた、なんで私のことを知らないフリするのよ⁉　そんなことをして……あっ、まさか、他人って言ったのはそういう？　ぐぎぎぎっ」

俺達は今日から他人だ。

昨日の言葉を思い出したらしく、レティシアはとても悔しそうにする。

「あからさまに、口調も丁寧にしているし、ぐぐぐっ！　でも、この前負けた以上、下手なことを言うと私がかっこわるいし、ぐぎぎぎっ！」

意外と律儀なレティシアだった。

まあ、ただ単に、人目のあるところで騒ぎたくないだけかもしれないけど。

「はぁ」

ため息を一つこぼした後、アリスを見る。

「ごめん。ちょっと、話をしてきてもいいかな？」

「それは構わないけど、あたしも一緒していい？」

「え？　アリスも？」

「あたしはパーティーメンバーでしょ？　なら、ハルのこと、放っておくわけにはいかないじゃない。メンバーでなかったとしても、放っておかないと思うけどね」

「ありがとう、アリス」

その後、アリスとレティシアと一緒に公園へ移動した。

教会で色々なことを学んでいる最中なのか、子供の姿はない。幼い頃は、教会で勉強をするということが常だ。

「それで？」

レティシアに向き直る。

彼女はふてくされたような顔をしつつ、口を開く。

「ハルごときが、私にそんな口を……」

「今までみたいにふざけた態度を貫くなら、やっぱりやめようか」

俺も覚悟を決めた。

これ以上、レティシアが変わらないというのなら、今までと同じく暴君であり続けるのなら……

先日の言葉通り、他人になるだけだ。

どんなことを言われてもなにをされても、ひたすらに無視する。

ただ、それだけのこと。

「ぐぎっ⁉」

こちらの本気を感じ取ったらしく、レティシアは焦りを含んだ表情に。しかし、暴言を吐くことはなくて、我慢して話を続ける。

「ハルが私のパーティーを抜けるっていう話、一応、理解したわ。納得はしてないけど、でも、理解はした。っていうか、もう報告された後だったし、また勝手なことをしてるし……」

「レティシア？」

「ぐっ……と、とにかく！　ハルがパーティーを抜けること、仕方なくだけど認めてあげる」

「別に認められる必要はないんだけど、まあいいや。それじゃあ、やっぱり、俺達は他人同士だね。関わる必要はないね。さようなら」

「まだ話は終わってないわよ、このアホッ！　勝手に決めないでくれる、ハルのバカッ！」

この幼馴染は、暴言を吐かないと生きていけない体質なのだろうか？

呆《あき》れつつも、俺の言葉にも暴言を誘う部分があったかと思い、聞き流すことに。

「本題はこれからよ」

「本題？」

「ハルは私のパーティーを抜けた。それは認めてあげる。でも、そういうことなら……今度は、私がハルのパーティーに参加してあげるわっ！」

はい？

「ふふんっ、光栄に思いなさい！　勇者である私が、ハルなんかのパーティーに参加してあげるのよ？　涙を流して、跪《ひざまず》いて、神様に祈るかのように感謝するべきね！」

「さようなら」

「だからなんでそうなるのよ話を聞きなさいってば⁉」

「聞く必要ないでしょ」

「ぐがががっ！」

話を一蹴してやると、レティシアは壊れたおもちゃのような声をあげる。

妙な迫力があって、ちょっと怖い。

「横からごめん。ちょっといい？」

ずっと様子を見守っていたアリスが、初めて口を開いた。

「なによ、あんた。私は今、ハルと話をしているんだから勝手に……」

「あたしは、アリス・スプライト。冒険者よ。よろしくね」

「え？　あ、うん。よろしく」

すぐ噛みつこうとする猛犬のようなレティシアに、アリスはあくまでもにこやかに友好的に笑い、大人の対応を見せた。

そんなアリスに毒気を抜かれたらしく、レティシアはわりと素直に握手に応じる。

「隣で話を聞いていれば、なんとなく事情がわかるかな？　って思っていたんだけど、やっぱり難しいみたい。こうしたい、ああしたい、っていう話がメインで、どういう状況でどんな関係なのかがまったくわからないの。だから、ある程度の事情を説明してくれるとうれしいかな？」

もしかして、俺とレティシアが再び衝突しそうなのを見て、アリスは緩衝材的な役割を果たすべく口を開いたのだろうか？　そんな気がしてならない。

「なによ。あんた、関係ないでしょ。私とハルの問題に首を突っ込まないでくれる？」

「レティシア。アリスは無関係なんかじゃないよ」

「は？」

「アリスは、俺のパーティーメンバーだ。だから、関係は大アリ」

「この女が……」

親の仇を見るような勢いで、レティシアがアリスを睨みつける。色々とアリスに責任転嫁しているのかもしれない。

「俺達のこと、アリスに説明するよ？」

「ふんっ、好きにすれば」

「実は……」

許可が下りたため、レティシアに気を遣うことなく、俺はありのままの事実をアリスに告げた。今までのことを全部、まとめて、ざっくりと説明した。

「……なるほど、そんなことが」

一通りの説明を聞いたアリスは、納得顔で何度か頷《うなず》いていた。

「単純に考えれば、彼女の暴君っぷりは完全にアウトだけど、でも、ハルにこだわりすぎているような？　ただ単にいじめたいだけじゃなくて、それ以上のなにかがある？　うーん、見えてきそうで見えてこないわね」

「アリス？」

「あっ、ごめんなさい。ちょっと考え事していたの。えっと……レティシア、って名前で呼んでもいい？」

「いいわよ。ただし、あんたのことも名前で呼ばせてもらうわ、アリス」

「ええ。よろしくね、レティシア」

俺達しかいないからなのか、レティシアは余所《よそ》行《い》きの顔をすることなく、地の性格をさらけ出している。いつもどおり、意味もなく偉そうだ。

そんな態度を気にすることなく、アリスは話を続ける。

「最初に疑問があるんだけど、いい？　レティシアがあたし達のパーティーに加わるとして、その場合、あなたの仲間はどうなるの？」

「問題ないわ。すでに、あいつらとは別れてきたから」

「はっ⁉」

レティシアがとんでもないことをサラッと言うので、俺は声を出してしまうほどに驚いてしまう。

「みんな、レベル四十超えだったよね？　パーティーに加わってもらうのに頼み込んだりして、けっこう苦労した人もいたのに。それなのに別れたの？」

「まとめて移籍なんて、けっこう無茶な話でしょ？　ハルのパーティーに参加するのは、私一人の方が都合がいいじゃない」

どうして、そこまでして俺に構おうとするのだろう？

理解できず、なにを考えているのかわからず、混乱してしまう。

「ハル、この場はあたしに任せて」

「いや、それはでも……」

「ハルは当事者だから、どうしても感情的になって、ちゃんと話ができないでしょ？　その点、あたしなら冷静に話すことができるから。信じて。悪いようには絶対にしない」

「アリスのことは信じているよ」

「ホント？　ありがとう、そう言ってもらえると、すごくうれしい」

「うん。任せるよ」

アリスの言う通り、レティシアと冷静に話せる自信がない。

レティシアもまた、同じだろう。

彼女の目的はなんなのか、なにを望んでいるのか。

手間をかけさせてしまい申しわけないと思うけど、アリスにそれを確かめてほしい。

「じゃあ、次の質問ね。レティシアがあたし達のパーティーに加わるとして、その場合、ハルに対するパワハラはやめられる？　束縛するとか押しつけるとか、ひどいことはもうしない？」

「……」

「うーん、返事はなしか。答えられない？」

「ノーコメントよ」

「ふむ」

一見すると、レティシアはふてくされているように見える。俺の勝手な行動は許さないと、態度で示していた。

普通に考えて話し合う余地なんて残されていないのだけど、でも、アリスは違うものを感じているらしく、思案顔になる。

「続けて質問ね。どうして、ハルにひどいことをしていたの？」

「ノーコメント」

「昔は仲が良かったみたいだけど、どうしてこんなことに？」

「ノーコメント」

「もしも、あたし達のパーティーに参加した場合、どんな行動に出る？」

「ノーコメント」

「そっか……うん、了解」

アリスはなにか納得した様子でうんうんと頷いた後、実にさわやかな笑顔で言い放つ。

「厳正なる審査の結果、残念ながら、レティシアの望む結果にはなりませんでした。納得していただければ幸いです。今後のレティシアの活躍をお祈りします」

「なんでよっ!?」

素っ気なく断られてしまい、さすがに冷静でいられなかったらしく、レティシアは噛み付くような勢いで叫んだ。

「レティシアが、ただ単に気に入らないとかムカつくとか、そういう理由でハルをいじめていたわけじゃないっていうのは、なんとなく理解した」

「そう……なのか？」

「断定はできないけどね。レティシアは、ハルのことを嫌っているわけじゃないと思うの。今までのことがあるから、すぐには信じられないと思うけど……本当に嫌っているのなら、すぐにパーティーを追放するはずでしょう？　それをしなかったのは、なにかしら理由があるはず。そして、その理由故に、ハルを虐げていた。それが、あたしの答え」

「根拠とか、そういうのは？」

「乙女の勘、かしら？」

わかるようなわからないような、そんな話だ。

「でも……肝心の理由は話せない。今後も同じことを続ける。そんなことを言われたら、一緒するわけにはいかないわ。あたしは、ハルのパーティーメンバーとしてハルを守る義務がある。今のレティシアは……ハルの敵よ」

「ぐっ！」

レティシアは怒りのあまり、腰の剣に手を伸ばそうとする。

身構えて警戒すると、ほどなくして彼女は小さな吐息をこぼす。

「ふんっ。今日のところは引いてあげる。でも、諦めたわけじゃないから。ハルは、絶対に私のものにしてみせるからっ！」

ギリギリのところで耐えたらしく、レティシアは怒りを爆発させることなく、捨て台詞を残して立ち去る。

その背中が見えなくなったところで、今度はこちらが吐息をこぼす。

「やれやれ」

ちゃんと決別したと思っていたのだけど、そう簡単にはいかないようだ。

うーん、どうしよう？

◆

翌日。

俺とアリスは、再び冒険者ギルドを訪れた。

まずは談話スペースに移動して、そこで今後についての会議をする。内容は、昨日、アリスが話していた拠点や活動方針についての話し合いだ。

その結果、拠点はひとまずこの街に。

活動方針については、冒険者らしく向上心を抱いて、オリハルコン級を目指すということに決まる。

冒険者は、その強さや活動実績に応じてランク分けされている。

最低ランクは、ブロンズ級。一言で言うならば、冒険者に成り立ての初心者だ。

最高ランクはオリハルコン級。こちらは最大級の栄誉が与えられており、世界で数えるほどしかいないという。

俺達は、パーティーを結成したばかりなので、最低のブロンズ級。これから色々な活動をして、成り上がり、最高峰のオリハルコン級を目指したい。冒険者になったのなら、それは、誰もが一度は抱く夢だから。

「それじゃあ、拠点に活動方針はこれでいいわね？」

「うん、問題ないよ」

「それじゃあ、さっそく、なにか依頼を請けてみましょうか。ここから、あたしとハルの伝説が始まるのよ」

「あはは」

冗談めかして言うアリスに、ついつい笑ってしまう。

ホント、楽しいな。

「さてと、どれがいいかしら？」

掲示板の前へ移動して、貼られている依頼を一つ一つ確認する。

「採取、討伐、護衛……色々あるわね」

「でも、俺達はブロンズ級だから、請けられる依頼に制限があるか」

「そうね。でも、逆に言うと高難易度のものはないから、どれでも問題ないと思う。ハルは、コレがいいとか、なにかある？」

「俺が選んでいいの？」

「もちろん」

「でも、俺、ものを知らないからさ。とんでもない依頼を選んじゃうかもしれない」

「その時はその時よ。辛い思いをして、苦しい思いをして……でも、一緒に乗り越えましょう。そうやって、一緒にがんばりましょう」

「アリス……うん、そうだね」

「大丈夫。あたし達なら、きっとうまくやれるから」

「それは、俺のレベルが八十二だから？」

「ううん。あたしが、ハルを信じているからよ」

「……」

まっすぐな瞳で見つめられて、清流のように澄んだ声でそう言われた。

今の発言に深い意味なんてないはずなのに、顔が勝手に熱くなる。

「どうしたの、ハル？」

「な、なんでもないよ」

「そう？　それならいいんだけど、もしも体調が悪いようなら、無理しないで言ってね？　なによりも、ハルのことが一番大事なんだから」

「りょ、了解」

またもや照れるようなことを言われてしまい、アリスを直視することができず、俺はごまかすように掲示板を見た。

「そ、それじゃあ依頼についてだけど……」

「じー」

「……ごめん。その前に、一つ、相談いいかな？」

「どうしたの？」

「アレ、どうしたらいいと思う？」

「あぁ……アレね」

俺がなにを言いたいかすぐに察したらしく、アリスは疲れたような顔に。

ギルドの奥。職員専用の部屋に繋《つな》がる扉がわずかに開いていた。

その隙間から、こちらを見つめる視線が一つ。

「むぐぐぐっ！」

レティシアだった。

「彼女、なにをしているのかしら？」

「簡単に声をかけられなくて、でも、引き下がるつもりはなくて。間をとって、近くで監視をすることにした、ってところじゃないかな？」

「なんていうか、まあ。彼女、なかなかに厄介な性格をしているわね」

まるでストーカーだ、勘弁してほしい。

「なんとかならないかな？」

「気にしないとか？　見られているだけだから、特に害はないし。あたしは、もう深く考えないことにしたわ。そうすれば、いずれ気にならなくなるでしょ。ハルもそうすれば平気よ」

「そうかな？」

「そうそう。ほら、早く良い依頼を探しましょ」

アリスに手を引っ張られて、受付嬢のところへ向かう。

ぐぎぎぎっ、という怨嗟《えんさ》の声が再び聞こえてきたような気がした。

◆

数日後。

「ごめん。やっぱり、あたしも気になるわ」

「だよね」

あれからずっと、レティシアの監視が続いていた。

冒険者ギルドにいる時だけじゃなくて、街中を歩いている時、店で買い物をしている時、宿で食事をしている時……ありとあらゆるタイミングでその姿を見る。

さらに、宿で寝ている時も、しっかりと扉と窓を閉めているはずなのに、どこからか視線が飛んできて……俺達は、すっかり寝不足になってしまっていた。

「じー」

今は宿の一階で昼食をとっているのだけど、レティシアは少し離れた席に座り、じっとこちらを見つめている。

こんなもの慣れるわけがない。常に見られているせいで変に意識してしまい、どこでもどんな時でも落ち着くことができない。

「こうもしつこく続くと、さすがに参っちゃうわね」

「だよね」

「あーもうっ、どうしたらいいのかしら」

「レティシアに直接言っても、あまり効果はなさそうだよね」

こちらから話しかけると、余計に調子に乗りそうな気がした。

なので、それはなし。他の方法を考えたい。

「まさか、勇者の称号を授かるような人がストーカーだったなんて」

「根気比べといく？　向こうが諦めるまで、こちらも無干渉を貫くとか」

「……それ本気？」

「ごめん。考えたら、それはそれでかなりきつそうだから、やっぱなし。というか、レティシアの場合、なにがあっても折れないような気がする」

「それ、同意見ね」

あははは……と、二人で乾いた笑いをこぼす。

「はぁ……いっそのこと、レティシアの知らないところにでも行こうか」

「それよ！」

なにげなくこぼしたつぶやきに、アリスが大きく反応した。

身を寄せて、声を小さく、レティシアに聞こえないように話をする。

「この街を出て、遠くに行きましょう。そうすれば、レティシアも諦めるかもしれない。諦めなくても、そうそう簡単には見つからないと思うわ」

「それは……いや、そうだね。うん、ありかもしれない」

一番現実的で、なおかつ確実な案のような気がしてきた。

この街に留《とど》まり続ける理由はないし、心機一転、新しい場所で一から始めてみてもいいかもしれない。けっこう良いアイディアだ。

「ただ、レティシアに隠して、ってなるとなかなか難しいと思うけど、どうする？　これだけ監視されていると、こっそり出ていくことはできないよね」

「そこはあたしに任せて。とりあえず、賛成ってことでいい？」

「もちろん」

「よし。じゃあさっそく……レティシア！」

「っ!?」

なにを思ったのか、アリスはレティシアを呼んだ。

レティシアはビクリと震えつつ、こちらにやってくる。

「あら、ハルにアリスじゃない。こんなところで会うなんて奇遇ね。決して、あんたたちの後をつけていたとか監視していたとか、そういうわけじゃないんだからっ」

「はいはい。そういう白々しい演技と安いツンデレはいいから。っていうか、あなたはどちらかというとヤンデレよね」

「ヤン⁉」

「それはともかく、話をしましょう」

「へぇ、なにかしら？　もしかして、ハルが戻ってくるつもりになったの？　あんたのご主人さまが誰なのか、やっと自覚したのかしら」

「いやまったく」

「ぐぎぎっ！」

即答してやると、レティシアは悔しそうな顔に。

そんな彼女に、なにか企んでいるような顔をして、アリスが問いかける。

「決闘をしない？」

「決闘？」

「ハルにはハルの言い分がある。レティシアにはレティシアの言い分がある。でも、それは対立していて噛み合うことはない、どこまでも平行線。これじゃあ、互いに納得することができないでしょ？　だから、ちょっと乱暴だけど決闘をして、しっかりキッチリ決着をつけるの。勝った方は、相手の言うことをなんでも聞かないといけない。あたし達の要求は、つけまわすのをやめること」

「べ、別につけまわしてなんていないし？」

「はいはい、そういうバレバレの嘘《うそ》はいいから。で、どうする？　もしもレティシアが勝てば、こちらはなんでも要求を飲むわ。パーティーに加えろと言うなら加えるし、ハルを連れて行きたいなら連れて行ってもいい」

「へぇ……おもしろい提案をするじゃない。ハルをたぶらかす女狐《めぎつね》かと思っていたけど、なかなかどうして。話がわかるじゃない。褒めてあげる」

いつの間に、俺は、アリスにたぶらかされたことに？

相変わらず、レティシアの思考回路は意味不明だ。

「賛成？」

「ええ、いいわ。受けて立つ」

「決まりね。ただ、準備もあるから、決闘は明日ね。時間は早い方がいいから、早朝。場所は、南門の先にある平原。あたしが立会人と審判を務めるわ。もちろん、贔屓《ひいき》はしない。神様に誓うわ。こんな感じでどうかしら？」

「そうね……ええ、いいわ。その形で問題ないわ」

「明日、逃げたりしないでよ？」

「それは私の台詞よ。ハルみたいな雑魚が私に勝つなんて、ありえないし。前回の敗北は、ただの偶然で奇跡っていうことを証明してあげる。ハル、首を洗って待っていなさいよ。あんたは私のモノなのよ！　あはははっ」

決闘の約束を得られたことでレティシアは上機嫌になり、高笑いをしつつ宿を後にした。

明日の準備をするらしく、この後も監視を続ける様子はなさそうだ。

「アリス、どういうつもり？」

「今、言った通りよ」

「でも、決闘に勝ったとしても、レティシアが素直に言うことを聞くとは思えないんだけど。事実、前回の決闘もなかったことにされているし。そもそも、レティシアは強敵だから、二度も勝てるかどうかわからないいんだけど」

「大丈夫。向こうが先に約束を破ったんだから、こちらも守ってあげる義理も義務もないわ」

「え？　決闘でなにか不正をするつもり？」

「ううん、そんなことはしないわ。ただ、あたしが考えていることは……」

◆

そして、決闘の日。

俺とアリスは……

「うーん、いい景色ねぇ」

「そ、そうだね」

馬車に揺られて、のんびりと景色を眺めていた。

目的地は別の街。

レティシアとの決闘？　なにそれ？

「まさか、決闘をすっぽかして、その間に別の街へ移動するなんて」

「これなら、安全かつ確実に街を出ることができるでしょう？　レティシアって、見た感じ、直情的なところがあるから、わりと簡単に騙《だま》せると思ったのよね」

「なんか今のアリス、おとぎ話に出てくる悪女っぽい」

「あら、失礼ね。頭脳派天才美少女と呼んでちょうだい」

「自分で美少女って言っちゃうんだ」

「ダメ？」

「いいけどね。実際、アリスは美少女だもの」

「……」

「どうしたの？」

「いや、その、なんていうか、そんな風に言われたら照れちゃうじゃない」

「そっか、ごめん。アリスなら、言われ慣れていると思っていた」

「まあ、自慢じゃないけど、そう言われることは多いわ。でも、ハルに言われるのとは別。あなたに言われると、ものすごくうれしくて恥ずかしくて、顔、赤くなっちゃう」

今度はこちらが照れそうに。

なにはともあれ……レティシアを振り切り、新しい街へ旅立つことができた。

ただ、レティシアのことだから、これで諦めるなんてことはないだろう。むしろ激怒して、追いかけてくると思う。

いつ追いつかれるか、それはわからないけど、今は自由を満喫しよう。

「アリス」

「なに？」

「一緒にがんばろう」

「ええ、もちろん」

アリスの笑顔を見ていると、温かい気持ちになる。なんでもできそうな、勇気が湧いてくる。

新天地でなにが待ち受けているのか？

俺にどこまでのことができるのかわからないし、むしろ、できないことの方が多そうだけど、それでもがんばりたいと思う。

これからを考えて、胸をわくわくさせるのだった。

～ Leticia Side ～

「……遅いわね」

時刻は早朝。

南門を出た先にある平原で待っているのだけど、ハルは一向に姿を見せない。

「まったく、この私を待たせるとはいい度胸してるじゃない。あの駄犬、やっぱり再調教の必要があるわね」

私のパーティーを抜けるとか言い出して、本当に抜けたけど……でも、そんなのは一時の気の迷い。最終的に、ハルは私のところへ戻ってくるわ。

だって、そうなることが正しいんだもの。それが運命なんだもの。

「まあ、簡単には戻してあげないけどね。あんなふざけたことを口にしたわけだし、たっぷりと焦《じ》らしてあげる」

そのためにまず、今日の決闘に勝利しないといけない。

前回は不覚を取り、負けてしまったけれど……ううん、あれはなにかの間違い。

だって、そうでしょ？

勇者である私が、落ちこぼれ魔法使いのハルに負けるなんて、ありえないもの。

ハルはレベル七の雑魚魔法使い。

対する私は、レベル五十五の選ばれし勇者。

勝負は言うまでもない……はずなんだけど。前回は、ハルがなにかしら策を弄したのか、私は負けてしまった。

「まあ、わかってはいるのよ」

ハルは、本当はレベル七の雑魚魔法使いなんかじゃない。

ぜんぜん冒険者カードを更新してないから、本当のところはよくわからないけど、かなりの高レベルに位置していると思う。職業も下位の魔法使いじゃなくて、上位職にランクアップしていてもおかしくない。

ハルには、それだけの力と才能がある。

なるべく成長しないように束縛して、色々とルールを課していたけど、どこまで効果があったか。なにもしなくても成長するようなところがあるから、侮れない。

たぶん、現状でハルの力は私よりも上。

それはダメだ、認められない。

私のプライドが許さない、っていうこともあるけど……でも、それは些細《ささい》な問題。

ハルがとんでもない力を持っていると世間に知られてしまう方がまずい。

そんなことになれば、多くの人がハルを頼るようになる。ハルはバカがつくようなお人好しだから、全力で力を使うだろう。

そんなことになれば、たくさんの人に注目されてしまい、ハルの存在が知れ渡るようになり、そしてあの問題が……

「あれ？」

あの問題ってなにかしら？

ハルのことを深く考えようとすると、途端に頭が痛くなる。

「えっと……うぐっ」

だから、考えるのをやめる。

「ハルは私のものよ」

そして、独占欲だけが残る。

「いざとなれば、なんでもしてやるんだから。手足を切り落としてでも、心を壊してでも、魂を縛り付けてでも……あたしのものにしてやる。そうよ、そうすることが正解なの。最適解なの。だから……うふ、ふふふっ」

自覚なしに笑みがこぼれる。

心がざわざわとして、黒い感情が次から次にあふれてくるのだけど、止められない。

「それにしても」

ほどなくして平静を取り戻した私は、小首を傾げる。

ハルのヤツ、遅いわね？

もう早朝っていう時間じゃなくて、遅い朝っていう感じなんだけど。

「やっぱり、ハルはグズね。ちゃんと約束も守ることができないんだから。ホント、ダメダメすぎて笑えてくるわ。やっぱり、私がいないとダメね。ハルが自立するなんて、鳥が地面で生きるくらいに不可能なことなんだから」

私がハルを管理、調教してあげないと。

それが、私のやるべきこと。使命と言ってもいい。

そうすることで……ハルを守る。

「……それにしても、本当に遅いわね？」

そろそろ昼になろうとしていた。

私を待たせるなんて、許せないことよ。決闘の前に、説教とおしおきが必要ね。

腕を組み、地面を爪先でトントンと叩く。苛立ちつつ、律儀に待ち続けるのだけど、やはりハルは姿を見せない。あのアリスという女も姿を見せない。

そうこうしているうちに時間だけが過ぎ去り、

「いつまで待たせるのよっ⁉」

朝はとっくに終わり、昼も過ぎ去り、陽は傾いて……そして、夜になってしまう。

暗闇の中、私は一人、ぽつんと平原にいた。

当然というべきなのか、未だにハルが現れる気配はない。

「ハルのヤツ、まさか……」

道に迷ってるのかしら？

ありえるわね。子供のおつかいもこなせないような、ホント、とろくさいヤツだもの。

ここに辿《たど》り着く前に道に迷い、まったく別のところへ行っている可能性もある。

待ち合わせ場所は、南門を出てまっすぐ歩けばいいだけなのに……それすらも理解できないなんて、ハルの頭はトカゲ並みなのかしら？

いいえ、それはトカゲに失礼ね。きっと、ヤモリ並みね。

「それにしても……くしゅんっ」

夜は冷える。

自然とくしゃみが出た。

「どうしようかしら？　このまま待っていたら、風邪を引いちゃいそう。でも、今度こそ決闘で勝利して、ハルを連れ戻さないといけないし。行き違いになって、私が逃げ出したとか思われたら嫌だし……うーっ」

どうするべきか迷い、次の行動に移ることができない。

仲間に意見を聞こうとして……

「……そういえば、追放したんだっけ」

全員、レベル四十以上の高ランクだったけど、特に興味はない。後悔もない。

名前も覚えていないくらいで、元々、仲間意識なんてなかった程度の連中だ。

「ま、いいわ。それよりも、ハルのヤツよ。ホント、遅いわね……もしかして、あの女とイチャついてるんじゃないでしょうね？」

ハルは頭からっぽだから、ちょっと甘い言葉をかけられたら、コロッと流されちゃいそう。

そして、あの女と宿で……

「あああああぁっ、なんかすっごいムカつくんですけど‼」

八つ当たりとして、近くによってきたスライムを一撃で消し飛ばした。

ふう、ちょっとだけスッキリ。

「あ……」

ぽつりと、頬に水滴が。

夜空を見上げると、雨が降ってきた。

その勢いはどんどん強くなる。

「あう、寒いわ……」

私は雨に打たれ、ずぶ濡《ぬ》れになってしまうのだった。

「ごほっ、けほけほっ！」

翌日。

雨に打たれた私は風邪を引いて、本格的に寝込んでしまい……その時になって、ようやく約束をすっぽかされたことに気づくのだった。

「おのれぇ、ハルぅ……！　ごほっ、ごふぉっ！」

咳《せ》き込みながら、ぼんやりとハルのことを思う。

私のものであるハル。ハルのためだと、ずっと束縛してきて、がんじがらめにしてきた。それだけじゃなくて、言葉にしづらいような色々なことをしてきた。

でも、それは全部ハルのため。とある事情があり、守るためにしてきたこと。

私は、ハルが大事。本人を前に絶対に口にしたりなんかしないけど、これが本心。

だけど、ハルはどう思ってきたのだろう？

決別すると言った日、今までにない顔をしていた。とても厳しい声をしていた。それでいて、寂しそうで悲しそうだった。

そんな私とハルの関係は……

「うぅ」

風邪を引くと心が弱るという言葉は本当で、

「ハル……私達は、幼馴染なんだから。だから私は、ハルと一緒にいたいの。どんなことをしても、どんなに嫌われたとしても。それは絶対の絶対で、他にはなにもいらない。だから、あなたがいてくれれば、私はそれで……」

そんなつぶやきが知らず知らずのうちにこぼれてしまう。

でも、それは誰にも聞かれることなく、空気に溶けて消えた。

3章　聖女と城塞都市

馬車に揺られ、一週間ほどが経過した。

まだ街には着いていない。レティシアに見つからないようにと、遠い街を選んだため時間がかかっているんだよね。

ただ、旅の行程は半分を過ぎている。たぶん、あと一日、二日くらいで到着するだろう。

「ふぁ」

馬車の振動が眠気を誘うらしく、隣のアリスがあくびをした。

「ちょっと眠くなってきたかも」

「寝てもいいんじゃない？」

「そうしたら、夜、眠れなくなるじゃない。おもいきり体を動かせばそんなことはないけどね。でも、こうして馬車旅の途中だと、そんな機会ないから」

「なるほど、確かに」

「ねぇ、ハル。なにか話をしましょ？　私、ハルと色々な話をするの好きよ」

「そ、そんなに簡単に好きとか言わないで」

「え、どうして？　本当のことなのに」

「だから、そういうのは……はぁ」

アリスと話をしていると、たまに、こうしてドキドキさせられるから困る。

「ほらほら。なにか話をしましょ」

「と、言われても……」

　ふと、思いつく。

「話というか、聞きたいことがあるんだけど、いい？」

「ええ、どうぞ」

「アリスって、以前のパーティーではどういう風に過ごしていたの？　今は組んでいないとしか聞いていないから、今までどうしていたのかな、って気になって」

「あー」

　アリスが気まずそうな顔になる。

　聞いてはいけないことだったのだろうか？

「秘密♪」

「え、なにそれ」

「っていうのは冗談で、語れるほどのことはないの。ただ単に、それぞれの事情でパーティーを円満解散。それから、新しいパーティーを探していたところでハルを見つけて、ちょうどいいタイミングかな、っていう感じ」

「え、それだけ？」

「それだけ」

　うーん？

　なんとなくだけど、アリスはウソをついているような気がした。根拠もなにもなくて、ただの勘なんだけど、そんな感じがする。

でも、本当にウソをついているとしたら、隠しておきたいことなのだろう。無理に暴くようなことはしたくないので、この話はここで終わり。

「レティシア、うまく撒《ま》けるといいわね」

「そうだね」

アリスが笑い、俺も笑う。

そして、俺もレティシアのことを考える。

なんだかんだで彼女を完全に無視することができず、声をかけられれば相手をしてしまう。過去の思い出を捨てることもできず、心のどこかで改心を望んでいる……かもしれない。

自分のことなのに、よくわからない。

俺は、どうしたいのかな？　レティシアと、どう向き合えばいいんだろう？

「ハルッ！」

不意にアリスが鋭い声を発した。

その視線を追うと、街道の先にもう一台の馬車が見えた。

さらに、その周囲に魔物らしき複数の影。

「どうす……」

「助けないと！」

「さっすが、ハル。そう言うと思っていた！」

俺とアリスは馬車を降りて駆け出した。

～ Ange Side ～

私の名前は、アンジュ・オータム。

城塞都市アーランドの領主の娘にして、聖女。

力なき人々を救う使命を神様に与えられ、日々、励んできました。


今回の任務は、アーランドの管轄下の村で発生した疫病を鎮めること。

私が村に到着した時、村はひどい有り様でした。疫病が蔓延《まんえん》して、全ての村人が感染して、倒れていました。死者も少なからず出ていました。

しかし、頼もしい友達や部下達の尽力もあり、無事に疫病を鎮めることに成功しました。

私？

私の力なんて、ぜんぜん大したことはありません。全てみなさんの協力があればこそ。

その後……任務を終えた私たちは、アーランドに戻ろうとしていたのですが、まさか、途中で魔物に襲われてしまうなんて。

しかも、相手はレベル四十五のデスアント。見た目は巨大なアリですが、その力は強く、熟練の冒険者も簡単にやられてしまいます。

さらに、デスアントは群れで行動します。十を超えるデスアントに囲まれてしまい、どうすることもできません。私は死を覚悟しました。

「ぎゃあっ⁉」

護衛の兵士がデスアントの牙に倒れてしまいます。

「くっ、セイクリッドブレス！」

即座に上級治癒魔法を使い、護衛の兵士の傷を癒やしました。

しかし、その間にも他の方々が傷ついてしまい……

「フェアリーサークルッ！」

上級範囲治癒魔法を使用して、まとめて傷を癒やします。

でも……ダメ！

敵の攻撃がすさまじく、回復が追いつきません。魔力も枯渇してしまいそうです。

「お嬢さまっ、私達が囮《おとり》になります！　その間に、アーランドへお逃げくださいっ！」

私専属のメイドであり、幼い頃からの友達でもあるナインがそう言います。

「ナインっ、そんなことを言わないでください！　囮になるなんて真似、絶対に許しません。私達は、皆でアーランドに帰るんです！」

「しかし、他に手は……くっ、邪魔ですっ！　ツインボルトッ！」

ナインは両手に持つ短剣を巧みに操り、デスアントの頭部を切り裂きました。

ナインのレベルは三十三。敵とのレベル差はあるものの、確かな力と経験があり、威力の高い上級技でダメージを与えることができました。

「ギィッ！」

しかし、デスアントの頭部の傷は、みるみるうちに塞がり、再生してしまいます。

高い攻撃力を持つだけではなくて、胴体の中心にある核を破壊しない限り死ぬことはないという、驚異の再生力……なんて恐ろしい魔物でしょうか。

このような魔物に目をつけられた時点で、私の運命は決定してしまったのでしょう。

でも、ナイン達は殺させません。死ぬのは私一人で十分です。

「ナインっ、部下を連れて私の後ろへ！　なるべく離れてください」

「お嬢さま⁉　いったい、どうするつもりなのですか？　お嬢さまは聖女で、近接戦闘は元より、攻撃魔法も……まさかっ⁉」

「そのまさかです……自爆魔法を使います」

聖女が持つ、唯一の攻撃魔法……メギド。己の命を捧《ささ》げる代わりに、天の怒りを降らすという自爆魔法です。

それを使えば、私はともかく、みんなを助けることができます。

「お嬢さまっ、それはなりません！　そのようなことをしてはいけません！　犠牲になるとしたら、それは私達であり、お嬢さまではありません！」

「ありがとう、ナイン。あなたは、とても優しい人。そして、私の大事な大事な友達です。どうか、私に友達を助けさせてください」

「お嬢さまぁっ！」

ナインが部下に……護衛の兵士に押さえつけられました。彼らは悲痛な顔をしていて、これが本心ではないのでしょう。しかし、他に方法がないと理解しているのでしょう。

あなた達にも苦労をかけてしまいました。最後の最後で、ナインに恨まれるかもしれない役目を押しつけてしまいました。申しわけありません。

ですが、代わりに、私がなんとかします。

私はデスアントの群れに向かい、魔力を額に集中させます。

最後に、ふと思いました。

「ナインの作るパンケーキ、もう一度、食べたかったですね」

私は覚悟を決めて、自爆魔法を……


「ファイアッ！」


「ひゃあっ⁉」

突然、巨大な炎が飛んできました。

炎は生き物のように荒れ狂い、デスアントの群れを飲み込みます。

しかし、デスアントは炎に対して強い耐性を持ちます。

最高で千度の熱に耐えたという報告もあり、火魔法でデスアントを倒すことは……

「できないはず、なのですが……あれ？」

デスアントたちが悶《もだ》え苦しんでいました。炎に対して強い耐性を持つはずの体が、みるみるうちに燃えていきます。

ほどなくして、核も燃やし尽くしてしまい、デスアントの群れは一掃されました。

「いったいなにが……？」

誰かが助けてくれたのでしょうか？

しかし、デスアントを火魔法で打ち倒すなんて……いったい、どれだけの魔力があればそんなことが可能になるのでしょうか？

上級火魔法を使ったとしても、普通、このような結果にはなりません。

誰が今の魔法を？

「大丈夫⁉」

「あっ……」

振り返ると、私と同じくらいの歳の男の方が。

その方を見て、私の胸はドクンと高鳴るのでした。

◆

魔法で魔物を一掃した後、最前線に立つ女の子のところへ駆ける。

「大丈夫？　怪我はしていない？　ポーション使う？」

「……」

女の子に声をかけるけど反応がない。

ぽーっとした様子で、じっとこちらを見ている。

その瞳は、とても綺麗《きれい》な色をしていた。宝石のように、陽の光を反射して輝いている。

髪は銀色。細く長く、サラサラと風に揺れている。

見たところ、歳は俺と同じくらいだと思う。やや幼さが残りつつも、大人らしさも見えている。

服は白を基調としていて、派手な装飾などはない。ただ、胸元に金のロザリオがかけられていた。神官なのかな？

「もしもし？　大丈夫？」

「……あっ」

もう一度声をかけると、女の子は我に返った様子で小さな声をあげた。

それから、なぜか頬を染めて、自分の胸元に手を当てる。

「これはなんでしょう？　この熱はいったい？　今まで味わったことのない、不思議な感覚……でも、とても心地よくて、こんなものは知らないです」

「あの……？」

「あ、と……すみません。突然のことに驚いてしまい、ついついぼーっとしてしまいました。もしかして、あなたが助けてくれたんですか？」

「一応、そういうことになるかな」

「ありがとうございます。あなたがいなければ、今頃はどうなっていたか。それにしても、どのような魔法を使ったのですか？　火耐性を持つデスアントを火魔法で倒してしまうなんて、聞いたことがありません。もしかして、上級火魔法をさらに超える魔法とか？」

「普通のファイアだよ」

「ファイア？　それは、初級火魔法のファイアですか？」

「そうだよ。俺、初級魔法しか使えないんだ」

「えっと……ああ、なるほど。冗談なんですね。死の危機に瀕《ひん》していた私を気遣い、落ち着かせようという感じで。ありがとうございます。あなたは、とても優しい方なんですね」

なんか、勘違いをされているような？

「お嬢さまっ！」

「ハルっ！」

訂正しようとした時、アリスと見知らぬ女の人がこちらに駆けてきた。

女の人は、俺よりも三つくらい上に見えた。

凜《りん》とした表情をしているのだけど、今は主《あるじ》らしき女の子のことが心配なのか、バランスが崩れてしまっている。それでも美人と思うくらいに、整った顔をしていた。

長い髪は後ろで束ねて、ポニーテールにしている。走る度に上下に揺れていた。

その身にまとうのは、メイド服。ただ、一般的なものと違い、ややスカートの丈が短い。遠目だからよくわからなかったけど、中に武器を隠しているみたいだ。

たぶん、身の回りの世話だけじゃなくて戦いもこなすという、戦闘メイドなのだろう。

「お嬢さま、大丈夫ですか⁉　ものすごい炎が見えましたが、デスアントの群れは……」

「私なら大丈夫です。こちらの方に助けていただきました」

「あなたが……お嬢さまを助けていただき、誠にありがとうございます。遠くからではありますが、あなたの上級火魔法エクスプロージョンは見ておりました。きっと、さぞや名のある魔法使いなのですね」

「え？　いやいや、名のある魔法使いとか、そんなことはないから。俺なんて、どこにでもいるような、普通の冒険者だから。それに、今のはエクスプロージョンじゃなくて、ファイアだよ。上級火魔法なんて、俺に使えるわけがないし」

「え？　今のは、初級火魔法のファイア？」

「うん」

「……」

軽く首を傾《かし》げて、

「ふふっ、冗談がお上手なのですね」

楽しそうに笑う。

どうして信じてくれないのだろうか？

「……そりゃ、冗談以外のなにものにも聞こえないからね」

アリスが後ろで苦笑していた。

「あなたは？」

「自己紹介は後。まずは、怪我人の手当てをしましょう」

「あっ！　そ、そうですね！」

アリスの言う通りだ。

俺達は、手分けして怪我人の手当てを行う。

「ハイヒール！」

俺と同じくらいの歳の女の子は、見た目通り神官なのか、回復魔法で次々と怪我人を癒やしていく。離れているから、ハッキリとはわからないけど、かなりの使い手だと思う。

もう一人の女の子はサポートに徹して、包帯などで止血を進めている様子だ。

俺とアリスは、念の為に周囲の警戒と確認をしていた。治療中に再び襲われたりしたら、とんでもないことになるからね。

「よし。この近くに魔物はいないみたいだね」

「そろそろ治療が終わっていると思うわ。あの子達のところへ戻りましょう」

アリスの提案に従い、街道に戻る。

すると、なにやら小さな騒ぎが起きていた。

一人の兵士を囲むように人だかりができていて、その中心には、神官らしき女の子が。涙目で、起き上がることができない兵士に声をかけている。

「アンジュ……さま……」

「ダメ、ダメです！　しっかりしてください。目を閉じないで、私を見てください！　意識を強く保ち、このまま話を……ダメっ、すぐに治療をしますから、がんばって！」

その兵士は、胸元を大量の血で染めていた。

重傷だ。助かるかどうか、かなり怪しいだろう。

それでも女の子は諦めることはなく、必死になって魔法を唱える。

「セイクリッドブレス！　セイクリッドブレス!!」

女の子は何度も何度も上級治癒魔法を唱える。

しかし、倒れた兵士が立ち上がることはない。辛《つら》く苦しそうに顔を歪《ゆが》めるだけで、時折、血を吐いていた。どんどん呼吸が弱くなっていく。

治癒魔法が届かないほどの傷……致命傷なのだろう。

「どうして、どうして⁉　助けたいのに助けられないなんて、そんなの残酷すぎます。これじゃあ、私は、なんのために聖女に……！」

「お嬢さまのせいではありません。全て、魔物のせい。お嬢さまが気に病む必要は……」

「気にしないなんて無理です！」

女の子の悲痛な叫びに、この場にいる誰もが顔を歪ませた。

俺とアリスも例外じゃない。

今まさに散ろうとしている命。それを助けられないと、涙を流す女の子。

あまりにも辛い光景に、胸が痛む。他人事ではないと、苦しさすら覚える。

「あっ」

ふと思いついた様子で、アリスが小さな声をあげた。

「もしかしたら、ハルなら助けられるんじゃない？」

「え？」

「本当ですかっ⁉」

女の子は大きな声を出して、すがりつくような目でこちらを見て、駆け寄る。

俺の手を取り、懇願するような顔で、何度も何度も頭を下げた。

「お願いします、お願いします！　この人を助けられるのなら、なんでもしますから、だから……お願いしますっ‼」

「いや、ちょっと……待って。そんなことできないから。俺、特殊なポーションなんて持ってないし、治癒魔法も初級のヒールしか使えないから」

「そう、ですか……」

「いいえ、諦めるのはまだ早いわ。ハルのふざけた魔力なら、なんとかなるかもしれない」

「アリス、無茶を言わないで。俺は、本当にヒールしか使えないんだよ？　魔力は……少しは人より多いかもしれないけど、でも、力がない。使える魔法が少なすぎる。俺にできることはないよ」

「まったく。自己評価が低いのが、ハルの最大の欠点ね。とにかく、試すだけ試してみて。ハルだって、この人を助けたいでしょう？」

「それは、まあ……」

「大丈夫。ハルなら、きっとできるから」

アリスの優しい言葉が、俺の背中を押してくれる。

とんでもない無茶を言われているんだけど、でも、なにもしないよりはマシか。

「わかった、やれるだけやってみるよ」

自信なんてまったくないのだけど、やらなかった後悔よりもやった後の後悔の方がいい。

俺は、瀕死《ひんし》の兵士に手の平をかざした。

どうにかして、この人を助けてみせる。

この女の子の涙を止めてみせる。

そんなことを思い、ありったけの魔力を収束させて、魔法を唱える。

「ヒール！」

淡い光が兵士の体を包み込み、傷だらけの体を癒やしていく。

うまくいくだろうか？

不安に思いながらも、手を緩めることなく、どんどん魔力を注ぎ込んでいく。

すると、苦しそうだった兵士の顔が、次第に穏やかなものに変わる。

ほどなくして、スゥスゥという安らかな寝息が聞こえてきた。

「うまくいった、のかな？」

「ええ、大成功よ。さすが、ハルね」

「ぜんぜん実感がないんだけど……」

「それなら、あたしが何度でも言ってあげる。ハルは、一人の命を救ったの。そして、一人の女の子の涙を止めたの。それは、誰にでもできることじゃないわ。ハルだからこそ、できたことなの。そのことを強く誇っていいと思うわ」

「……うん、ありがとう」

「ふふっ。お礼を言われる方なのに、なんでハルがお礼を言うの？」

「なんとなく」

そんな話をしているうちに、兵士は完全に回復した。目は覚めないものの、危篤な状態ではなくて、特に問題はないだろう。

「あぁ、神様！　ありがとうございます、ありがとうございます！」

「そんなバカな⁉　お嬢さまの魔法でも癒やすことができなかった傷を、初級治癒魔法のヒールで？　ありえないですが……しかし、どうしてと驚いたり調べたりすることは、後で問題ありませんね。今は、一つの命が助かったことを喜びましょう」

様子を見守っていた他の兵士達の歓声がわっと上がる。

女の子も涙を流して、兵士の無事を喜んでいた。

「ふう」

けっこう疲れたけど、みんなの笑顔を見ていると、がんばってよかったな、って思う。

「おつかれさま、ハル」

「俺が治療するなんていう作戦、よく思いついたね。アリスは、うまくいくと？」

「確証はなかったけどね。でも、ファイアであれだけふざけた威力が出るんだもの。治癒魔法も、とんでもない効果を発揮してもおかしくないでしょ」

「けっこう適当なんだね」

「うまくいったから、それでいいじゃない」

「あはは、そうかもね。でも、俺なんかが役に立つことができて、ホントによかった」

「こら」

「いてっ」

パチン、とデコピンをされる。

「俺なんか、とか言わないの」

「でも、俺は……」

「あたしは、ハルのこととてもすごいと思っている。そんなあたしの気持ちを侮辱するような台詞っていうこと、理解してる？」

「そういうもの、なのかな？」

「そういうものよ」

「すぐに理解はできないかもしれないけど……うん。気をつけてみるよ」

レティシアにあれこれと言われ続けてきたせいか、俺なんかが、という思いがある。そこから抜け出すことはなかなか難しい。

「やれやれ。ハルが自信を持つのは、いったい、いつになるやら。まあ、今みたいに謙虚すぎるところが、ハルらしいって言えるんだけどね」

アリスは苦笑しつつ、おつかれさまというような感じで、俺の頭をぽんぽんと撫《な》でた。


「「ありがとうございますっ!!」」

「あ、いや……」

二人の女の子に同時に頭を下げられて、ちょっと恐縮してしまう。

あれから考えてみたんだけど、俺が兵士の命を救ったというのは、少し言い過ぎだと思う。

女の子が決して諦めることなく、何度も魔法を使っていたから、兵士の命が続いた。兵士自身も諦めようとせず、最後まで生き抜こうとしたに違いない。だから助かった。

俺は、最後のひとおしをしただけ。

それを、自分の手柄にして誇りたくはない。

ないのだけど……

「あなたのおかげで死者を出すことなく、街へ戻ることができそうです。心からの感謝を……本当にありがとうございます」

「彼は私の部下であり、家族のような存在なのです。そんな彼の命を救ってくれたことを、深く感謝いたします」

「えっと、そんなに気にしないで」

彼女達は感謝の涙すらにじませて、何度も頭を下げてきた。

そこまでしなくていいし、逆に恐縮してしまう。

「あっ、失礼しました。私の名前は、アンジュ・オータム。城塞都市アーランドを治める領主の娘であり、同時に冒険者としても活動をしています。職業は、聖女です」

にっこりと笑いながら、アンジュが自己紹介をする。

ふわりとした優しい笑顔がよく似合う女の子だ。

「私は、ナイン・シンフォニアと申します。お嬢さま……アンジュさまの専属メイドです」

ナインさんがスカートをつまみ、優雅にお辞儀をした。

その仕草はとても様になっていて、長い間、アンジュに仕えていることがわかる。

「俺は、ハル・トレイター。今は……気ままな冒険者かな」

「あたしは、アリス・スプライト。同じく冒険者で、ハルとパーティーを組んでいるの」

「ハル・トレイターさんに、アリス・スプライトさんですね。あの……もしよかったら、名前で呼んでもいいでしょうか？」

「いいよ」

「ええ、もちろん」

「ありがとうございます。ハルさん、アリスさん。それと、私達のことも名前で呼んでいただけるとうれしいです」

「えっと、いいの？　聞けば、領主さまの娘だっていうし……」

「気にしないでください。二人は命の恩人。そのような方に無作法を働くことはできません」

「あたしはなにもしてないんだけどね」

アリスは苦い笑みを浮かべるのだけど、そんなことはない。

周囲の警戒をしてくれていたし、負傷者の救助もしてくれた。迅速な指示も出してくれた。アリスがいなければ、もっとたくさんの人が傷ついていたと思う。そういう意味では、アリスもたくさんの人を救っている。

そのことはアンジュとナインも理解している様子で、アリスにも感謝の視線を送っている。

「じゃあ……アンジュとナイン、って呼ぶことにするよ。よろしくね」

「ふぁ」

「アンジュ？　どうかした？」

「い、いえ、その……すみません。ハルさんに名前を呼ばれたら、なぜか、胸がドキドキして変な気分になってしまって。な、なんでしょう、これは？」

「じゃあやっぱり、名前呼びはやめておく？」

「い、いえ！　ぜひ、名前でお願いします！　イヤというわけではないので」

「そ、そう？　じゃあ……よろしく、アンジュ」

「はい、よろしくお願いします、ハルさん」

アンジュはほんのりと頬を染めながら、にっこりと笑うのだった。

◆

魔物やその他の脅威を防ぐために、街全体を巨大な壁で囲む街がある。

その防御は鉄壁。何度か戦火に晒《さら》されたものの、一度も陥落したことがない。

故に、その街はこう呼ばれている。

城塞都市アーランド……と。


三日後。

アーランドに到着した俺とアリスは、ぜひお礼をと言われて、アンジュとナインの案内で領主さまの屋敷へ。そのまま客間に案内された。

アンジュとナインは報告などがあるらしく、一度、別行動を取ることに。客間には、俺とアリスだけが残された。

あちらこちらに視線を走らせつつ、二人が戻るのを待つ。

「ハル、もしかして緊張している？」

「まあ、うん。こんな部屋、今まで見たことがないし。そこの絵画とかいくらするんだろう？　その壺《つぼ》も、ものすごく綺麗だし……あああっ、落ち着かない」

「ふふっ、大丈夫だから。別になんてことはないし、二人が戻るのをのんびり待てばいいだけ。というか、こういう部屋に慣れていないの？　レティシアと一緒に旅をしていたのなら、行く先々でもてなされたりしていそうなものなんだけど」

「確かに、そういう機会はあったけどね。でも……」

「ハル、あんたは外で待機ね。わんこのようにおとなしく、主である私の帰りを待ってなさい。え？　一緒に入れてほしい？　ありえないでしょ。ハルみたいな雑魚《ざこ》を屋敷に入れたら、その家の人の感性や品性が疑われるじゃない。それくらいわかりなさいよ」


なんてことを言われて、いつも外で待機させられていたんだよね。

だから、こんな豪華な屋敷に入るのは初めてだ。

「……なんか、不憫《ふびん》すぎて涙が出てきそう」

「どうかした？　もしかして、目にゴミでも入った？」

「ハルのせいでしょ！」

なぜか怒られた。

なぜだ……？

「おまたせしました」

私服に着替えたアンジュが戻ってきた。報告などを済ませるついでに、着替えてきたのだろう。

冒険服のままでは失礼と思ったのかもしれないけど、気にしなくていいのに。

そんなアンジュの後ろに、ナインが控えている。こちらはメイド服のままだ。ただ汚れなどはなく、こちらも着替えているのだろう。

「いくつかの作業がありまして、二人を待たせることになってしまいました。すみません」

「気にしないで。領主さまの娘なら、やることはたくさんあるはずだから」

「そう言ってもらえると助かります。えっと、その……」

アンジュは対面のソファーに座り、なぜか落ち着かない様子でもじもじする。

「その、あの……これは私の私服なのですが、いかがでしょうか？」

「え？」

なんで服の話に？

「いてっ」

隣に座るアリスに、軽く肘打ちされた。

見ると、なにか言いなさい、というような顔をしている。

「えっと……うん、似合っていると思う。かわいいよ」

「そ、そうですかっ⁉　えへ」

アンジュがとてもうれしそうな顔になる。異性を惹《ひ》きつけるような魅力にあふれているため、ついつい視線が引き寄せられてしまう。

それと同時に、なんでそんな顔をするんだろう？　という疑問を抱く。

女の子だから、服を褒められてうれしいのかな？

「お嬢さま。今は服の話ではなくて、本題に移りましょう」

「はっ⁉　そ、そうでした。ハルさんを前にしたら、勝手に口が開いてしまって。うーん、私、おかしいですね。本当に、いったいどうしてしまったんでしょう？」

「……無自覚な想いに困惑するお嬢さま、とてもかわいらしいです」

後ろに控えるナインが、ぼそりとそうつぶやくのが聞こえた。

なぜか、うっとりとした様子でアンジュを見ている。

「こほんっ。改めまして……この度は、危ないところを救っていただき、誠にありがとうございました。命を救っていただいたこと、当家の使用人を助けていただいたこと、深く感謝しています」

「あ、いえいえ」

「命の価値を測るなどということはできませんが、せめてものお礼として、こちらを受け取っていただけませんか？」

アンジュがテーブルの上に革袋を置いた。

確認してみると、中身は大量の金貨だ。数百枚くらいはあると思う。

たぶん、一般的な冒険者の数年分の稼ぎにあたるのでは？

「それと、ささやかですが宴《うたげ》の準備をしています。もしよければ、今夜は当家に泊まっていってください」

いたれりつくせりとは、このことだろうか？

ここまでしてもらうと、逆に申しわけなくなってしまう。

「……ハル、断ろうとしないでね？」

小声でアリスが釘《くぎ》を刺してきた。

「……アンジュは領主さまの娘ということを忘れないで。こういうのを断ると、顔を潰すことになって、逆に失礼になるの。素直に受けておくことが正解よ」

「……なるほど。助かったよ、危うく断るところだった」

「……まったく、ハルらしいんだから。でも、そんなところも好きよ」

ちょくちょく、そういう言葉を挟まないでほしい。

俺が好意を寄せられるなんてありえないから、リラックスさせるための、アリスなりの冗談なんだろうけど。そのことがわかっていても、ドキッとしてしまう。

アリスから視線を移動させて、アンジュへ。

「ありがとう。そういうことなら、お世話になるね。よろしく」

「はい。精一杯、おもてなしをさせていただきます」

「お嬢さま、ハルさま、アリスさま。お茶をどうぞ」

話が一段落したところで、ナインがお茶を淹《い》れてくれる。

いつの間に準備をしたのだろう？

戦闘だけじゃなくて、家事も万能らしい。さすがメイドさん。

「あ、おいしい」

「ですよね？　ナインの淹れてくれるお茶はおいしいですよね？」

アンジュがうれしそうに言う。主従関係は別として、ナインのことが好きなのだろう。

「あと、おいしいお菓子もありますよ。宴の準備が終わるまで、一緒におしゃべりをしませんか？　あ、ナインも一緒ですよ」

「はい。では、失礼いたしまして」

それから、俺達は四人でお茶とお菓子を楽しんだ。

自己紹介の延長のような話をしたり、それとは別に、趣味や好きな食べ物などの他愛のない話をしたり。宴はまだだけど、話は大いに盛り上がり、楽しい時間を過ごすことができた。

◆

～ Alice Side ～

「ふぅ」

用意された部屋に戻ったあたしは、椅子に座り体をくつろげた。

さっきまで宴が開かれていたんだけど、予想以上にあたし達は歓迎されていた。

料理もお酒もかなり上等なもので、ついつい食べすぎ飲みすぎてしまうほど。おかげで、ちょっとお腹が苦しい。うーん、後でダイエットが必要になるかも。

「領主の娘を助けたとなれば、この歓待も不思議じゃないんだけど、でも派手すぎるというか、ちょっと引っかかるのよね」

良い印象を与えようとしているというか、恩を売ろうとしているというか、そんな印象を受けた。

でも、その理由はなんとなくわかる。

「やっぱり、アンジュはハルのことを？　それを察したナインが、ハルの気を引くために、宴の規模を大きくした？」

アンジュは自覚していないみたいだけど、ハルのことが気になっているみたい。もちろん、恋愛的な意味で。あれは、間違いなく恋する乙女の目。

それを察したナインが、主の背を押すため応援するため、色々とがんばったのかもしれない。

ただ、アンジュだけじゃなくて、ハルもなにも気づいていないと思う。

なにこの複雑でややこしい関係。

「それ以外にも、なにか厄介ごとの気配がするし、うーん、面倒にならないといいんだけど。って……はーい?」

コンコンと扉をノックする音がして、立ち上がる。

扉を開けるとアンジュの姿が。

「夜分遅くにすみません。もしかして、寝ていましたか……?」

「ううん、大丈夫。食べ過ぎたり飲み過ぎたりして、休んでいたところだから。どうかしたの?」

「実は、少しお聞きしたいことがあって。今、大丈夫でしょうか?」

「ええ、どうぞ」

アンジュを部屋に招いて、向かい合うようにして椅子に座る。

「それで、どうしたの?」

「えっと、その……ハルさんについて、お聞きしたいことがありまして」

「ハルについて?」

「なんていうか、その、ハルさんのことが知りたいんです。私自身も、どうしてこんなことを思うのかよくわからないんですけど、でもでも、我慢できなくて……だから、教えてくれませんか?」

「うん、なるほど」

強い調子で言うアンジュは、ほのかに頬を染めていた。しっとりと潤む瞳からは、ハルに対する強い情熱が窺《うかが》える。

危ないところを助けてもらって、一目惚《ひとめぼ》れ、という感じかな？　やっぱりというか、あたしの考えは間違っていなかったみたいだ。

うんうん。

アンジュの気持ち、自分のことのように理解できる。よくわかる。

だって、あたしもハルのことが好きだから。

ライバル関係なので、本当なら敵に塩を送るような真似はするべきじゃないと思う。でも、アンジュは敵っていうよりは、ライバルという風に感じる。いつか対立するかもしれないけど、それまでは仲良く、同じ目標に向けて一緒にがんばりたい。

なので、求められるままハルの話をすることにした。

「でも、どんな話をすればいいの？」

「えっとえっと、ハルさんの小さい頃の話とか聞きたいです！」

「小さい頃……か」

「あっ。そういえば、アリスさんは最近になって、ハルさんとパーティーを組んだって言っていましたね。それじゃあ、難しいですね」

宴の前のおしゃべりで、あたし達の関係は説明しておいた。

ただ、レティシアのことはややこしくなると思い、伏せている。

「うーん。難しいといえば難しいんだけど、まったく知らないわけじゃないわ」

「え、そうなんですか？」

「えっと……うん、そうね。同じ女の子として、アンジュならいいか。子供の頃のこと、教えてあげる。ただ、ハルには内緒にして」

「はい、それは構いませんが……でも、どうしてですか？」

「ちょっとした事情があって、ハルには内緒にしているんだけど。あたし……実は、ハルの幼馴《おさな》染《じみ》なの」


実のところ、あたしはハルの幼馴染だ。

レティシアのように生まれた時から一緒にいたわけじゃないけど、幼い頃に一年を一緒に過ごしたことがある。

一年も一緒に過ごせば、幼馴染と言ってもいいよね？

ちなみに、レティシアも幼馴染だ。

もっとも、多く接する機会はなかったから、彼女は完全にあたしのことを忘れているみたい。思い出されたら厄介なことになるから、それでいい。

ハルもあたしのことを覚えていない。とある事情で、完全に忘れてしまっている。

寂しいことだけど、でも、それはハルのためでもある。あたしが我慢すればいいだけのことなので、これからも、真実を告げる気はない。

「アリスさんは、ハルさんの幼馴染なんですか？　でも、どうしてそのことを秘密に？」

「ちょっと色々と……ね。このことは、ハルに話したらダメよ？」

「事情が気になりますが……はい、わかりました。アリスさんの信頼を裏切るようなことは、決してしないと約束します」

「うん、ありがとう」

「えっと……それで、その」

「ハルの小さい頃の話ね？　ふっふっふ、たくさんストックがあるわよ。例えば、おねしょをしちゃって、布団から出てこようとしなかった話とか」

「す、素敵です！」

「あとは、いたずらをして叱られて拗《す》ねた話とか、雷に怯《おび》えていた話とか」

「た、たまらないです！」

「メインとしては、犬に追いかけられていたあたしを助けてくれた話とか。小さい時から、ハルは今のようにかっこよかったわ」

「全部聞かせてくださいっ‼」

「ふふっ、じゃあまずは……」

そんなこんなで、あたしとアンジュは、夜遅くまでハルの秘密暴露大会を開催するのだった。

これ、ハルにバレたら本気で怒られるかもしれないわね。

てへっ。

◆

「なにかお礼をさせていただけませんか？」

翌朝。

オータム家の食堂で朝食をいただいていると、アンジュがそんなことを言う。

「お礼？」

アリスと顔を見合わせる。

「それなら、昨日、もらったわよね？」

「だよね。お金をもらったし、それに宴も開いてもらったし」

「あれから考えたのですが、それだけでは足りないと思いました」

「お二人がいなければ、私達はあの場で死んでいたでしょう。私とお嬢さまだけではなくて、オータム家や護衛の者も全員、生きてはいられませんでした。その恩はとても大きなもの。もっとしっかりとした形で恩を返す機会をいただきたいと、そうお嬢さまは仰《おっしゃ》っております」

アンジュに続いて、ナインも同じように、恩を返したいと言う。

「ハルさん、アリスさんは、なにか欲しい物……あるいは、望んでいることはありませんか？　全てを叶えるなんてさすがに言えませんが、オータム家の名前にかけて、できる限り力になりたいと思います」

「そう言われても、うーん」

望んでいるものと言われても、すぐに思いつかない。

なので隣を見る。

「アリスはなにかある？」

「あたしも特には」

「本当になんでもいいんです。無茶なものだとしても、まずは言うだけ言ってみていただいて、それから検討をします。とにかく、助けていただいた恩とお礼が釣り合っていないのが現状なので、私達にきちんとした恩返しをする機会をください」

アンジュ個人としてもオータム家としても、命の恩人に金を渡して宴を開いてはい終わり、というわけにはいかないのだろう。

善意と、それと家の面子《メンツ》。その両方が絡んでいる問題らしいので、簡単に断るようなことはしたくない。というか、してはいけないと、昨日、アリスから教わったばかりだ。

とはいえ、肝心のお願いが思い浮かばないことには……

「あっ、そうだ」

「なにかありますか？」

「アンジュは聖女だから問題ないとして、ナインは魔法を使える？」

「はい。初級と中級をいくつか。上級は覚えておりません」

「うん、それなら十分。俺に魔法を教えてくれないかな？」

「魔法……ですか？　はい、それはもちろん構いませんが、そのようなことでいいのですか？」

「それがいいというか、教えてくれたら、ものすごく助かるかな。だって俺、習得している魔法は三つだけだから」

「「「は？」」」

アンジュ、ナイン……そして、なぜかアリスも目を丸くした。

魔法を習得する方法は、基本的には誰かに教えてもらうことだ。弟子入りをする、対価を払う、学校に通う……などなどの方法が一般的だ。

その他に、魔法書を読み、独学で勉強して習得するという方法がある。ただ、相応の知識が必要になるため、誰でもできるというわけじゃない。本当に頭の良い、一部の限られた人でなければ独学で習得することはできないと言われている。

なので、魔法を習得するのなら、誰かに教えてもらうのが一番簡単で確実なのだ。

俺が現在使える魔法は三つ。

初級火魔法のファイア。

初級防御魔法のシールド。

初級治癒魔法のヒール。

まだレティシアと仲良く、うまくやれていた頃に教えてもらったものだ。

ただ、いつからかレティシアはおかしくなり、俺が魔法を習得する必要なんてない、と断言されて学ぶ機会は失われた。

でも、その言葉に納得したわけじゃない。

確かに、俺は落ちこぼれなのかもしれないけど、でも、向上心を捨てたわけじゃない。一つでも多くの魔法を覚えて、みんなの役に立ちたいという思いがある。

だから、新しい魔法を覚えたい。

昨日の報酬を使い、誰かに講師を頼んでもいい。でも、アンジュとナインに教えてもらった方が色々と早いし、確実だろう。

人によっては莫大《ばくだい》な金額を要求されるから、ますます都合が良い。


「ハルさんは、レベル八十二の賢者なんですよね？　それなのに、三つだけなんですか？」

「まあ、色々とあって」

こちらの事情は説明しているけれど、レティシアに関することだけは話していない。

下手をしたら、勇者の悪評を広めていると判断されてしまうので、そこは慎重になるべきと、今は秘密にしている。

二人を信用していないみたいで、申しわけないと思う。でも、時と場合によっては、二人にも迷惑がかかってしまうので、判断は慎重にしないと。

「アンジュやナインが教えてくれると助かるんだけど、どうかな？」

「はい、そのようなことでよければ、喜んで。ナインもそれでいいですか？」

「もちろんです。私にできる範囲という制限はついてしまいますが、全力で、ハルさまのために魔法を教えることを約束いたしましょう」

「うん、よろしくね」

取引成立だ。

しかし、アリスは浮かない顔をしていた。

「アリス、どうかしたの？　もしかして、別に頼みたいことが？」

「あ、ううん。そういうわけじゃないの。さっきも言ったけど、あたしは特にないから、魔法の習得で問題ないわ。ただ……」

アリスは深刻そうな顔をして、小さな声でつぶやく。

「……初級魔法であの威力なのに、中級魔法とか覚えたら、いったいどうなるのかしら？」

◆

朝食をとった後、魔法の習得訓練を行うために街の外へ。

アーランドの冒険者ギルドには訓練場があるのだけど、なぜかアリスが、「街中で訓練なんてとんでもない！」と猛反対して、街の外へ移動することになった。

アリスは、どうして反対するんだろう？

なんでと聞いても、イヤな予感がするから、としか答えてくれない。

「では、僭越《せんえつ》ながら私が攻撃魔法を教授いたします」

講師はナインだ。

アンジュが使う治癒魔法も……と思っていたのだけど、彼女が習得している魔法は全部、聖女専用らしい。

賢者という職業に就いているらしい俺だけど、いくらなんでも、他の職業の専用魔法を習得することはできない。犬が空を飛ぶようなもので、絶対に無理なのだ。

なので、ナインが習得している魔法を教えてもらうことになった。

「よろしく」

新しい魔法を覚えることができるかもしれないと思うと、とてもワクワクした。

なにしろ、最後に魔法を習得したのは五年前で、しかも初級の三つだけ。

本当はもっとたくさんの魔法を習得したかったのだけど……

「新しい魔法を習得したい？　えっ、なにその冗談、ウケるんですけど。ハルにそんなことできるわけないでしょ、雑魚中の雑魚なんだから。そんな夢物語を口にしてないで、うまく薪割りするコツでも覚えなさいよ。その方がよっぽど役に立つわ、雑用係さん♪」

……なんてことを言われてしまい、絶対に許可してくれなかった。

今にして思えば、俺を虐げるため、弱いままでいてほしかったのだろう。

でも、これからは違う。

色々な魔法を習得して、俺は強くなるんだ！

そして、一流の冒険者になる！

「えっと……ハル？　あまりやる気は出さないでね？　やる気たっぷりだと、とんでもないことになるかもしれないから」

「え？　どういうこと？」

「まあ、うん。とりあえず、あたしはアドバイザーとして様子を見ているから」

アリスはなにを心配しているのだろうか？

「それでは、講義を始めたいと思います。色々と考えたのですが、ハルさまは火魔法と相性が良いのではないかと思いまして、中級火魔法を教授させていただきます」


ナインから中級火魔法『フレアブラスト』の構成を教わる。

魔法の習得というものは、パズルを組み立てることに近い。魔力というピースを最適な形に変換して、他のものと組み合わせていく。魔力の量、飛距離、大きさ、属性、軌道……ありとあらゆる要素を組み立てないといけない。

ピースの成形に失敗したら、そこで終わり。無駄に時間をかけすぎても、生成したピースが崩壊してしまい、そこで終わり。

正確に精密に魔力を練り上げて、それをミス一つなく、しっかりと組み立てていく。

かなり緻密な作業なのだ。

それ故に、魔法を扱う者は根気強い性格と言われている。

ものを知らない俺だけど、魔法使いなので、さすがに魔法の基礎理論くらいは知っている。

いや、魔法使いじゃなくて賢者だっけ。実感がないというか、分不相応にしか感じられないので、未だにピンと来ていない。


「……と、いうような感じになります」

「なるほど、そういう感じなんだ」

フレアブラストの構成を教わり、なるほどと頷いた。

自分が知らない魔法の構成は、実に興味深い。大げさかもしれないけど、新しい夢を見つけた時と同じくらいのわくわくと感動がある。

「まずは、練習をいたしましょう。中級魔法となると、要領の良い人でも習得に一ヵ月かかってしまいます。常人ならば、その倍の二ヵ月くらいでしょうか？　とはいえ、ハルさまはレベル八十二の賢者。おそらく、半分の二週間ほどで習得できるのでは……」

「フレアブラスト」

「「「っ⁉」」」

手の平に収束された魔力が解き放たれる。

巨大な炎のうねりが大地を駆けて、丘を上がり……そして、爆発。

小さな山が一つ、消えた。

「おぉ！　これが中級魔法の威力！　すごいなぁ。さすが中級、初級とは桁違いだ」

「「「……」」」

「これなら、俺でも戦力になるはず。一人でも、それなりの活躍ができるはず。うん。ちょっとわくわくしてきたかも……って、アリス？　なんで頭を抱えているの？」

「だから、イヤな予感がしたの……初級魔法でアレなんだもの。中級魔法を使ったら、どんな災害を引き起こすことか」

「ナインも呆然《ぼうぜん》としているけど、どうかした？」

「瞬時に中級魔法を習得した……？　いえ。まさかそんな、ありえません。いくら賢者であろうと、最低でも二週間はかかるはず。というか、瞬時に習得できるなんて人いません。最短記録でも、五日はかかるはずなのですが……世界記録を簡単に更新？」

「アンジュは、なんで目をキラキラさせているの？」

「す、すごいです！　ハルさん……かっこいいです！」

みんな、微妙な反応を見せていた。

これはもしかして……

「俺、失格なのかな？　中級魔法を使いこなせていないとか、威力がぜんぜんダメとか、そんな感じ……？」

「「そんなわけないでしょうっ!!」」

アリスとナインが揃《そろ》って叫ぶのだった。

その夜も、俺とアリスはオータム家のお世話になっていた。

お金に問題はないし、街に出て宿を探そうと思っていたのだけど、アンジュとナインにぜひにと言われて、厚意に甘えることに。

正直、アンジュとナインとさようならをするのは寂しいと思っていたから、一緒にいられることはうれしい。

まあ、いつまでも甘えてはいられないから、さすがに明日は出ていかないとダメか。


そんな日の夜。

「お願いがあります」

やけに真面目な顔をしたアンジュに呼ばれ、そんなことを言われた。

俺とアリスは、なんだろう？　という顔をしつつ、話を聞く。

「どうぞ、お嬢さま」

「ありがとう、ナイン」

「ハルさまとアリスさまもどうぞ」

ナインさんがお茶を淹《い》れてくれて、それをみんなで飲む。

部屋にいるのは、俺達、四人だけ。

そういえば、まだオータム家の主《あるじ》で、アンジュの父親でもある領主さまに挨拶をしていない。お世話になっているし、一度、挨拶をしておきたいのだけど……今は立て込んでいて忙しい、ということを以前に聞いた。

領主となると、やるべきことが色々とあるのだろう。残念だ。

「お願い、っていうのは？」

「お二人には話しましたが、私の職業は聖女です」


聖女というのは、限られた人しかなることができない、選ばれた職業のことだ。

ある日、神託を受けるらしい。

ものすごいざっくばらんな話になるけど……あなたは、私の力を受け継ぐにふさわしい器です。よければ、聖女になりませんか？

なんていう話を神様からされるらしい。

宗教勧誘か、と思わなくもない。

そんなこんなで神託を受けた者は聖女、あるいは、男の場合は聖人となる資格を得る。

ただ、すぐになれるわけじゃない。長い年月をかけて厳しい修行を積み、その果てに、ごく一部の者だけが座を得ることができる。

その能力は、神官の数倍と言われていて、ありとあらゆる回復魔法を使うことができる、治癒のエキスパートだ。

力を極めた聖女は、死者すら復活させられると言われている。

それ故に、崇め、尊敬する人が後を絶たない。

「ただ、今の私は見習い。修行の途中なんです」

「厳しい修行をしないといけない、っていうことは聞いたことはあるんだけど、具体的にはどんなことを？　あっ、これ俺が聞いてもいいこと？」

「はい、大丈夫です。適性のない人が真似しても意味がないので、特に秘密にされているわけじゃないんです。えっと……聖女の修行というのは、各地にある歴代勇者様のお墓を巡礼するというものです」

勇者と聞いて、反射的に顔をしかめてしまう。

そんな俺の様子には気づかずに、アンジュは話を進める。

「これだけ聞くと、簡単なものに聞こえるかもしれません。ですが、実のところ巡礼の旅は、七割が脱落してしまうという、とても厳しいものなんです」

「身も蓋もない言い方だけど、ただの墓参りだよね？　なんで、そんなに厳しいの？」

「悪魔を封印して世界を救ったと言われている歴代の勇者様は、多くの人からの敬意を集め、さながら、神様のように扱われました。そんな勇者様のお墓を街中なんかに作るわけにはいかない。神様が降臨される山や、精霊などが現れる自然あふれる場所に埋葬されるべきだと主張されて……そして、実行されました」

「なるほど、話が見えてきたわ。要するに過去の人達は、とんでもない秘境に勇者のお墓を作っちゃったわけね。それで、巡礼もとんでもなく難易度が増した。そういうことね？」

「はい、正解です」

勇者を神格化することは仕方ないことだけど、それでも、なかなか迷惑な話だった。

神格化されたということは、墓参りをしたいという人も多く出てくるはず。

墓を作ったという過去の人達は、その後のことをまるで考えていない。

「もしかして、お願いっていうのは……」

「はい。私の護衛として、巡礼の旅に同行してもらえないでしょうか？」

「私からもお願いいたします。どうか、お嬢さまを守っていただけないでしょうか？」

「本当なら、無関係のハルさん達を巻き込むわけにはいきません。しかしオータム家の者は、先の件で皆怪我を負ってしまい、まともに動ける者は少なくて」

「一つ質問なんだけど、部外者の俺が力を貸すことはいいの？」

「はい、問題ありません。力を貸してもらう＝信頼を得られる、ということでもあるので。それはそれで、その人の資質を図る材料になるんです」

「なるほど、そういう考え方もあるんだ」

「お願いできませんか？　ハルさん達がいてくれれば百人力です」

「どうか、お願いいたします」

アンジュとナインが、揃《そろ》って頭を下げた。

「聖女の巡礼の旅……か」

アーランドの領主の娘であるアンジュにとっては、とても大事なものなんだろう。真の聖女になれませんでした、なんて話は対外的にまずいし、話はこの都市だけの問題に収まらないはず。

聖女は神託を受けて行動する、言わば神様の使い……巫女《みこ》だ。時に、聖女の行動で世界とまでは言わないけど、一つの街の運命が左右されることはある。

ざっくばらんな言い方をすると、規模をスケールダウンした勇者だ。

聖女が一人でも多くなることがこの世界のためでもあるし、人々のためでもある。

「俺でよければ、って言いたいところなんだけど」

「なにか問題が？」

「俺なんかでいいのかな？　巡礼の旅は過酷みたいだし、ちゃんと務まるかどうか不安かな」

「「いやいやいやっ‼」」

アリスとナインが同調するような感じで、手と首をブンブンと横に振る。

「ハルに務まらないとしたら、他の誰に務まるのよ⁉　っていうか、攻撃力が高すぎて、アンジュを巻き込まないか心配なんだけど！」

「ハルさまは自己評価が低すぎやしませんか⁉　ハルさまに力がないとしたら、私なんてどのようなレベルになってしまうのですか⁉」

なぜか、二人が慌てていた。

二人とも優しいから、気を遣ってくれているんだろうな。俺なんて、大したことないのに。

「自信はないけど、でも、やれるだけやってみようかな。頼りにされているのに、それを無下に扱うようなことはしたくないし。アリスは？」

「うん、あたしも問題ないわ。これもなにかの縁。アンジュとナインのためにがんばりましょう」

「それじゃあ……！」

「俺達でよければ、その依頼を請けるよ」

「「ありがとうございます!!」」

こうして、俺とアリスはアンジュの依頼を請けることに。

聖女の巡礼の旅に同行して、危険からアンジュを守る。とても難しい依頼だと思うけど、その分、色々と成長することができると思う。

それに、アンジュとナインの力になりたい。

ミスすることのないように、しっかりとがんばろう。

「ところで、巡礼の旅ってどれくらいかかるの？　ちょっと事情があって、あまり長いこと時間をとられると困るんだけど」

時間をかけてしまうと、レティシアに追いつかれてしまう可能性がある。

「それなら大丈夫です。次の巡礼地は、このアーランドの東にあり、馬車で一日ほどの距離ですから。行こうと思えば、日帰りも可能です。かなりの強行軍になってしまうので、あまりオススメはできませんけど」

「東に馬車で一日……うん、それくらいなら」

来た道を戻ることになるけど、一日くらいなら問題ないだろう。

この時は、そんな楽観的なことを考えていた。

～ Leticia Side ～

レティシアはそれまで滞在していた街を出て、馬車に揺られていた。

街を出た目的は、もちろんハルを探すこと。

「ハルめ！　決闘をすっぽかすだけじゃなくて、私を騙《だま》して逃げるなんて……絶対に許せないわ！　夜まで待たされた恨み、風邪を引いた恨み、そのせいで大好きなアップルパイがしばらく食べられなかった恨み。まとめて晴らしてやるっ」

ぐるるると野犬のように唸《うな》るレティシア。馬車の御者が何事かと見ていたが、今の彼女には他人の視線を気にするだけの心の余裕はなかった。

「あーもう！」

レティシアは苛立たしげに爪先でトントンと馬車の床を叩《たた》きつつ、爪を噛《か》んだ。

彼女の癖だ。

物事がうまくいかない時や不安を抱えている時、ついつい爪を噛んでしまう。

自分でもどうかと思っているのだけど、幼少期からの癖で、どうしても直すことができない。

「あのー……お客さん」

「なによ？」

「あと一日ほどでアーランドに到着しますよ」

「そう？　ありがと」

到着が近いと知り、レティシアの機嫌はわずかに上昇した。

次の目的地にアーランドを選んだのは、単なる偶然ではない。

いつでもどこでもハルの居場所を把握するために、以前、装備に魔道具を仕込んでおいたことがある。それを使えば、おおまかな位置は特定できる。

「くっくっく、待っていなさいよハル。私との約束を破り、逃げた愚かさ。その大きな代償を、魂の奥底にまで刻み込んでやるわ！　あははは っ……あーっはっはっは！　ごほっ、げほぉっ」

高笑いをして咳《せ》き込むレティシアを見て、御者は妙な客を拾ってしまったなあ……と、今更ながらに後悔するのだった。

◆

アーランドの東にクレストと呼ばれている山がある。標高はそれほど高くなく、豊かな自然が広がっているため、登山客などがよく足を運んでいた。

しかし、今は誰も寄り付こうとしない。魔物でさえ、クレスト山を避けている。

その原因は、ドラゴンだ。

どこからともなくやってきた空の王者が、クレスト山を己の根城と定めたのだ。

人間、魔物を問わず近づくものは容赦なく排除……そうして、自分だけの領域を形成した。


「……と、いうわけなんです」

巡礼地のクレスト山について、アンジュに説明をしてもらった。

巡礼地がどれだけ過酷な場所かと思いきや、旅路は大したことはなさそうだ。

問題は、山を根城とするドラゴンだ。コイツのせいで、クレスト山の巡礼の難易度が劇的に跳ね上がってしまったらしい。

「ドラゴンが相手なんて、どうしたらいいんだろう？　俺じゃあ、瞬殺確定だろうし」

「そんなことはないと思うわ。というか、ハルなら、わりと対等に渡り合えるかも」

「そういう冗談はいいよ」

「本気だけど」

「アリスは、俺のこと、過大評価しているよ」

「ハルが、自分を過小評価しすぎているの。その認識を改めさせるためなら、何度でも言うわ」

「うーん」

納得できないけど、アリスも引くつもりはないみたいだ。

って、口論をしている場合じゃないか。

俺達は、すでにクレスト山の麓に来ている。いつ、ドラゴンが襲来してもおかしくない。

「ドラゴンと遭遇したら、どうしようか？」

「一応、対策はあります。私は睡眠魔法を使えるため、それでドラゴンを眠らせようと思います」

「睡眠魔法を使えるなんて、アンジュはすごいね」

睡眠魔法は、名前の通り対象を眠らせることができる魔法だ。

一見すると地味な魔法に思えるかもしれない。しかし、問答無用で相手を眠らせて無防備にすることができるので、実はかなり強力な魔法だ。

犯罪に利用されかねないので、習得する機会も限られている。

「いえ、そんな。私なんて、ハルさんと比べれば大したことはありません。ハルさんの方が、ずっとすごいと思います」

「そんなことないよ。俺、レベルが高いだけで、大したことはできないから。習得している魔法も少ないし、アンジュの方がすごいよ」

「いえいえ、私なんて……」

「いやいや、俺なんて……」

「どうしたらいいのかしら？　両方がボケていると、話がまるで先に進まないわ」

「それもまた、お嬢さまの魅力です」

「ハルの魅力でもあるけどね」

なにやら失礼なことを言われているような気がした。

「ハルさまとアリスさまは、いざという時の護衛をお願いいたします。睡眠魔法が効かなかった時や、なにかしら不測の事態でドラゴンが目を覚ましてしまった時……その他、想定外の事態への対処をお願いしたく思います」

「オッケー、任せてちょうだい。いざという時は、ハルがなんとかするから」

「え？　アリスは？」

「あたしは、下級職のただの剣士だから、そこらの魔物ならともかく、さすがにドラゴンを相手にするのは無理よ」

「その言葉、俺にも適用されると思うんだけど」

「大丈夫。さっきの繰り返しになるけど、ハルなら、きっとなんとかできる。あたしは、そう信じているわ」

「どうして、そんな風に信じることができるのさ?」

「ハルのことが好きだから」

「え?」

「好きな人のことは、信じないとダメでしょう?　それが、女っていうものよ」

「えっと……」

本気なのか冗談なのか、まったくわからない。

うーん、どういうつもりなんだろう?

「とりあえず、作戦を考えておこうか」

知恵熱が出てしまいそうだったため、アリスの発言の意味を考えることはやめて、ドラゴン対策に思考を移す。

「いざという時は、俺が全力で攻撃するよ。アリスの言葉を信じるなら、怯ませるくらいのことはできると思う」

「そうね、それが一番だと思うわ。あたしは、あらかじめ街で買っておいた煙幕とかで援護するから。その間にアンジュとナインを避難させて、最後にあたし達も避難する。基本は、そんな作戦でいきましょう。予想外のことが起きたら、臨機応変に」

「けっこう、いきあたりばったり感が強いね」

「ドラゴンが相手だから仕方ないわ。どれだけ綿密な作戦を組み立てても、状況を一気にひっくり返されるような力を持った相手だもの。作戦に頼り切りになると逆に危ないわ」

「なるほど」

「あの、頼んでおいて、こんなことを言うのはどうかと思うのですが、決して無理はしないでください。ハルさんもアリスさんも、怪我をするようなことがあれば、私は……」

「大丈夫」

心配そうな顔をするアンジュの頭を、反射的に撫《な》でてしまう。

「ふぇ⁉　えっ、あの、その……ハルさん？」

「俺もアリスも、怪我なんてしない。心配をかけるようなことはしないって、約束するよ」

「は、はい……ありがとう、ございます」

アンジュが小さな声で言い、そのまま俯《うつむ》いてしまう。

おかしなことを言ったかな？　と不安になるものの、どんな表情をしているか見えないため、どうしていいかよくわからない。

「ハル」

「あいたっ」

アリスにデコピンされてしまう。

「え？　なんで？」

「嫉妬よ」

「ぇぇ……？」

「まあ、それはともかく。がんばりましょう」

「はい、お嬢さまのために、どうかお力を貸してください」

「どこまでできるかわからないけど、全力を尽くすよ」

ドラゴン相手に、俺ができることなんてなにもないと思う。もしも対峙《たいじ》するようなことがあれば、一瞬で終わりになってしまうだろう。

でも、今は、そんな弱気は封印。一生懸命がんばろうと、気合を入れる。

アンジュのためナインのため、がんばらないと。


その後、俺達は登山を開始した。

かつてはたくさんの登山客が訪れていたような山なので、急激な高低差はなくて、わりと歩きやすい。道もそれなりに整備されている。

おかげで、大して疲れることもなく、スイスイと登っていくことができる。

「……ドラゴン、いませんね」

念の為にという感じで、アンジュが小声で言う。

「もしかしたら、良いタイミングで、狩りに出ているのかもしれないね。ドラゴンといえど、食べないと生きていけないだろうし」

「だとしたら、今のうちに急がないといけませんね。狩りを終えて帰ってきたところに遭遇したら、どんなことになるか」

「その時は、俺がアンジュを全力で守るよ」

「そ、そうなんですか？　全力で？」

「うん。俺程度でも、時間稼ぎくらいはできると思うし。それに、アンジュみたいなかわいい女の子を守るのは、男の役目だから」

「はぅ。私が、か、かわいい……あうあう」

「アンジュ？」

「い、いえ。なんでもありません」

そう言うわりに、なぜかこちらの顔を見てくれない。

頬を染めつつ、視線は明後日の方向へ。こちらの顔を見たくないというよりは、見ることができないという雰囲気だけど、なんでだろう？

「うぅ、なぜでしょう。ハルさんの今の言葉に、とてもドキドキしてしまいました。顔がすごく熱いです」

「アンジュ？　大丈夫？」

「あ、いえ。今は近づかないでもらえると」

「えっ。俺、臭いとかそういう感じ？」

「そ、そんなことはないんですけど！　でも、なぜか胸が……あうあう」

俺とアンジュがあたふたとして、

「あれ、止めなくていいの？」

「お嬢さまがとてもかわいらしいので、アリです」

アリスとナインは、やたら温かい眼差しをこちらに向けていた。

そんなこんなありつつも、俺達は歴代勇者の墓の入り口にたどり着いた。

山の一部がくり抜かれる形で、小さな洞窟が作られている。

その中を進んでいくと、細工が施された大きな石扉が。かなり頑丈に作られている様子で、巨人でもない限り動かせそうにない。

「こんな扉、どうやって開けばいいんだろう？」

「ふふっ、安心してください。封印されているだけなので、力任せに開ける必要はありません。聖女である私が扉に触れれば……」

アンジュが扉に触れると、刻み込まれた模様が光を放つ。

ゴゴゴッと重い音を立てて、扉が開いた。

「このように、自動的に封印が解除される仕組みになっています」

「なるほど、便利だね」

「これ、あたし達も入って平気なの？」

「はい。一度解除した封印は、一時間はそのままなので。ただ、それ以上の時間が経《た》つと勝手に封印が再起動して、閉じ込められてしまうので注意してください」

「……こんなところに閉じ込められたら、発狂する自信があるわ」

「……それ以前に、餓死だろうね」

聖女の巡礼の旅、怖い。

そんな感想を抱きつつ、扉の向こうへ。

中は意外と広い。それに、どういう仕組みかわからないけど、埃《ほこり》一つないくらいに綺麗《きれい》に保たれていた。勇者の墓だから、特殊な仕掛けがあるのかもしれない。

そんな縦横に広い空間の中央に、棺《ひつぎ》が置かれている。あれが歴代勇者の墓なのだろう。

「ひとまず、ここまでは問題なしかな？」

「すぐに巡礼を済ませてしまうので、ちょっとだけ待っていてください」

念の為、俺とアリスは入り口の近くに立ち、外を警戒する。

「……」

アンジュは棺の前に移動すると、無言で膝をついた。両手を合わせて目を閉じると、そのまま祈りを捧《ささ》げる。

彼女の祈りに呼応するように、部屋全体が淡い光を放ち、無数の粒子が宙を漂う。それらのいくつかがアンジュの体に吸い込まれていく。

それはとても幻想的な光景で、俺は時間が経つのも忘れて、祈りを捧げるアンジュの姿に見入っていた。聖女にふさわしい光景だ、と思う。


「ふぅ」

ほどなくして、アンジュが小さな吐息をこぼして、そっと立ち上がる。

時間にして十分くらいだろうか？

それだけなのに、とても疲れた様子で額に汗を浮かべている。

「みなさん、おまたせしました。祈りは無事に……あっ」

「危ない！」

アンジュがふらついてしまう。

俺は慌てて前に出て、倒れそうになるアンジュを支えた。

「大丈夫？」

「は……はひっ」

「え？　なんか、声がおかしいけど」

「えっと、その、自分でもよくわからないんです。なんていうか、ハルさんの顔がすごく近くにあると、とてもドキドキしてしまい……あうあう」

「よくわからないけど、まあ、無事でなにより」

大丈夫だろうと判断して、アンジュから離れた。

「もう終わりですか」

「無意識に寂しがり、残念に思うお嬢さま。はぁあ、とてもかわいらしいです」

たまにナインがおかしくなるような？

「ねえねえ、ハル」

「うん？」

「アンジュだけじゃなくて、あたしにも優しくしてほしいんだけど」

「え？　俺、辛《つら》く当たっていた……？」

自覚はしていないけど、アリスに対してレティシアと同じようなことをしていたら。そう思うと、ひどく申しわけない気持ちになる。

そうして落ち込む俺を見て、アリスが慌てる。

「あっ、違う違う。そういうことじゃないの。ただ、今みたいに、なにかあったら優しく抱きしめてほしいな、って」

「えっと……よくわからないけど、それはもちろん。アリスが困っているのなら、悲しんでいるのなら、寂しいのなら、いくらでも抱きしめるよ。イヤって言っても離さない」

「……」

「アリス？」

「あ、うん。ごめん。自分で言っておいてなんだけど、ものすごく照れた」

そう言うアリスは、耳まで赤く染めていた。

照れるようなことを言ったつもりはないんだけど、なんで？

「ねぇ、ハル」

「うん？」

「ありがとう」

にっこりと微笑むアリスは、まるで天使のようだ。かわいいだけじゃなくて、とても綺麗で、息を飲んでしまうほどに神秘的。もしかしたら本当の天使なのかも？　なんてことを思う。

「お嬢さま、ハルさま、アリスさま」

ナインに声をかけられて、ハッと我に返る。

アリスとアンジュも惚《ほう》けた状態から脱して、いつもの表情に。

「巡礼は無事に終わりました。問題のないうちに、街へ戻りましょう」

「あ、はい。そ、そうですね。ナインの言う通りですね。みなさん、行きましょう」

アンジュに言われ、みんな部屋の外に。そのまま洞窟内を歩いていく。

「ところで、聞いてもいい？」

「はい、なんですか⁉　ハルさんに聞きたいことがあるなら、なんでも答えます、私！」

なぜか、質問される側のアンジュがものすごい勢いでくいついてきた。

「巡礼をすると真の聖女になれるって言っていたけど、それってどういうこと？」

「えっと……巡礼には色々な意味がありますが、その中でわかりやすいのは、新しい魔法を習得できる、ということでしょうか」

「へぇ、魔法を」

「聖女だけが使える魔法は、ちょっと特殊な習得方法でして……こうして、歴代勇者様のお墓参りをすることで、力を授けていただくんですよ」

「なるほど」

聖女専用の魔法か……いったい、どんなものなんだろう？

一人の魔法使いとして興味がある。

あ、賢者だっけ？

どうにもこうにも、自分が賢者という意識を持てない。まだまだ力が足りていないだろうし、経験もない。だから、自信が持てない。

いや、それ以前にレティシアの……

「なにはともあれ、依頼達成ね」

アリスの言葉で思考が四散する。

まあ、今は深く考えなくていいか。イヤなことは思い返したくない。

「そうだね」

「ですが、油断は禁物です。帰りも注意して……」

「……お前達は何者だ？」

外に出たところで、上から太い声が降ってきた。

イヤな予感をヒシヒシと感じながら見上げると、そこには、空を覆ってしまうほどに巨大なドラゴンの姿が。


その爪は、鉄を紙のように引き裂いて。

その鱗《うろこ》は、ありとあらゆる武器と魔法を弾《はじ》いて。

その翼は、音を超える速度で空を飛ぶ。


その名は、ドラゴン。


人間と魔物を大きく凌駕《りょうが》する、究極の生物と言われている。ドラゴンを打ち倒すことができるのは神か、あるいはそれに敵対する悪魔のみらしい。どちらも伝説上の存在で、要するに、それに匹敵する力を持つということだ。

そんな圧倒的な存在が、今、目の前にいた。

洞窟の出口で待ち構えていたようだ。よくよく考えてみたら、扉が開く時に大きな音を立てていた。気づかないわけがない。

「我の留守を狙い、領域を荒らすか。許せぬ。その愚行、死をもって償うがいい！」

「アンジュっ！」

「は、はいっ……スリープ！」

アンジュはあたふたと慌てながらも、睡眠魔法を唱えた。

これが効いてくれればいいのだけど、どうだ？

「なんだ、その児戯は？」

効いていない⁉

「そんなっ⁉　あなた達ドラゴンは強い魔法耐性を持ちますが、睡眠魔法に抵抗することはできないはずなのに。ど、どうして？」

「愚かな質問だ。しかし、己の無力を痛感させるためにあえて答えてやろう。我はドラゴンの中でも、上位に位置するエンシェントドラゴン。人間の魔法など効かぬ」

「え、エンシェントドラゴン……世界に数匹しかいないと言われている、伝説の……」

恐れ、戦意を喪失したアンジュがその場に膝をついた。

「くっ、お嬢さま！」

アンジュをかばうように、ナインが双剣を手に突撃した。

「風斬っ！」

双剣技が炸裂《さくれつ》する。

普通の魔物ならば、なにが起きたかわからないうちに体を両断されていただろう。それほどまでに速く、鋭い一撃だ。

しかし、ドラゴンは並ではない。

「無駄だ、小さき者よ」

「なっ⁉」

ナインの双剣が自爆するように砕けた。

強靭《きょうじん》な鱗を突破することができず、負荷に耐えかねたのだろう。

「我に武器も魔法も通用しない。人間達よ、力なきことを呪い、絶望するがいい」

「そういうことなら、これはどうかしら⁉」

アリスが手の平サイズのなにかを放り投げた。

それはドラゴンの目の前に飛び、

カッ！

爆発すると同時に、強烈な光を発した。

閃光《せんこう》爆弾だ。主に相手の視界を奪う道具として活用されている。

「ナイン、アンジュを！　ハル、今のうちに逃げるわよ！」

「……いや、ダメだ」

「え？」

光が晴れると、そこには悠然と佇《たたず》むドラゴンの姿が。

視界をやられている様子はない。

無駄な悪あがきをする……と、あざ笑っているかのようだった。さすがドラゴンというべきか、目の作りも別物らしい。

「それで終わりか、人間よ？」

「うそ……レベル六十以上の魔物も怯む、特製の閃光爆弾よ？　なんで平気なのよ……」

「これが我の力、ドラゴンの力。我の力は、人間ごときに予想できるものではない。その範囲に収まることはない。さあ、絶望するがいい」

ドラゴンは翼を大きく広げて、戦意をぶつけてきた。息苦しさを覚えるほどの圧力だ。その圧に押されてしまい、戦意を喪失してしまいそうになる。

しかし、ここで諦めるわけにはいかない。倒れるわけにはいかない。

アンジュは俺を信じて依頼してきたのだ。

なら、その期待に応えてみせないと。

レティシアとは違って、俺は、誰かの想いを裏切るようなことはしたくない！

「諦めない……俺は、絶対に諦めない！」

「ほう、まだ我に抗うつもりか。人間にしてはなかなかの胆力を持つ。いや……単に現実が見えていないだけか？　ふむ、どちらにしてもおもしろいではないか。人間よ、一つ賭けをしようではないか」

「賭け？」

「ありったけの力で攻撃をするがいい。我をあっと言わせることができたのならば、その時はお前達を見逃してやろう。しかし……お前の全力が届かない時は、我の領域を侵した罰として、その体、魂ごと粉々に切り裂いてくれよう」

「その賭け、受けた」

ドラゴンに勝てる可能性なんて、ゼロに等しい。

ましてや、俺の力が通じるとは思えない。

でも、もう諦めるようなことはしたくない。

思考放棄して、その場の流れに任せるようなことはしたくない。

たとえ死が待ち受けていたとしても、俺は、俺の運命を自分で選ぶ！

「いくぞっ！」

「ハル、がんばって！　あなたなら、きっとできるからっ、自分を信じて!!」

アリスの声援を受けて、力が湧いてきたような気がした。

それを魔力に変換するような感じで、魔法を唱える。

「ファイアッ！」

「おぉっ!?」

豪炎がドラゴンを包み込んだ。その体を燃やし尽くすべく、紅蓮《ぐれん》が荒れ狂う。

周囲の草木が一瞬で燃えて、塵《ちり》となる。

熱波が広がり、大気が揺らぐ。

「……」

炎が収まり……変わらずに悠然と佇《たたず》むドラゴンの姿があった。

～ Another Side ～

し……し……し……死ぬかと思った！

我は人間達にバレないように、安堵《あんど》の吐息をこぼす。

気まぐれに全力を出してみろと賭けをしたのだけど……なんだ、この人間は？

これほどの威力を出せるなんて、本当に人間なのだろうか？

実は悪魔です、と言われても我は納得してしまうぞ。

なにしろ、あと少しで我の鱗が溶かされてしまうところだったからな。それだけではなくて、けっこうなダメージを食らってしまった。体力の半分くらいが削られただろうか？

本当に何者なのだ、この人間は？

「くっ、ダメか！」

我がダメージをまったく受けていないと勘違いしたらしく、人間は悔しそうに言う。

実のところ、ふらふらではあるが、人間相手に追いつめられたなんて認められるわけがない。そんなことを認めたら、我のプライドはズタズタだ。

我は平然と、なんでもないフリを続ける。

「その程度か、人間よ？」

「そ、それは……」

「ならば、賭けは我の勝ちだ。その命、その魂、我に捧げてもらおうか。しかし……」

「あっ」

なかなかに健闘したから見逃してやろう、と言おうとしたところで、人間がなにかを思い出した様子で目を大きくした。

「もう一回！　もう一回だけ、いいかな⁉」

「なんだ？　時間稼ぎのつもりか？　そのような愚策を我が受け入れるなど……」

「いや、違うんだ。よくよく考えてみれば、今の全力じゃなかったんだよ」

「へ？」

まったく予想外の言葉を聞かされて、ついつい素の声がこぼれてしまう。

「俺、最近になって中級魔法を覚えたんだけど、覚えたばかりだったから、ついついその存在を忘れていたんだ。だから、こっちでもう一度、勝負をさせてくれないかな？」

「え？」

今の攻撃が全力じゃないの？

今以上の攻撃があるの？

そんなものを受けたら……我、死ぬんじゃね？

「に、人間よ。そなたの持つ勇気に免じて、この場は見逃してやろう。だから……」

「よし、いくぞ！　今度こそ、今の俺の全力全開だ！」

「この場は見逃して……いや、あの、我の話を聞いている⁉　聞いていないのかな⁉」

「ありったけの魔力を込めて……」

「待てっ！　待て待て待て⁉　いや、待ってください⁉　なにその膨大な魔力⁉　ドラゴンの我でも見たことがないような、とんでもない魔力ではないか！　星中の魔力をかき集めたような……ちょ⁉　それはマジでやばいから⁉」

「フレアブラストッ‼」

「いやぁあああああああああぁぁぁーーーーー⁉」

我は悲鳴をあげて、全力で避《よ》けた。

ドラゴンのプライド？

そんなもの知るか！

◆

「調子に乗ってすみませんでした」

「えっと……」

ドラゴンが頭を下げていた。土下座の限界に挑戦するような感じで、ひたすらに頭を低くしている。

俺、夢でも見ているのかな？

そんなことをついつい思ってしまうのだけど、夢ということはない。

「自分、ドラゴンにあるまじきことをしたっす。伝説のドラゴンなんて言われているせいか、調子に乗ってたっす。それで人間は怯えたりするから、さらに調子に乗って乗りまくって……脅かしたりしてました。悪さしてました。すみませんでした」

「いや、その。俺は気にしていないけど」

ちらりと、アリス達を見る。

みんなもどう対応していいかわからない様子で、苦笑していた。

「みんなも気にしてないって。だから、頭を上げなよ」

「おぉ！　すごく懐が深いっす。あれだけの力を持つのに、決して増長することはない。ドラゴンでも、あなたみたいな大物はなかなかいないっす。力だけじゃなくて、性格もいいっすね。名前、聞いてもいいっすか？」

「ハルだよ。ハル・トレイター」

「自分は、サナっす」

人っぽい名前だ。

名前をつける感覚は、人もドラゴンも変わらないのかな？

「自分、決めたっす！」

「え？　なにを？」

「師匠！　自分を弟子にしてくださいっす！」

「ええ!?」

突然の展開に驚きを隠せない。

ドラゴンに弟子入り希望されるなんて、さすがに異常だよね？

「「「……」」」

みんなも唖然としていた。

よし、これは異常なことみたいだ。

よかった、俺の認識がおかしいわけじゃないらしい。

「えっと……なんで、弟子入り？」

「自分は、自分が恥ずかしいっす。人間を相手に偉そうにして、増長していたっす。でも、師匠は違うっす。自分に対しても怯むことなく、全力で向かってきたっす。それに性格も良くて、その姿勢に感動したっす」

「そんなことを言われても。俺、弟子を取れるような立場じゃないんだけど」

大した力は……いや、まあ、あるのかもしれない。

こうしてドラゴンとの力勝負に勝ったのだから、多少は誇ってもいいのかもしれない。

レティシアに散々こき下ろされてきたため、なかなか自信を持つことはできなかったけど、こうして冒険を重ねることで、その棘《とげ》も少しずつ抜けてきたと思う。

ただ、俺はまだまだだ。もっともっと勉強をして、学び、力を身に付けないといけない。傲《おご》ることなく、精進しないといけないはずだ。

そもそも……冷静に考えてみると、レベルと魔力は高いかもしれないけど、それ以外はダメダメじゃないだろうか？

使える魔法は四種類だけ。

戦闘技術はなし。

冒険の常識も欠落気味。

うん、やっぱりダメダメだ。

こんな俺が、ものを教えるなんてことはできない。

そう伝えるのだけど、

「自分は、師匠の傍《そば》でその心意気を学びたいっす！　力とか、そういうものはどうでもいいです。心の強さを教えてくださいっす！」

「そう言われても」

弟子を取る気はないというか、そんな偉そうな身分じゃないため、困る。

でも、そうそう簡単に引き下がってはくれない雰囲気だ。

「えっと……ほら、俺は人間であなたはドラゴン。一緒に過ごすのは、色々と不都合があるんじゃないかな？　だから、弟子の話は諦めてくれると」

「サイズの問題っすか？　なら、大丈夫っす！」

サナは伏せていた頭を上げて、一歩、後ろに下がる。

そして、気合を入れるように両手を上げると、

「せいっ！」

光に包まれた。

眩《まぶ》しい。何も見えない。

目を閉じて……ややあって視界が元に戻る。すると、そこには一人の女の子がいた。

歳は俺よりも二つか三つ下という感じだ。

髪型はショート。そのせいか、活発で明るい印象を受ける。

体つきは女の子らしく、ちょっと変な感想になってしまうかもしれないけど、柔らかそうでもあり魅力的でもある。やや凹凸は少ないけれど、とても健康的な感じだ。

頭に角。それと、スカートの隙間から尻尾。さらに、背中にミニチュアサイズのドラゴンの翼が

生えている。それぞれが邪魔をしないように、服は機能的に改良されていた。

とにもかくにも、笑顔がよく似合う女の子だ。

「これなら、問題ないっすよね⁉」

「……サナ、なの？」

「はい、サナっす！　魔法で変身したっす！　これなら一緒にいられます！」

ドラゴンって、なんでもありなんだね。

まあ、そうでなければ伝説の生き物、最強の存在なんてこと言われないか。

「えっと」

どうしよう？　断る理由がなくなってしまった。

師匠とかそんな器じゃないから、なんて言っても納得してくれないだろうし……なんかとにかく
イヤ、というのは真面目に考えていないみたいで、ちょっとひどい気がする。

どうしたらいいんだろう？

助けを求めてアリスを見るのだけど、

「……がんばって」

「アリス⁉」

目をそらされてしまう。

面倒だから、サナのことは俺に任せた、というような感じだ。

「師匠、お願いするっす！　自分を弟子にしてくださいっす！」

「そんなことを言われても、俺はそんな器じゃないから。ごめん、無理」

「なんでもするっす！　だから、弟子にっ！」

「いや、だから話を聞いて？」

「本当になんでもするっすよ？　師匠が望むなら、えっちなことをしてもいいっす！」

「ちょ⁉」

「自分の体に魅力は感じないかもしれないっすけど、でもでも、精一杯、奉仕するっす！　どんな変態プレイでも受け入れるっす！　もういっそのこと、自分を奴隷にしてくださいっす！　お願いするっす、ご主人さま！」

　サナが真顔でとんでもないことを言い放った時……こつりと、後ろで石を踏む音がした。


「ハルぅ？　なぁあああにをしているのかしらぁ？」


　振り返ると、そこにレティシアが。

「れ、レティシア⁉　なんでここに⁉」

　そのうち追いつかれるかもしれないとは思っていたけど、いくらなんでも早すぎる。

　あと、よりにもよってこんなタイミングで見つかるなんて⁉

　サナはドラゴンだけど、見た目は年下の女の子だ。

　そんな子に好きにしてくださいとか奴隷にしてくださいとか、そんなことを言われているところを見られるなんて。色々と勘違いされても仕方ないし、言い訳ができない。

「それは私の台詞よ！　ハルっ！　あんた、決闘をすっぽかすだけじゃなくて、こんなところで小さい子と奴隷プレイなんて、ずいぶんと良い身分になったものねぇ！　ふっ、うふふふ。その根性、私が叩き直してあげるわ！　このロリコンっ」

「うぐっ」

どうしよう。

いつものレティシアの罵声が、今はとんでもない正論に聞こえてしまう。

それも当然か。サナのさきほどの台詞を、前後のやりとりを知らずに聞いたら、俺はとんでもないど畜生だ。

「ま、待った！　これは誤解なんだ。彼女になにかしようとか、これっぽっちも考えていない」

「へぇ……なら、今さっきの台詞はどういうことかしら？　まさか、その小さい子が自主的に言い出したとでも？」

「うん、その通り」

「ふざけんなああああぁっ！　そんなウソ、通じるわけないでしょ！」

「いや、ホントなんだよ。俺の弟子になりたいって言い出して、それで、なんでもするから、っていう話の流れで……」

「ハルの弟子？　って、ちょっと待ちなさい」

レティシアはうさんくさそうにサナを見ると、目を大きくして驚く。

「うそ。その子、ドラゴンじゃない!?」

「わかるの？」

「角と尻尾と翼が生えているじゃない。わかるに決まっているでしょ。これでわからない方がおかしいわよ、あんた、私をバカにしてんの？」

ごもっとも。

でも、普通はコスプレとか変装とか、そういう方向に思考が働くと思う。まさか、伝説のドラゴンとほいほいと遭遇するなんて思わないはず。

レティシアがサナをドラゴンと断定したのは、見た目の問題だけじゃなくて、あふれでるオーラや魔力を感じてのことだろう。

「私の慧眼《けいがん》があれば、なんでもお見通しなのよ！　ふふんっ」

レティシアは偉そうに胸を張る。いつもと変わらない、いつも通りの彼女だ。

そんな彼女を見て、サナが心底不思議そうに小首を傾《かし》げる。

「あれ？　なんで、こんなところに勇者がいるっすか？　おかしいっすよ」

「ん？　サナは、レティシアが勇者だっていうこと、わかるの？」

「自分達ドラゴンは、ある意味で、勇者の天敵みたいなものっすからねー。ほら。物語とかで、ドラゴンが悪のボスとして君臨して、勇者がそれを倒すじゃないっすか」

「言われてみれば」

「現実も似たようなことがあるから、ドラゴン界隈《かいわい》では、勇者の噂《うわさ》や情報は多く広まっているっす」

そんな界隈聞いたことがない。

「だから、七人の勇者のことは、ちゃんと把握しているっすよ。その人間は、最年少で勇者に選ばれた人っすね？　確か、『斬撃姫』とか『ソードマスター』とか、そんな通り名があるっすよね？」

レティシアは剣技を得意とするため、そのような通り名がつけられている。

そんなことまで知っているなんて、本当に詳しいな。

「どうして、勇者がこんなところに？　師匠の知り合いなんすか？」

「えっと――……俺、色々とあってレティシアに追いかけられているんだ。どうして居場所がバレたのか、それはわからないけど、ここまで追いかけてきたんだと思う」

隠しても仕方ない……というか、この状況で隠せることではないと思い、素直に話した。

後で、アンジュとナインに詳細を説明しておかないと。

「師匠を追いかけて？　あっ、わかったっす！　勇者も師匠のファンなんですね⁉」

「はぁ⁉」

「師匠のことが好きすぎて、ストーカーになっちゃって、もう付きまとわないでくれとか言われて、ショックだったんですね？　ダメっすよー、そういうことをしたら。相手の迷惑を考えないと」

サナがそれを言うの？

っていうか、まずい。

そんなことをレティシアに言えば、どんな反応をするか……お、恐ろしいことになる。

慌ててレティシアの方を見ると、

「は、ハルのことを好きとかありえないし⁉　はぁっ、はぁっ⁉　はぁあああ⁉　あんた、なにふざけたこと言ってるわけ！　ありえないしっ、あ、ありえないしっ！」

ものすごく動揺していた。

こんなレティシア、初めて見るかもしれない。

「……ねえ、ナイン。あれがツンデレというやつですか？」

「……いえ、お嬢さま。話を聞く限り、ヤンデレの線が濃厚でしょう」

「……なるほど、勉強になりますね」

アンジュとナインは、呑気《のんき》にそんな会話をしていた。

できることなら助けてほしいのだけど、それは難しいか。

「まあ、細かいことはどうでもいいっすね。自分は、サナっす。師匠を好きなもの同士、仲良くやりましょう」

「だーかーらー、私はハルのことなんかどうでもいいんだから！」

「またまたー、そんなバレバレのウソを。態度を見ていれば、簡単にわかるっすよ。ドラゴンの観察眼、舐《な》めないでほしいっすね」

意外というべきか、サナがマウントをとっていた。

天然……というか、アホの子にはレティシアの横暴も通じないのかもしれない。

ついつい、そんな失礼なことを考えてしまうけど、仕方ないよね？

「よりにもよって、聖女の巡礼の旅に同行するなんて。もしかしてもしかしなくても、勇者である私に対するあてつけかしら⁉　絶対許せない！」

「どんな被害妄想なのさ。っていうか、邪魔するつもり？」

「ハルが悪いのよ。ふざけたことを何度も繰り返しているんだから」

それはどっちだ。

やれやれとため息をこぼしたくなる。

そんなことをしたら、レティシアがますますヒートアップするだろうから、しないけど。

「くっ、まずいわ、ハル！　奥にある部屋に先に入られたら、邪魔をされてしまう！」

「アリス？」

なぜか、アリスが焦ったようにそんなことを言う。

でも、すでに巡礼は済ませているのだけど。

「へぇ、それはいいことを聞いたわ！　私がその部屋を占拠すれば、ハル達は依頼を達成できず、失敗っていうことになるわね。あはははっ、いい気味よ！　私の言う通りにしなかったことを後悔して、少しは反省しなさい！」

「あっ、おい⁉　レティシア！」

レティシアは俺達を押しのけて、一人、洞窟の奥に消えていった。

それを見て、アリスが朗らかな笑顔で言う。

「よし。これで、うまくいけばレティシアはあの部屋に閉じ込められるわね。理想は、そのままずっと閉じ込められる、ってところだけど……勇者だから突破されちゃうわね。でも、多少の時間稼ぎにはなるはずよ。今のうちに、アーランドへ戻りましょう」

「……アリスって、策士だな」

「でしょ？」

得意そうな顔になるアリスに、ついつい苦笑してしまう俺だった。

◆

アーランドに戻った俺達は、その足でアンジュの屋敷へ。

宿のように利用してしまい申しわけないと思うが、これからする話は誰にも聞かれたくない。宿の防音性は完璧じゃないから、アンジュの屋敷が選ばれたというわけだ。

このことに対して、アンジュは自分の家でよければぜひ、と言ってくれた。

優しい子だ。

きちんと恩を返していきたいと思う。


「……と、いうわけなんだ」

俺は、今まで伏せていた部分……レティシアとの関係性をアンジュとナインに打ち明けた。

あんな場面を目撃された以上、隠しておくべきではないし、彼女達も事情を知りたいと言ったため、素直に打ち明けることにした。

「おー、この家、なかなか広いっすね。自分の寝床として合格っすよ」

ちなみに、サナも一緒についてきて、とことんマイペースなことを口にしていた。

完全に懐かれてしまったみたいだけど、ホント、どうしよう？

とりあえず、今は話を優先させようか。

「勇者さまが、そのようなことをしているなんて」

レティシアの本当の顔を知り、アンジュが眉をひそめる。

その後ろに控えているナインも似たような顔だ。

「俺はレティシアと決別して、パーティーを抜けたんだ。でも、どういうわけかレティシアは俺に執着していて、こんなところまで追いかけてきた。ホント、なにを考えているのやら」

「それは、ハルさんの力を目的としているんじゃないでしょうか？　ドラゴン……サナさんに勝ってしまうほどの力を、うまく利用しようと思っているのでは？」

「うーん、それはどうだろう？」

レティシアが俺の力を目的にしているとは思えない。

パーティーを組んでいた頃は、逆に、俺を戦いに関わらせないようにしていた。ついでに、大した力がないと罵倒してきた。

力が目的なら、そんなことはしないはず。

「ハルさまのお力に嫉妬されていたのでしょうか？　話を聞く限り、ハルさまの力は勇者さまよりも上。そのことに嫉妬をして、ひどい扱いをするに至る……という可能性はないでしょうか？」

「話を聞く限り、ハルを活躍させないようにしていた節があるから、嫉妬はありそうね。でもそうなると、今も執着する理由がわからないのよね。パーティーを抜けたのなら、関わる意味がないし……いじめっこの子供みたいに、ハルに執着しているのかしら？」

「「「うーん」」」

レティシアがなにを考えているか、さっぱりわからない。

みんなで頭を悩ませるのだけど、これだ！　という答えにたどり着かない。

ホント、なにを考えているのだろう？

「あの勇者は、ただ単に師匠を自分のものにしたいだけじゃないっすか？」

ふと、サナがそんなことを言う。

のんびりしているようで、きちんと話を聞いていたらしい。

「自分のものって、どういうこと？」

「サンドバッグ的な意味で、っていうことかしら？」

「違うっすよ。恋愛的な意味で、自分のものにしたいっていうことっすよ」

「え？」

サナの言葉に、思わず目を丸くしてしまう。

だって、仕方ないだろう？

レティシアが、恋愛的な意味で俺を独占しようとしているなんて……ないない。そんなことありえない。

そういう感情があるのだとしたら、あんな態度をとるわけがない。

「ちっちっち、師匠はとんでもない力を持っていても、恋愛方面はまだまだだっすね」

サナが得意そうな顔で言う。

ちょっとだけイラッとした。

「女は、こと恋愛が関係してくると人が変わるっすよ。優しくなることもあれば、ものすごく怖くなることもあるっす。あの勇者は、おかしな方向に変わったんじゃないっすか」

「ということは……レティシアは、ハルのことが好きすぎて、強烈な独占欲が湧き上がった。そのせいで度の過ぎた束縛をして、他の人に取られたくないから、貶《おとし》めるようなことをして自分の価値に気づかせないようにした、ということなのかしら？」

「そうだと思うっすよ」

アリスの問いかけに、サナが確信を持つような顔で頷《うなず》いた。

そんなバカな、と言おうとしたところで、アンジュとナインも納得顔になっていることに気がついた。

「ありえない話じゃありませんね。ハルさまにひどいことをしてきたのは、好意の裏返し。ツンデレ、という人にありがちなことだと聞いた覚えがあります」

「力を身に着けさせないようにしたのは、ハルさまの才能に嫉妬しているだけではなくて、独り立ちするのを恐れたのかもしれませんね。ハルさまが弱いままなら、自分の手元から巣立つことはない。それ故に、縛りつけていたのかもしれません」

みんなは推理を進めていくのだけど、俺は納得できない。

レティシアの行動の裏にあるものが、俺に対する愛情なんて。そんなことを今更知らされて、どうしろと？

それなら仕方ないと、許せばいいのだろうか？

想いを受け入れればいいのだろうか？

そんなこと……

「とりあえず、ここまでにしましょうか」

ふと、アリスがそんなことを言い、話を終わりにする。

「証拠はないから、ここであれこれ話していても意味ないわ。それよりも、巡礼の旅を終えたばかりで、みんな疲れているでしょう？　まずは休まないと」

「それもそうですね」

「申しわけありません。本来ならば、私がそのことに気づかなければいけないのに……」

「それだけナインも疲れている、っていうことよ。気にしないで」

「自分はうまいものが食べたいっす！　人間の食べ物は、みんなうまいと聞いているっす！」

「ふふっ、わかりました。確かに、そろそろ夕食の時間ですし……ナイン、準備をお願いできますか？」

「はい、お嬢さま」

こうして休憩が挟まれることに。

そのきっかけはアリスの発言だけど、俺のことを気遣ってくれてのことだろうか？　だとしたら、すごくありがたいし、うれしいって思う。

アリスには、いつも助けられてばかりだ。

でも、助けられてばかりじゃ申しわけない。俺もいつか、アリスを助けることができるんだろうか？　力になれるのだろうか？

そんなことを真面目に考えるのだった。

◆

食事をした後は風呂に入り、そのまま部屋に案内された。

今日は話は終わり、ということなのだろう。

「ふぅ」

窓を開けて、街の夜景を眺める。

ぽつぽつと、魔道具の灯りらしき光が見える。綺麗な光景なのだけど、考え事をしているせいか心に響かない。

「レティシアが……俺のことを？」

そんな話、信じられない。ありえない。

でも……仮に、もしもそうだとしたら？

その時、俺はどうしたらいいんだろう？

さきほどの話を忘れることができず、一歩踏み込んで考えてみる。

「俺も、昔は……」

幼い頃は、レティシアと一緒に過ごすことがなによりも楽しかった。幼いから自覚していなかったけど、たぶん、恋心を抱いていたと思う。

でも今は違う。昔の甘い感情は薄れ、どこかへ消えた。

しかし、それは俺だけで、レティシアは違う？　昔から、ずっと俺のことを？

でもそうだとしたら、俺は、これからどうすればいいのか……

「ハル、ちょっといい？」

振り返ると、いつの間にかアリスの姿が。

「ごめんなさい。何度ノックしても返事がないから、入っちゃった」

「あ、ああ……いいよ。ちょっと考え事をしていただけだから」

気がつけばレティシアのことを考えてしまう。悪い意味で、彼女に囚われているみたいだ。

アリスが来なければ、さらに思考の迷宮にハマりこんでいたかもしれない。

そういう意味では、このタイミングに感謝だ。

「考え事っていうのは、レティシアのこと？」

「そう、だね。実は好きかもしれない、なんて言われても、どうしたらいいいか。いっそのこと、全部が悪意だらけの方がわかりやすくてよかったな」

自然と言葉が出てきた。

不思議だな。アリスになら、なんでも言えるような気がした。

「ハルは優しいわね」

「え？　なんでそんな話になるの？」

「なんだかんだで、レティシアのことをきちんと考えようとしているじゃない。普通なら、あんなヤツはもう知らない、で終わるわよ。でも、ハルは違う。ひどい目に遭ってきたのに、きちんと考えようとしている。向き合おうとしてる。なかなかできることじゃないわ」

「それは違うよ、過大評価だ。俺はただ優柔不断で、決断できないだけで……」

「そんなことない。優柔不断じゃなくて、それは優しさよ」

そうなのかな？

レティシアと決別すると決めたはずなのに。

本人の前で、突きつけるように宣言したはずなのに。

でも、ちょっとした情報が出てきたら、その気持ちが揺らいでしまう。普通に考えたら、優柔不断以外の何ものでもない。

それなのに、アリスは優しいと言う。

俺はいったい……

「急いで答えを出そうとしないで。ハルは焦りすぎ。ゆっくりと考えればいいの」

こちらの迷いを見抜いた様子で、アリスがそんなことを言う。

「そういうもの、なのかな？」

「そういうものよ」

その言葉で、やや胸が軽くなる。

「ありがとう。少し楽になったよ」

「どういたしまして」

「それで、アリスはどうかしたの？　俺になにか用でも？」

「食事の時、ハルは微妙な顔をしていたから、気になって」

「そうなんだ……ありがとう。アリスには、いつも助けられてばかりだ」

「ううん、いいの。ハルのために、あたしがなにかしたいだけだから」

「それじゃあ俺の気が済まないから、なにかお礼がしたいな」

「なら今度、おいしいごはんでもおごってもらおうかしら？」

「いいよ。食べに行こう」

「あっさり了承しちゃうのね。とびきり高いものでも？」

「そ、そこはお手柔らかにしてください……」

「あははっ、了解。でも、ハルと一緒にごはん、楽しみにしているからね？」

「あれ、冗談じゃないの？」

「懐が厳しい、っていうなら冗談でもいいんだけど。でも、あたしは、できるならハルとごはんに行きたいかな？　できれば、二人きりで」

「えっと……がんばって稼ぐよ」

「うん、期待しているわ」

さっきまで心の中がぐるぐるしていたけど、今は落ち着いている。アリスのおかげだと思う。

こうして話をしていると、とても楽しい。

まるで、子供の頃に戻ったような気持ちで……

「あれ？」

「どうしたの？」

「いや、なんだろう？　不思議だな。ずっと前にも、こうしてアリスと話をしたような気がする」

「えっ」

「なんでかな？　既視感を覚えたというか、そんな感じ。俺とアリスは、少し前に知り合ったばかりなのに、変だなあ」

「それは……」

アリスは、なにかに耐えるような、そんな不思議な顔に。

その表情の意味が気になるのだけど、答えがわからない。

「それじゃあ、あたしは自分の部屋に戻るわね。おやすみ、ハル」

「アリス！」

「うん？」

「あ、いや……なんでもないよ。おやすみ」

「うん、おやすみなさい」

笑顔で挨拶をするのだけど、その笑顔がどこか寂しそうに見えたのは、気のせいだろうか？

～ Alice Side ～

「ふぅ」

自分に割り当てられた部屋に戻り、扉を閉めた後……あたしは小さな吐息をこぼして、そのまま扉にもたれかかった。

ずるずると、床の上に座る。

「危なかったぁ」

ついつい、ハルに全部を話してしまいそうになった。

あたしもハルの幼馴染なの、小さい頃、一緒に過ごしたことがあるの……そう話してしまいそうになった。

でも、それはダメ。そんなことをしたら、ハルのトラウマを掘り返してしまうことになる。

あたしとハルの出会いは、十年くらい前かな？

当時のあたしはとても体が弱くて、些細なことで熱を出して寝込んでいた。大きな街であたしが生きていくことは難しい。

なので、療養先を探して、両親に連れられて旅に出た。いくつかの村を見て回り、そして、ハルが暮らしている村へ移住することに。

ハルのいた村はなにもないようなところだけど、水も空気も澄んでいて、さらにたくさんの自然があり、とても綺麗なところだ。

街は無数の馬車が行き交い、粉塵《ふんじん》が舞い上がるのはしょっちゅうのこと。それらは体の弱いあたしにとって毒だった。

だから、ハルの村で療養する必要があったのだ。


村に移住して数日……ハルと出会った。

その日、あたしは珍しく体調が良くて、家の外を散歩していた。たまに体を動かさないと体力は衰える一方なので、それくらいは許されている。

週に一度の散歩を、あたしはとても楽しみにしていた。

外に出て、直接肌に触れる風の感触。

温かい日差し。

鳥などの鳴き声。

街に住んでいた頃は外に出ることができず、じっと家で寝るだけだったあたしにとって、どれもこれも新鮮ですごく楽しかった。

そんなあたしの前に、突然、ハルが転がり落ちてきたのだ。

あたしの家は山の近くにあったのだけど、その山を探検している最中に足を踏み外して、転がり落ちたらしい。

あの時のあたしは、そりゃもう慌てた。だって、いきなり見知らぬ男の子が転がり落ちてくるんだもの。

でも、ハルの方は慌てるあたしとは正反対に、ものすごく落ち着いていて……


「キミ、誰？　よかったら一緒に遊ばない？」


なんて言ってきたのだ。

すごく驚いたけど、逆にハルに興味が出てきた。それに、病気のせいで今まで友達がいなかったから、喜んで一緒に遊ぶことにした。

激しい運動はできないものの、その日は日が暮れるまで遊んだ。今まで生きてきた中で、一番楽しかったと言っても過言じゃない。

それから、ハルは一週間に一回、あたしが遊べる日になると必ず顔を見せにきてくれた。

他の日に来てくれたこともあるのだけど、そういう時に限り、あたしは熱を出して寝込んでしまう。だから、ハルは気を遣ってくれたのだろう。

あたしが申しわけないと思わないように、散歩の日に顔を見せてくれた。

時折、レティシアも一緒についてきたけど、彼女はハルがあたしと一緒にいるのが気に入らないらしく、頻繁に顔を見せることはなかった。強気な性格は当時から変わっていない。

あたしは、一年をハルと一緒に過ごした。

一週間に一度なので、日数に換算したら少ないかもしれないけど、とても充実した日々だった。

そんな精神的な充実感が体にも影響を与えたのか、少しずつ元気になることができた。

この分なら完治するかもしれないと、そう言われたほど。


でも、運命を司《つかさど》る神様は気まぐれで、時に残酷だ。


その日、あたしはいつものようにハルと遊びに出て……そして、血を吐いて倒れた。

ハルと出会ってから一度も起きていない発作が起きたのだ。

幸いにも、倒れた場所は村の中。すぐに大人が気づいてくれて、治療をしてくれて、一命をとりとめた。

でも、ハルは自分が連れ出したせいだと思い込み、ひどく自分を責めた。

両親はハルを責めることはしない。私がいつも笑えるようになったことを、むしろ感謝していたくらいだ。

もちろん、あたしもハルを責めない。たまたま、タイミングが悪かったんだと思う。

でも、ハルは自分のせいだと思い込んだ。自分を責めて責めて責めて……壊れてしまうのではないかと不安になるほどに、強い責任を感じていたみたい。

このままでは、本当にハルの心は壊れてしまう。

そんな危惧を抱いたあたしは、どうにかならないかと、両親に頼んだ。その結果、ハルの記憶からあたしのことを消そう、という結論に。

両親はあたしの病気と付き合ううちに、色々なことを学び覚えたため、色々な治療法を知っている。ハルのような事例への対処法も把握していた。薬、魔法で記憶を消してしまうことで、心への負担を消すことが一番らしい。

もちろん、ハルに忘れられてしまうことは辛い。あたしがいると記憶を思い出す可能性があるから、村を立ち去らなければいけないことも辛い。

でも、ハルがまた笑顔になれるなら、あたしはどんなことでもしよう。

そして……ハルの中からあたしの記憶を全部消した。

あたしは村を去り、ハルは穏やかな日常を取り戻した。

これが、過去に起きたこと。

ハルとあたしの間の、たった一年の幼馴染としての記録。

その後、あたしは、なんとか病気を完治させることに成功。ハルとの思い出を武器に、病に打ち勝つことができたのだ。

それから、髪型や髪の色を変えたりして、見た目を別人にする。

その上で、ハルに会いに行った。

ハルと過ごした一年は、今まで生きてきた中で一番輝いていた。

また、あんな日々を過ごしたい。

そう思い、村を訪ねた。そして、新しく出会いをやり直そうとしたのだけど……ハルはレティシアと旅立った後だった。

あの時ほどがっくりしたことはない。

でも、あたしは諦めが悪いのだ。

またハルに会いたい。昔の記憶がなかったとしても、一目会い、ありがとうとお礼を言いたい。

ハルがいなければ、あたしの心は途中で折れてしまい、今は生きていなかったと思うから。

そのためにハルを探し続けた。

しばらくして再会できたのだけど、残酷な事実を突きつけられた。

再会した時、ハルは、レティシアのせいでボロボロになっていたのだ。

あたしがなんとかする、しなければいけない。

それが、あたしのやるべきこと……運命なのだろう。

本気でそんなことを思い、ハルと一緒に歩く道を選んだ。

昔のことを明かすつもりはないし、忘れたままでいいと思う。

あたしはただ、ハルに笑ってほしいだけ。それで満足だ。

だから、ハルの幸せだけを思い、がんばることにした。

「とはいえ」

レティシアのことを考える。

「レティシアのこと、どうしたものかしら？」

たくさんというわけじゃないけど、レティシアとも何度か遊んだことがある。

小さい頃の彼女は、ハルが言っていたように暴君ではない。強気ではあるものの、きちんと優しいところがある、どこにでもいるような普通の女の子だった。

それがなぜ、変わってしまったのか？

ハルに執着するようになったのか？

そこが不思議でならない。

「んー……今のところ後手後手に回っているし、なにかしら先手を打ちたいところね」

ただ、うまい策が思い浮かばない。

レティシアって、ヤンデレというかちょっとおかしいというか……目的のために、手段も目的そのものさえも見失うようなところがありそうだから、なにをしでかすかわからなくて怖い。

例えば、ハルが自分の思い通りにならないのは、周りにいるあたし達のせいだ……って考えるとか。

「どうなるかわからないけど、あたしがきちんと、ハルの笑顔を守らないと。そうすることが、あたしの恩返しであり、宿命なんだから」

～ Leticia Side ～

ゴォッ！

クレスト山の斜面に極大の雷が落ちて、隕石《いんせき》が落ちたかのように地面が大きく抉《えぐ》れる。

「こほっ、こほっ。少しやりすぎたかしら？」

土煙の中からレティシアが現れた。

部屋に閉じ込められたレティシアは、自分のいる墓室を魔法で爆撃。強引に外への脱出路を作り出したのだ。

山を抉り、クレーターを作るほどの威力だ。

歴代勇者の墓は見るも無残な有り様になっているが……

「ったく。なんでこんなところに墓なんて作るのよ。他所《よそ》に作りなさいっての。おかげで、閉じ込められちゃったじゃない」

まったく反省している様子はない。

むしろ、逆ギレしていた。

「ハルのヤツ、ふざけたことばかりしてくれるわね。それに、アリスとかいう女だけじゃなくて、見知らぬ女が二人も。あと、小さい子を奴隷にするとかなんとか」

正確に言うのならば、ハルはサナを奴隷にしようと企んではいない。むしろ、サナが自ら口にしたことだ。

しかしレティシアの頭には、誤った情報がインプットされているため、勘違いしたままだ。

ハルが小さな女の子を奴隷にするわけがない、と擁護する考えを抱くことはない。あのロリコンめコロス、という物騒な考えしかない。

すぐ物騒な思考に走るというところは、数あるレティシアの欠点の一つだ。

「ハルのヤツ、何度も何度も、この私にふざけたことをしてくれちゃって。絶対に許さないいんだから！　自分の立場を、今度こそハッキリとわからせてやる！」

レティシアはメラメラと怒りを燃やして、

「でも、どうしようかしら？」

ふと、冷静になる。

このまま追いかけるだけで、ハルを取り戻せるのだろうか？

「……難しいわね」

ハルの頑なな態度を見て、さすがのレティシアも、自身が拒絶されていることを自覚した。

それを許容するかしないか、それは別問題ではあるが。

「っていうか、ハルのヤツ、なんでいきなり私に逆らうようになったのかしら？」

レティシアは考える。

考えて考えて、明後日の方向の答えを導き出す。

「あの女の仕業、かしら？」

アリスとかいう女がハルに余計なことを吹き込んだのかもしれない。

それと、見たことのない二人の女も怪しい。

ハルによからぬことを吹き込んでいる可能性が高い。

「そうね、そうかもしれない。ううん、そうに決まっているわ！　間違いない！」

事実を知る者からしたら、どうしてそんな結論になる？　という穴だらけで強引な推理なのだけど、レティシアは自分の考えを否定しようとしない。

むしろ、それ以外に考えられないと推理を強く肯定する。

思い込みが激しい。

これもまた、レティシアの欠点の一つだ。

「ハルは後回しにして、まずは周りから切り崩した方がいいのかしら？」

ハルが自分と決別するとか言い出したのは、周りにいる女のせい。そうでなければ、ハルが自分から離れようとするわけがない。

ありえないのだ。ハルと自分はこれまでも、これからもずっと一緒。そう運命に定められている。なぜなら、自分達は同じ存在なのだから。

だから、決別するとか言い出したのは、周りにいる女のせい。

なので、周囲の女を排除すれば、ハルが戻ってくる。

そんな考えがレティシアの頭の中で構築された。やはりというか強引極まりない考えなのだけど、あいにく、彼女の間違いを正すことができる者は誰もいない。

「となると、誰から排除すればいいのかしら？」

アリスという、冒険者風の女。

見たことのない、神官風の女。

やはり見たことのない、メイド服を着た女。

「うーん？」

レティシアはアリスのことを考えた。

あの女……どこかで見覚えがあるような？

初対面のはずなのに、ずっと昔、言葉を交わしたような気がする。

「あの女は後回しでいいか」

レティシアの中の良心が、かつての幼馴染に対する配慮を見せたのか。あるいは、単なる気まぐれか。どちらにしても、アリスはターゲットから除外されることに。

「そうなると、残り二人を狙った方がよさそうね。ふふっ、どうしようかしら？」

5章　悪意の棘《とげ》

翌朝。

食事をいただいた後、みんなで集まり、レティシアの対策を考える。

なかなか良いアイディアが思い浮かばないらしく、みんな頭を悩ませていた。

そんな中、サナはのんびりと客間にある本を読んでいる。

たまに「いやらしいっす！」とか「最近の人間は過激っす！」とか聞こえてくるのだけど、いったい、なにを読んでいるのだろう？

それはともかく。

対策を考えるのとは別に、俺はこの状況に疑問を持ち始めていた。

「みんな、ちょっといいかな？」

「どうしたの、ハル？　なにか思いついた？」

「そうじゃなくて……」

よくよく考えてみると、アンジュとナインは、サナと同じくこの件には関係ない。

それなのに、いつの間にか二人を巻き込んでしまっていて……そして、力を貸してもらうことを当たり前として受け止めてしまっていた。

それはダメだ。

ついつい流れに任せてしまったものの、これ以上、二人に甘えるべきじゃない。そもそも、アリスにさえ甘えるべきじゃない。

　これは俺の問題であり、俺が解決しないと。

　そんなことを口にするのだけど、

「ハルさん。あなたがとても優しい方ということは理解しました。ですが、どうかそのような寂しいことを言わないでください」

「私はお嬢さまを助けていただいたお礼という理由がありますが、それだけではありません。お嬢さまと同じように、ハルさまという個人を好ましく思い、力になりたいと思ったのです」

「えっ？　な、ナイン？　私はその、えっと……いえ、その、はい。ハルさんのことは、とても好ましく思っています。ナインの言葉にウソはありません」

「アンジュ、ナイン……ありがとう」

「こーら！」

「あいたっ」

　パチコン、とアリスにデコピンをされてしまう。

「またそういうことを言うんだから。関係ないとか言わないで。私はなに？　ハルのパーティーメンバーでしょ？　でも、それだけじゃない。ハルの……友達でしょ？」

「あっ」

「友達が困っている、助ける。これは、ごくごく当たり前のことよ。違う？」

「違わない、と思う」

「うん、よろしい。だから、あたし達のことを遠ざけたりしないで。傍にいさせて。大丈夫。レティシアのように、あなたを傷つけることはしない。あなたの力になる。だって、みんなハルが好きなんだから」

「……」

思わずぽかんとしてしまう。

アリスの言葉が心に染み渡るみたいで、意味もなく涙が出てしまいそうになる。

そっか。俺、一人じゃないいんだ。

レティシアと一緒にいた時は、彼女が傍《そば》にいても、一人でいるという感覚があった。それはたぶん、絆《きずな》がなかったから。真の意味で繋《つな》がっていなかったから。

でも、今は違う。

みんなとの間に、確かな絆がある。出会ったばかりで、短い付き合いだとしても、それは間違いや勘違いじゃない。

「人を頼ることは悪いことじゃないの。人は一人で生きることはできないんだから、手を取り合うのが基本なのよ。申しわけないと思うのなら、次に恩返しをすればいいの。距離をとるような真似をして、遠ざけられる方は、わりとショックなのよ？　それが友達っていうものでしょ？」

「……友達……」

その言葉が胸にストンと落ちた。

「友達だから、見返りなんて求めないの。困っているのなら、無条件で助けるし……それに放っておけないの。遠ざけられる方が困るの。そういうものじゃない？」

「そう、だね」

うん……アリスの言う通りだ。

出会って間もないけど、アンジュとナインのことは、友達だと思っている。そんな二人を遠ざけるようなことをしたら、怒られるのは当然だ。

もちろん、アリスのことも同じように大事に思っている。

この場合、間違っているのは俺だ。

「ごめん、俺が間違っていたよ」

「うん、よろしい」

「アンジュとナインもごめん。二人の気持ちを無視するような、ひどいことを言ったと思う」

「そんな。ハルさんは、なにも悪くありません。気にしないでください」

「お嬢さまに同じく、私も気にしておりません」

「自分は、どこまでも師匠についていくだけっすよー！」

みんな笑顔で俺のことを受け入れてくれた。

この笑顔に応えられるように、信頼を守り抜くために、がんばっていきたいと思う。

ただ、これだけはきちんとしておかないといけない。

俺はみんなの前に立ち、しっかりと頭を下げる。

「俺のこと、レティシアのこと。色々と大変かもしれないけど、一人じゃどうしようもなくて。だから、力を貸してください。お願いします！」

みんなは互いに顔を見合わせた後、示し合わせたかのようにコクリと頷《うなず》いた。

それから、満面の笑み。

「「もちろん」」

「やるっすよー！」

ちょっと大げさかもしれないけど、この瞬間、俺たちの心は一つになったような気がした。

「それじゃあ、改めて対策を考えましょうか」

「そうだね、なにから考えようか？」

「そうですね……」

アリスが仕切り直すように言い、アンジュがなにかを考えるような仕草をとる。

と、その時。

慌ただしい音と共に、扉が開かれた。

「し、失礼しますっ」

姿を見せたのは、この屋敷で働くメイドさんだ。

ひどく慌てた様子で、ノックも忘れている。

「どうしたのですか、騒々しい」

そんなメイドさんを、ナインは厳しく睨《にら》みつける。

ナインはメイド長のような立場らしく、部下のミスは許さない。

「も、もうしわけありませんっ。しかし、一大事でして」

「なにかあったのですか？」

メイドさんの慌てっぷりを見てなにか事件が起きたと判断したらしく、ナインの声音が、部下を咎《とが》める厳しいものから柔らかいものに変化した。

それで落ち着きを取り戻すことができたらしく、メイドさんは慌てている理由を告げる。

「冒険者ギルドが……アンジュさまの拘束命令を出しました」

「拘束、命令？」

おおよそ、通常ではありえない言葉を聞いて、俺は混乱した。

冒険者ギルドは街のなんでも屋という面だけではなくて、治安を維持する役割も担当している。

本当に治安を維持しているのは、領主の抱える騎士団だ。しかし、数が限られている騎士団だけでは、どうしても手の届かないところが存在する。

大きな犯罪はともかく、小さな事件は毎日数え切れないほど起きているものだ。それら一つ一つに対処する余裕は、騎士団にはない。

ただ、倍以上の数の冒険者を抱えるギルドならば、対処は可能だ。

なので、冒険者ギルドは、街の治安を維持する役目も果たしている。

その権力、権限はわりと大きい。時と場合によっては、騎士団に代わり、犯罪者の指名手配や拘束命令を出すことがある。

……という話を、馬車で旅をしている時に、アリスに教えてもらったことがある。

今回もそのパターンなのだろうけど、どうしてアンジュが？

彼女は、拘束されるようなことは何一つ、していないはずなのだけど。

「そのようなふざけた命令が⁉　お嬢さまに対する拘束命令など、ありえません。いったいなにを根拠に、ギルドはそのような判断を下したのですか⁉」

「それが、その……」

チラチラとこちらを見る。

俺達の前では話しづらいのかもしれない。

「構いません、話しなさい。むしろ、ハルさまたちにも聞いていただいた方がいいかもしれません」

「は、はい、わかりました。その、冒険者ギルドの話によると……」

とある人物が武具店を訪れて、店主が喜ぶほどの高額の買い物をした。

そして会計の際に、

「私はアーランドの領主の娘で、聖女のアンジュよ！　私が買いに来るような店、と宣伝してもいいわよ。あ、そうそう。代金は家にツケておいて、じゃあね。あーっはっはっは！」


……なんてことを言い、金を払わずに店を後にしたのだとか。

店主は最近アーランドに移住したらしく、アンジュのことをよく知らないらしい。

ただ、領主の娘、かつ聖女ならばと納得して、その場は客の言う通りに。

そして今日、オータム家に代金を請求したのだけど、そんなものは知らないと言われてしまう。

騙《だま》されたと思った店主は、冒険者ギルドに被害届を提出した。

聖女が詐欺を行ったとなれば、わりと大きな問題に発展してしまう。

即座に調査が行われることになり……今に至るという。

「確かに、そのような請求があったことは聞いていますが、ありえません。ここ数日、お嬢さまは買い物なんてしていませんし、こちらのハルさまとアリスさまと一緒に旅をしておられました」

「は、はい。自分もそのように言ったのですが、複数の苦情が寄せられていたせいか、冒険者ギルドは聞き入れてくれず、そして、拘束命令を出してしまいました。ギルドからも人が派遣されていて、すぐそこに……」

「邪魔するぜ」

無遠慮に部屋に立ち入ってきたのは、三十過ぎくらいの大柄な冒険者だ。

その体格は熊のように大きく、がっしりと鍛え上げられている。身につけている軽鎧《けいがい》が窮屈そうだ。

そんな大きな体を持ちながらも、歩く際に音がまるでしない。なにかしらの戦闘技術を身に付けていることがわかる。

男は、顎に生えた無精髭《ぶしょうひげ》を指先でいじりながら、ニヤリと笑った。

「どちらさまでしょうか？　あなたのような方を当家に招いた覚えはありませんが」

「キツイメイドさんだねえ。もうちょっと笑った方がいいぜ？」

「不審者とみなし、排除させていただきます！」

スカートの中に手を差し入れると、ナインは双剣を手にした。いつなにが起きてもいいように、いつも隠し持っているのだろう。

風のような速さで駆けて、男に向けて双剣を振るう。

一応、手加減はしているらしく、刃《やいば》の腹を叩《たた》きつけるような軌道だ。

しかし、

「おっと、危ねえなあ」

「なっ⁉」

男は、両手、二本の指で双剣を挟み、受け止めてみせた。

なんていう動体視力と反射神経なのか。それに力もとんでもない。

かなりの修練を積まなければ、こんな、曲芸師のような真似はできない。それを涼しい顔をしてこなしてしまうなんて、この男、かなりの実力者だ。

「まあまあ、落ち着いてくれよ。俺はケンカを売りに来たわけじゃねえんだ。俺は不審者じゃなくて、れっきとした冒険者だぜ。ギルドから派遣されてきたんだよ」

「なにをふざけたことを！　冒険者ギルドは、お嬢さまの拘束命令を出したと聞きました！　そこから派遣されてきたのならば、あなたはお嬢さまの敵なのでしょう！」

「いや、だから……」

「お嬢さまには、指一本触れさせません！」

ナインは双剣を手放すと、武装を徒手空拳に切り替えた。

流れるような動きで、拳撃と蹴撃を交互に繰り出していく。独楽《こま》が回転しているかのようで、非常に滑らか、かつ力強い攻撃だ。

だが、それでも男には通用しない。

片手で受け止められて、あるいは、ミリ単位で避《よ》けられてしまう。

「ちっ、いい加減に人の話を聞けや！」

「っ⁉」

男は焦《じ》れた様子で、大きく薙《な》ぐようにして、反撃の拳を繰り出す。

攻撃と攻撃のわずかな隙を的確についた、鋭い一撃だ。

あれはまずい！

「シールドッ！」

「なっ⁉」

俺が展開した魔法の盾に、男の攻撃が阻まれる。

「いっ……てぇえええええ⁉」

男が拳を押さえて悶《もだ》えた。

魔法の盾は、初級ではあるが相当に硬い。鉄の壁を殴りつけるようなものなので、その反応も納得だ。

「くそっ、まじいてえ。なんだ、これ？　魔法か？　こいつぁ、兄ちゃんがやったのか？」

「ああ、そうだよ」

「へぇ、すげえな。瞬時に魔法を展開するだけじゃなくて、俺とメイドさんの間を狙い、これだけ精密に……しかも強度は抜群ときた。兄ちゃん、只者《ただもの》じゃねえな？」

「か、かもしれない？」

みんなにあれこれ言われ続けたため、俺がちょっとおかしいのは理解した。

ただ、自分で只者じゃないと認めるなんて恥ずかしく、少しどもってしまうのだった。あと、まだ実感が湧かないという理由もある。

「いいねえ。兄ちゃんみたいな強者《つわもの》がいるなんて、世界は広いな。一つ手合わせしてくれねえか？」

「え？　俺は別に、アンジュやナインに手を出さないなら、無理に戦う必要はないんだけど」

「なら、聖女さんやメイドさんたちを無理矢理拘束する、と言えば？」

「その時は全力で倒す」

「っ⁉」

固い決意を胸に、強く言い放つ。

すると、男がビクリと震えた。

「な、なんだ、この圧は⁉　この俺が震えているだと⁉　くっ……」

「今の言葉、本気か？　答えろ！」

「……わ、わかった。俺の負けだ。そんなことはしない、誓うぜ」

「ならいい」

睨《にら》みつけるのをやめると、男は汗を拭うような仕草をしつつ、吐息をこぼす。

「ふぅうう、ビビったぜ。まさか、この俺が戦う前に、こいつには勝てねえ、って思うようなヤツがいるなんてな。ったく、ホント世界は広いな。イヤになるぜ」

「それ、過大評価のような気がするんだけど」

だって、俺はまだなにもしていない。ただ睨みつけただけだ。

それと、内心ではホッとしている。本当に戦うことになれば、どうなるかわからないからね。うまい具合に退《ひ》いてくれて、本当に助かったと思う。

「兄ちゃんは、自分を過小評価してるみてーだな。その勘違いを正すために言っておくが、兄ちゃんみたいなのを化け物、っていうのさ」

「……」

「おっと、悪気はないぜ。それくらいすごいやつ、って言いたかっただけだ。まあ、俺の言い方も悪かったたな。すまんすまん」

素直に謝られてしまうと、それ以上、文句を言うつもりにはなれない。

意外と良い人なのかな？

「で……本題に戻りたいが、いいか？」

「アンジュを拘束するつもりか？　なら俺は、どこまでも抗うぞ」

「あー、待て待て。まずは俺の話を聞いてくれ」

「……わかった、聞くよ」

話ぐらいはいいかと思い、耳を傾ける。

「拘束つっても、逮捕するとか尋問するとか、そういうわけじゃねえんだ。なんていうか、容疑を晴らすために監視させてもらう、っていう感じだな」

「容疑を晴らすために？　それは、どういう意味？」

「ギルドとしては、本当に聖女さんの犯行だなんて思っちゃいねえんだよ。聖女さんの人柄、功績は誰よりも知っているからな」

「それなら、なんで拘束命令を？」

「訴えがあった以上、証拠もなしに、一方的な視点で却下するわけにはいかねえだろ？　だから、誰かを聖女さんのところに派遣する。ちと窮屈な思いをさせてしまうが、監視などをして、なにもないことを証明する、っていうわけだ。拘束命令を出した、っていうのはギルドが言葉を間違えたな。そこは代わりに謝罪する」

「なるほど」

ウソはついていないように見える。それに話の道筋を見直してみても、おかしなところは感じられない。

ただ、なんだろう？　ウソはついていないけど、なにかを隠しているような気がする。なにかを企んでいるような気がする。

俺の勘で、根拠なんてものはなにもない。だから、みんなに相談することはできない。

信用していいものか、どうか。

「ちょっといいかしら？」

横で話を聞いていたアリスが質問をする。

「アンジュの監視をするっていうことは、ギルドは、事件が繰り返し起きると考えているの？」

「そうだな。その可能性が高いと睨んでいる」

「その根拠は？」

「わざわざ聖女さんの名前を騙《かた》るなんて、普通の詐欺や盗みじゃねえよ。なにかしら意図があって、と考えるのが普通だろ？　怨恨か他の理由か、それはまだわからねえが……また繰り返すだろう、ってのがギルドの見解だ。あと、すでに複数、起きてるからな」

なるほど、言われてみれば納得の話だ。

というか……うーん。男の話を聞いて、とある容疑者がぽんと頭に思い浮かんだ。

もしかしたら、もしかするかもしれない。

「ってなわけで、聖女さんの監視……もとい、容疑を晴らすための人材として俺が派遣されてきたんだよ。あ、悪い悪い。まだ名乗ってなかったな。俺は、ジン・ダーインスレイブ。あちらこちらで活動している冒険者だ」

ジンは、冒険者カードを差し出してきた。今、口にした通りの情報が記されている。

冒険者カードの偽造は難しいと聞くから、ウソはついていないのだろう。

「一応、拒否権もある。ただ、余計な疑いをかけられないためにも、俺を受け入れた方がいいと思うぜ。どうだい？」

「……わかりました。ジンさんを、オータム家の客人として迎えましょう」

「お嬢さま、よろしいのですか？」

「ここで拒否してしまうほうが問題になります。拒否するということは、やましい気持ちがあるのではないか、って。容疑を晴らすためとはいえ、監視をされるのは気分はよくないですけど、仕方ありません。我慢します」

「心配しないでくれ。監視つっても、一日中はりついているわけじゃねえさ。外に出る時は同行させてもらうくらいだ。あと、夜にでも、その日なにをしてたか教えてくれるくらいでいい」

「それだけでいいんですか？」

「言ったろ。ギルドとしては、聖女さんのことは疑ってねえんだ。しっかりと見張りました、っていう体《てい》があればそれでいいのさ。だから、風呂とかについていくことはねえし、そこの兄ちゃんとエロいことをしても一向に構わねえぜ」

「なっ、ななな⁉」

デリカシー皆無の発言に、アンジュの顔が赤くなる。

「もしもお嬢さまのお風呂を覗くようなことがあれば、その時は、あなたの首が物理的に飛ぶことになるので、ご注意を」

「お、おう……今のは見えなかったな」

再び、どこからともなく双剣を取り出して、ナインはジンを脅していた。

主《あるじ》のために普段以上のパワーが発揮されているのか、今度は見切ることはできなかったらしい。

女の人って、怒らせると怖いよね。

「誠に不本意ですが、お嬢さまが了承した以上、私達もジンさまをオータム家の客人として扱います。とても不本意ですが。ひとまず、客室に案内いたしますので、そちらに荷物を置いてきてください。本当に不本意ですが」

「おいおい、何回不本意って言うんだよ。おっさん、傷つくぞ?」

「傷つけるために言っているのですから、それは歓迎すべきことですね」

ナイン、厳しいなあ。

まあ、先の発言を考えると、ジンのことはまったく擁護できないのだけど。

「じゃ、これからよろしくな」

ジンは軽く笑い、他のメイドさんに連れられて部屋の外に出た。

「ふぅ」

突然のことに、ちょっと混乱してしまう。

軽く深呼吸をして、気持ちを落ち着けた後、思考を走らせる。その結果、一つの答えが。

「レティシアのこと、アンジュの偽者のことなんだけど。この二つの事件、繋がっていないかな？」

「あっ、ハルもそう思った？」

「っていうことは、アリスも？」

俺とアリスは、同じ答えにたどり着いたらしい。

「あの……たぶん、私も同じことを考えています」

「同じく、私も」

アンジュとナインも異論はないらしい。

「うわーうわー、過激っす！　人間、やばいっす！」

サナだけは、マイペースに本を読み続けていた。

うん、放っておこう。

「この事件の犯人だけど……」

「「「レティシア？」」」

みんなの声がピタリと重なる。

最初に引っかかりを覚えたのは、詐欺の被害に遭った店主の証言だ。俺が幼馴染《おさななじみ》だからそう思うのかもしれないけど、とてもレティシアっぽい。

わがままで傲慢で、それと、ちょっとバカっぽい台詞なんて彼女そのものだ。

それと、事件が起きたタイミングが気になる。

レティシアが現れた直後、アンジュの偽者が現れる。

偶然で片付けてしまうには、タイミングが良すぎる。なにかしら関係があると考えても不思議じゃないと思う。

「でも、なんでレティシアは、アンジュの偽者になんて？」

「そこが謎なんだよね。そんなことをしても得はないのに」

「ん？　そんなこともわからないっすか？」

本を読んでいたサナが、視線をこちらに向けてきた。

やはりというか、話はきちんと聞いていたらしい。

「サナはわかるの？」

「わかるっすよ。自分、頼りになる弟子一号っすからねー」

だから、弟子にした覚えはないんだけど。

サナは押しが強いから、このまま強引に弟子に居座ってしまうような気がした。

「サナの見解はどんな感じ？」

「そりゃもう、簡単なことっすよ。ズバリ、あの勇者はアンジュに嫉妬したんっすよ」

「嫉妬？」

「師匠がモテてるから、それが気に入らなかったんっすよ。だから、偽者を騙り悪いことをして、貶めようとしたんっすよ」

「いやいや、さすがにそれは……」

「アリね」

ないでしょ、と言いかけたところで、アリスが肯定する。

ものすごく真面目な顔をして、サナのとんでもない話を受け止めて考えている。

「普通ならありえないと考えるかもしれないけど、レティシアの性格なら、ありえない話じゃないわ。っていうか、それ以外にないかも」

「そっすよねー」

「事件の核心を、ほぼほぼ一発で見抜いてしまうなんて。サナってば、実は賢いのかしら？」

「あれあれ？　褒められてるのか、けなされてるのか、わからないっすよ」

アリスはサナの推理を推しているみたいだ。

アンジュとナインは……

「なるほど。言われてみれば、その通りかもしれませんね。一度顔を合わせただけですが、レティシアさんは、そういうことをしそうに見えました」

「お嬢さまを敵とみなして、排除するために今回の事件を起こした。辻褄《つじつま》は合いますね。他に動機を持つ人に心当たりはありませんし、わりと可能性は高いのではないかと」

みんな、サナの推理に賛成みたいだ。

あれ？　ありえないと思っているのは俺だけなの？

こうなると、みんなが正しく思えてきた。

女の子は鋭いところがあるって聞くし、なんていうか、色々とすごいな。

「そういうことなら、とりあえず、レティシアが怪しいという方向で動いてみようか。どうかな？」

「「異議なし」」

みんなの賛同を得られ、俺達の今後の方針が決まるのだった。

◆

アンジュの偽者を探すべく、俺とアリス、それとサナは街に出た。

アンジュとナインは留守番だ。ジンの言う通り、下手に動いて妙な疑いをかけられたくない。アンジュは、不当な容疑は自分の手で晴らしたそうにしていたけど、ここは我慢してほしい。

代わりに、必ず俺がなんとかする、と約束した。

その際、ついつい勢い余って、アンジュの手を握ってしまった。

アンジュはあたふたして顔を赤くしていたけど、きっと、俺の軽率な行為に怒っていたのだろう。後で謝っておかないと。

「ハルってば……そういうところダメダメっすね」

「師匠……そっち関連は、ダメダメっすね」

そのことを話したら、なぜか揃《そろ》って二人に呆《あき》れられてしまった。

むう、納得いかない。

まあ、俺についての話はどうでもいいか。今はアンジュの偽者についての情報を少しでも多く集めないと。

「軽く聞き込みをしてみたけど、やっぱり簡単には見つからないか」

いくつかの宿。それと商店で聞き込みをしてみたけど、聖女の偽者に関する情報を得ることはできなかった。

用心深いヤツなのか。それとも、俺達の情報収集能力が不足しているのか。

捜査を始めたばかりなので、どちらなのか、それはまだわからない。

「こういう時のお約束だと、自分は聖女っす！　だから崇めなさいっす！　とかなんとか自慢してるところに遭遇して、天誅《てんちゅう》！　っていうパターンが多いっすよね」

「さすがに、そんな都合のいいことはないいんじゃないかな？」

「というか、サナって、なんでそんなに人の物語に詳しいの？」

「元々、それなりに人間に興味があって」


サナ曰《いわ》く……ドラゴンは、その力故に恐れられ、近づいてくる者がほぼほぼいないらしい。伝説のエンシェントドラゴンともなればなおさらだ。

サナは寂しかったらしい。

いかに強い力を持っていても、心は普通の女の子。孤独に耐えられず、寂しさをごまかすために人の書いた物語を読むようになったという。

最初は気まぐれで読み始めた。少しの退屈しのぎになればいいと考えた。

ただ、予想に反して物語にのめり込み、魅了された。

なんておもしろいのだろう。

なんて心躍るのだろう。

そして、サナは人間に強い興味を持つようになった。

どうにかして、人間と近づきたい。色々な話をしたい。仲良くなりたい。

そんなことを思い、アーランドの近くのクレスト山を根城にしたらしい。

しかし、逆に恐れられることになり、凹んでいたという。

「そこに師匠達が現れて……後は、見たままっす。自分は思ったっすね。これは運命だ、って！」

「そっか。サナも苦労してたんだね」

「ふぁっ⁉」

頭を撫《な》でると、サナは奇妙な声をあげた。

みるみるうちにその顔が赤くなる。

「あ、あの……師匠？　わんこみたいな扱いをされるなんて」

「あっ、ごめん。なんか、つい」

「や、やめないでいいっす！」

手をどけようとしたら、必死に止められた。

目を爛々《らんらん》と輝かせて、ものすごい勢いで顔を近づけてくる。

「むしろ、もっと撫でてほしいっす！　師匠のなでなで、めっちゃめっちゃ気持ちいいっす！　超サイコーっす！　スペシャルハッピーっす！」

「そうなの？」

「はいっす！」

「じゃあ……なでなで」

「ふにゃあ～」

竜が猫になっていた。

こうして言葉を交わすことで、サナのことをきちんと知ることができた。

なにを考えているのか？　どんなことを思っているのか？

全部とまでは言えないけど、それなりに深いところまで感じることができたと思う。

俺とレティシアも、きちんと話し合うことで、互いを理解できるのだろうか？　もしかしたら、昔のように笑い合う関係に戻ることができるのだろうか？

ふと、そんなことを思う。

「師匠？」

「……いや、なんでもないよ」

今更の話か。

俺はもうレティシアと決別した、絶縁を告げた。

それなのに、もしもの可能性を考えても仕方ない。

「偽者、どこにいるんだろうね」

「そうね……犯行は、すでに複数回繰り返されているみたいだから、また事件を起こすはず。狙われるとしたら、次はどこかしら？」

「小さい店じゃないっすか？　大きいなところは目立ちますからねー」

サナが補足するように、そう言う。

俺も二人に続く。

「なおかつ、この街に来て間もない人が狙われる可能性が高いと思う」

「師匠、それはどうしてっすか？」

「長く住んでいる人なら、アンジュの顔くらい知っているだろう？　領主の娘で、しかも聖女なんだから。そのことを考えると、騙されるっていうのは考えにくい。なら、狙われるのは、街に住んで日が浅い人だ。そこら辺は、レティシアの立場なら色々と調べる方法があると思う」

ギルドなどへ行き、転居届を見せてくれと言うだけでいい。

普通の人なら怪しまれるかもしれないけど、レティシアは勇者なので、そこら辺の問題はあっさりとクリアーしてしまうだろう。

「なるほど、さすが師匠っす！　自分は、そこまで考えていなかったっす」

「そうなると、あたし達も、街に住んで日が浅い人の住所を調べた方がいいのかしら？」

「どうかな？　難しいかも。俺達は勇者でもなんでもなくて、普通の冒険者だから」

「普通の冒険者は、フレアブラストで山を吹き飛ばさないと思うわ」

「普通の冒険者は、フレアブラストでドラゴンを屈服させないと思うっす」

二人してツッコミを入れられてしまう。

違う。今のは、そういう意味で言ったわけじゃないのに。

「そ、それはともかく」

「「話を逸らした」」

最近、二人の息がぴったりだ。

意外と相性が良いのかな？

「俺達の推理が外れている、っていう可能性は、この際除外しようか。もちろん、外れている可能性もあるんだけど、それを気にしていたら動けなくなる。だから、まずは推理が正しいという前提で動いた方がいいかな」

「推理が正しいっていうと、レティシアが犯人っていうことね？」

「うん。だから、偽者の犯行現場を押さえるんじゃなくて、レティシアを探し出そうと思う。それから証拠を集めて、容疑を固めていく、っていう感じかな」

レティシアは勇者だから、広く顔を知られている。

一般の人全部が知っているわけではないけど、冒険者ギルドやその関係者なら、知らないということはないだろう。

だから、次は冒険者ギルドを訪ねればいいと思う。この街に来ているとしたら、誰かが知っているだろう。

「二人共、異論は？」

「ないわ」

「ないっす」

「よし。じゃあ、冒険者ギルドで情報を集めよう」

こうして、俺達はアーランドの冒険者ギルドへ足を運んだ。

ほどなくしてたどり着いたギルドの建物は、以前の街と比べてかなり大きい。それに人の出入りも盛んで、かなり賑《にぎ》わっている様子だ。

ぱっと見た感じ、人気商店と勘違いしてしまいそう。

そんなギルドの扉を、少し緊張しながら開けると、

「おおっ、さすが勇者さまだ！」

そんな称賛を浴びているレティシアの姿を見つけた。

「えっと……」

いきなり目標発見。喜ばしいことなのだけど、ついついコケてしまいそうになる。

こんなに簡単に見つかっていいのかな？　っていうか、ここまで堂々としているところを見ると、レティシアは犯人じゃないのかな？

あれこれと考えてしまい、思考が渋滞してしまう。

「あら？」

そうこうしている間に、彼女がこちらに気がついた。

にんまりと、とても意地悪な感じの笑みを浮かべる。

「どこかで見たことのある顔だと思ったら、ハルじゃない。それと……泥棒猫と泥棒竜も一緒なのね」

「誰が泥棒猫よ」

「誰が泥棒竜っすか」

息がぴったりだ。

やっぱり、この二人の相性は良さそう。

「そんなことよりも……」

「ちょっとハル、そんなことってどういう意味？」

「そうっすよ。そんなことで片付けていい問題じゃないっす」

女の子は厄介で扱いが難しい。

そんなところも似ている二人だった。

「とにかく、少し話がしたいんだけど、いいかな？」

「へぇ、私に話があるの？　まあ、ハルがどうしてもって言うなら、ちょっとは考えてあげなくもないんだけど」

「どうしても」

「あ、あら。今日は素直なハルなのね。ふふんっ」

レティシアは意外そうな顔をした後、ごきげんな様子で笑う。久しぶりに、思い通りに俺を動かすことができてうれしいのだろう。

そんなことで喜ぶなんて、相変わらずひねくれているな。

できるなら関わりたくないけど、アンジュのためだ。我慢我慢。

「で、話をしたいんだけど」

「まあ、いいわ。でも……」

レティシアは、軽く周りを見て、小さな声で言う。

「こんなところでする話じゃなさそうね。外に出ましょうか」

「わかったよ」

内容が内容なので、元より人気《ひとけ》のないところで話をしようと思っていた。素直にレティシアの指示に従い、ギルドの外へ。

「それで、話ってなにかしら？」

人気のない裏路地に移動したところで、レティシアはそう口を開いた。

どことなく不敵な笑みを浮かべている。あと、なぜかわからないが自信にあふれている。

「もしかして、ハルが私のところに戻りたい、っていう話かしら？」

「それはないかな」

「むぐっ」

即答すると、レティシアがものすごく悔しそうな顔に。そして小声で、「やっぱりあの女が」「もっと徹底的にやるべきね」なんていう不穏な言葉が聞こえてくる。

この態度、この台詞。ほぼほぼ確信した……やはり、アンジュの偽者はレティシアだ。

動機はサナの言う通りなのか、そうではないのか。

いまいちよくわからないところがあるけれど、まず間違いないだろう。

「単刀直入に聞くよ。俺達の友達の偽者を騙り、詐欺を働いているのはレティシア？」

「偽者ぉ？　詐欺ぃ？　なんのこと？」

こちらの鋭い視線もなんのその、レティシアはとぼけてみせる。

あからさまな態度ではあるものの、こちらには証拠がない。そのことを向こうも理解しているらしく、かなり強気な態度だ。

「本当に知らないっすか？　偽者を騙る悪いヤツがいるっす。それは、あんたでは？」

「だーかーらー、聖女の偽者なんて話、知らないわよ！　そもそも、証拠はあるの？　証拠は。ほら、まずは証拠を見せなさいよ」

「うぐ。そ、それは……」

「ないの？　ないなら、適当なこと言わないでくれる？　勇者にそんなことを言っていいのかしら？　名誉毀損で訴えて、あんたら、破滅させてあげようかしら」

自分の圧倒的有利を理解しているらしく、レティシアが悪い顔になる。

さて、どうしよう？

この言動で、アンジュの偽者はレティシアであることは、ほぼほぼ確信できた。

しかし、証拠がない。

レティシアも調子に乗っているみたいだから、たぶん、また犯行を繰り返すと思う。

そこを捕まえるという作戦でもいいけど、必ずしもうまくいくとは限らない。失敗の可能性を考えると、できる限り、この場で決着をつけておきたい。

そのための方法は……

「そうだね、確かに証拠はないかな。俺達は、レティシアをどうこうすることはできない」

「でしょ？　ふふんっ」

「でも俺は、限りなくレティシアが怪しいと思っているよ。というか、レティシア以外の犯人はありえないかな」

「はぁ？　あんた、なんで、そんなふざけたことを言えるわけ？　証拠がないって認めてたじゃない。それなのに、そんなことを言っていいわけ？」

「よくないね。ただ、俺はほぼほぼ確信しているよ」

「だーかーらー、そんなことを言うなら証拠を見せなさいよ、証拠を！　でも、ないんでしょ？なら、ふざけたことを言わないでくれる？」

レティシアは声に苛立ちを含ませていて、それが表情にも表れていた。腕を組み、指先でトントトンと肘の辺りを叩いている。

怒っている時の癖、変わっていないんだな。性格は変わっても、変わらないところもある。

なんともいえない気分になりつつも、本来の目的に集中する。

さてと……もう少し、煽《あお》ってみようかな？

「証拠なんて必要ないよ。俺には、レティシアが犯人だってハッキリわかっているから」

「だーかーらー、なんでそう言えるのよ!?」

「状況証拠を見る限り、そうとしか思えないんだよね」

「はぁ？　何を言い出したかと思えば、ただの状況証拠？　そんなもので、この私を犯人扱いしてるわけ？　ハル、あんた、ふざけてんの？」

「いいや、ふざけてなんていないよ。レティシアが犯人だ。それ以外の答えはありえない」

「あ、あんたねぇ……！　いくらハルでも、それ以上ふざけたこと言うのなら、痛い目に遭わせてやるわよ？」

「それ、いつもしてたよね？」

「このっ！」

レティシアはギリギリと奥歯を噛む。

目を血走らせるような感じで、こちらを激しく睨みつけている。

見た感じ、もうそろそろかな？

「大体、レティシア以外にありえないんだよ」

「なんでよ!?」

「犯人は、アンジュを貶めて得をする者。動機があるとしたら、レティシアだけ。俺の近くにいる女の子を排除したいっていう、嫉妬心かな」

「は、はぁ⁉　ハルの傍に誰がいようがいまいが、か、かかか、関係ないしっ！」

「そこでレティシアは、アンジュの名前を騙り、詐欺を行うことにした。アンジュのことをよく知らない店を探して、そして……金を払わずに、おーっほっほっほ！　と高笑いをしつつ、店を後にした。そうだろう？」

「そんなバカみたいな高笑い、してないわよ！　普通にじゃあね、って言っただけよ！」

アリスとサナが「⁉」というような顔になる。

ただ、レティシアは自分の失言に気がついていない様子で、怒り顔のままだ。

ホント、わかりやすい。頭に血が上ると、前後を考えることなく、適当に勢いのまま言葉を紡いでしまうところも、昔と同じだ。

「それで……なんで、レティシアは現場を見てきたかのように断言できるの？」

「あっ⁉」

ようやく失言を自覚したらしく、レティシアの顔が青くなる。

次いで、汗がダラダラと流れる。

「い、今のは……別に、その！　なんていうか、口が滑っただけよ！　たまたま、そういう言葉が出てきただけで、単なる偶然よ。そうよ、意味なんてないわ！」

「うん、そうかもしれないね」

「え？」

あっさりと主張が受け入れられて、レティシアが怪訝《けげん》そうな顔になる。

「でも、そもそもの話、もう詰んでいるんだけどね」

「な、なによ、それ。どういう意味よ？」

「俺、こう言ったよね？　俺達の友達を騙り、詐欺を働いている者がいる、って。ソレに対して、レティシアはこう答えたわけ。聖女の偽者なんて知らない、って。なんで被害者が聖女であることを知っているのかな？」

「うっ……」

「事件が事件だからね。人々に動揺を与えないために、今はまだ、事件は伏せられている。極秘捜査っていうヤツ。それなのに、どうしてレティシアは被害者が聖女であることを知っていたのか？　答えは一つ。犯人がレティシアだから、だよ」

「それじゃあ、最初から私を罠《わな》にハメて……」

レティシアは、感情のままに動くことが多いから、こういう腹芸には向いていない。だから、煽ればボロを出すんじゃないかと思っていた。

「さてと、もう言い逃れはできないと思うけど？」

「うぐぐっ！」

形勢逆転したことを自覚したらしく、レティシアはとても悔しそうな顔に。

再逆転の芽はないか？　あれこれと考えているみたいだけど、そんなものは欠片もない。

「ちなみに……アリス」

「ええ、バッチリよ」

アリスが手の平サイズの魔道具を取り出してみせた。

音声を録音できる魔道具だ。

「今の会話は、バッチリ録音してあるから。これは、立派な証拠になるよね？」

「うぐっ⁉」

「さてと、観念してもらおうかな？」

レティシアは、悔しそうにギリギリと歯を噛んで、吐き捨てるように言う。

「あーもうっ！　なんで、こうなるのよ！　私の予定では、あの女が排除されるはずだったのに！」

犯行を認めるような発言をした。

「認めるんだね？」

「……ええ、認めるわ」

「なんで、こんなことを？」

「別に。ただの気まぐれよ。なんとなく気に入らなかったから、邪魔してやろうと思ったの」

どうやら、動機を話すつもりはないみたいだ。ふてくされた顔をしつつ、それ以上はやだ、という感じで口を閉じている。

まあ、その辺りの調査は冒険者ギルドに任せればいいか。

「複数の店で詐欺を働いて、迷惑をかけたこと。まずは、しっかりと店主に謝らないとダメだから」

「は？　そんなことしてないんだけど」

「この期《ご》に及んでとぼけるつもり？」

「一つの店で詐欺をしたことは……まあ、認めるわ。でも、それだけよ。複数の場所で詐欺なんて働いていないわ」

そう言うレティシアは、ウソをついているようには見えなかった。

どういうことだ？

◆

事件の内容が入り組んできた。まだ、なにかしら裏があるかもしれない。そう考えた俺達は、ひとまず、レティシアを冒険者ギルドへ突き出すことは保留にした。

彼女を連れて、アンジュの屋敷へ戻る。

「ひとまず、犯人候補を捕まえてきたよ」

「ふんっ」

レティシアは抵抗こそしないものの、自供なんてするものかという様子で、ふてくされた態度で鼻を鳴らしていた。

そんな彼女を見て、俺達に呼び出されたジンが不思議そうな顔になる。

ただ、アンジュとナインは犯人像を予想していたから、納得顔だ。

「うん？　その子は勇者の嬢ちゃんじゃねえか。どういうことだ？」

「もう彼女を捕まえてしまうなんて、さすがです。ハルさんは、いつも私の予想の上を行きますね」

「いや、それが……どうも、状況がちょっと複雑になってきたんだ」

「え、どういうことですか？」

「今から説明するよ」

レティシアが怪しいと思い、捜索をしたこと。

本人を見つけて、犯人だろうという証拠を手に入れたこと。

しかし、レティシアの話によると、詐欺を行ったのは一件だけであること。

それらを説明すると、アンジュとナイン、それとジンが難しい顔になる。

「勇者の嬢ちゃんが犯人ってのも意外だが……」

「ハルさんが言うように、複雑な状況になっていますね」

「彼女の話を信じるのならば、他にも聖女の名を騙る偽者がいる……ということになりますね」

ナインが言うように、問題はそこだ。

レティシアの件に便乗したか。あるいは、たまたまタイミングが重なっただけなのか。そこは不明なのだけど、レティシアを信じるなら、他にも犯人がいることになる。

どのような意図があるのか？

どのような目的を持っているのか？

それはわからないし、見当もつかないのだけど、聖女の名前を騙るくらいだ。ロクでもないことを企んでいることは間違いないだろう。

「まいったわね。もう一人、聖女を騙るヤツがいたなんて」

「しかも、その目的は不明。もしかしたら、お嬢さまを傷つけることが狙いなのかもしれません」

「あるいは……聖女の座を狙っているのかもしれません」

アンジュが深刻な顔をして、そんなことを言う。

聖女の座を狙う……うん、それはありえるかもしれない。勇者ほどじゃないけど、聖女の称号は重く高く、憧れる者は多い。

その座を狙うための犯行というのも、ありえるかもしれない。

って、待てよ？

アンジュの言葉を受けて、新しい疑問が。

「不吉な例えをするんだけど、アンジュが聖女の座を降ろされて、他の誰かが就任するとか、そんなことってあるの？」

「はい、ありますよ」

「そうなんだ……それは知らなかった」

「以前も説明しましたが、聖女は誰もがなれる職業ではありません。神託を受けた者が巡礼の旅を完遂することで、初めて真の聖女となることができます。今の私は、真の聖女になる資格を持つ、見習い聖女というべきでしょうか」

「ふむふむ」

「これは誰でもなれるものではありません。まずは、教会などに毎日通い、神託を受けること。そして、数々の試練をくぐり抜けることで、周囲に認められること。そうすることで、初めて聖女見習いとなることができます」

「座を降ろされることがある、っていうのは？」

「聖女の数には限りがあります。誰でも彼でも聖女を名乗らせていたら、教会の権威などが崩壊してしまいますからね。聖女の座は十二人。その内、巡礼の旅を終えた者は七人。残り五人の枠が残っています。その座を争い、私のような聖女候補が巡礼の旅をしている最中になります」

「なるほど、なんとなく理解してきたよ」

聖女になれるものは十二人だけ。

今は七人しかいないらしく、残りの五枠を複数人で競い合っている、という感じか。

巡礼を終えた順から聖女の座を得ることができるという、早いもの勝ちレース。単純なシステムであるが故に、競争が激しくなりそうだ。

「なら、聖女の座を狙う者がもう一人の犯人、っていう可能性もあるんだよね？　その場合は、教会の関係者、っていうことになるのかな？」

「はい。残念ながら、他の動機が考えられないため、その可能性は高いです」

神に仕える身として、そのような者がいることを嘆かわしく思っているのだろう。アンジュの顔はとても暗い。

「とはいえ、誰を疑えばいいのやら……」

「怪しいのは、他の聖女候補だよね？」

「そうですね。ただ、他の候補の方々は、アーランドから遠く離れた場所にいると聞いています」

「そうなると無理か。なら、さらに下……聖女候補になろうとしている神官とかは？」

「そういう方々を範囲に含めると、途端に数が跳ね上がります。誰を疑えばいいのやら。それに、神官にそのような方がいるなんて、できるなら思いたくありません。信じたいです」

「アンジュは優しいね」

「いえ、そんな。ただ、神官の友達がいますし……友達を疑うようなことはしたくないと、ただそう思っただけなんです」

「それが、優しいっていうことだと思うよ」

「はぅ。ハルさまにそう言われると、なぜか、顔が熱くなってしまいます」

「もう。ハルってば、また無自覚にたらしているし。ちゃんと、あたしのことも見てくれないとダメなんだからね？」

「えっと、了解？」

アリスは、なんの話をしているんだろう？

「なんにしても情報が足りない、っていうことだね」

頭の痛い話だ。今の段階で、それなりの推論は立てることができるけど、どれもこれも、これだ！　という根拠に欠けている。

ただただ、根拠のない推測を重ねているだけで、答えに辿り着くことができていない。

「ふむ。話は理解したが、情報が足りねえな。悪いが、これだけの情報で聖女の嬢ちゃんの監視を解くわけにはいかん。というか、狙われている可能性も考えると、護衛も兼ねてこのまま待機した方がいいな」

ジンがそんなことを言う。

もっともな話なのだけど……気の所為《せい》だろうか？　ジンは、なにかと理由をつけてアンジュの傍にいたがっているような印象を受けた。

「あっ！　自分、いいことを思いついたっす！」

成り行きを見守っていたサナが、笑顔で言う。

「レティシアに協力してもらえばいいんじゃないっすかね？」

「「「はぁ⁉」」」

サナの突飛なアイディアに、アリス達は、それはありえないだろう、というような顔になる。

ただ、俺は……

「それ、アリかもしれない」

「「「えぇっ⁉」」」

みんなが驚きの声をあげて、どういうこと？　という感じでこちらを見る。

俺の考えた作戦はこうだ。

レティシアにはこれからも、アンジュの名前を騙ってもらう。ただ、今まで通りではなくて、大きく動いてもらう。大胆に派手に詐欺をしてもらう、ということだ。

そうすれば、どうなるか？

もう一人の犯人は、レティシアにコンタクトを取るだろう。

うまく利用するためかもしれない。あるいは、余計なことをして邪魔をされたらかなわないから、止めようとするかもしれない。

そうしてコンタクトを取ってきた時に、相手の情報を摑み、状況によっては拘束させてもらう。

そうすることで情報を集めて、事態を進展させる。やや強引かもしれないけど、これがもっともわかりやすく、なおかつ、最大限の効果が見込める作戦になると思う。

「ほへー」

そんな策を話すと、みんながポカンとしていた。

サナなんて、ちょっと間抜けな顔で目を丸くしていた。

「ダメだったかな？」

「ううん、そんなことないわ。むしろ、ものすごく良い作戦だと思う」

「驚きました。ハルさんは、魔力だけではなくて、智謀《ちぼう》にも優れているのですね」

「こんな短時間で、よくそのようなことが考えられますね。私はハルさまのことを尊敬いたします」

「さすが師匠っす！　さすが賢者っす！　自分は、師匠の弟子であることが誇らしいっす！」

だから何度も言うけど、まだ弟子にした覚えはないいんだけど。

なんか、このまま押し切られそうな気がしてきた。

「ハルなんかが褒められるなんて……くぅっ」

一人、レティシアは悔しそうにしていた。

俺が褒められるのがおもしろくないのだろうか？

「で、どうかな？」

「そうね……」

話を聞いたレティシアは、思案顔になり、髪の毛を指先でいじる。

レティシアの癖だ。深く考える時、彼女はよく髪の毛をいじる。

ん？　なんで俺、彼女の癖を知っているんだろう？

一緒に旅をしているうちに、気づいたのかな？

「あたしは賛成。みんなは？」

アンジュとナインとサナは、異論ないというように頷いた。

ジンも口を挟まないところを見ると、賛成なのだろう。

「ただ、一つ問題があるわ」

ちらりと、アリスが、拘束されて静かに成り行きを見守っていたレティシアを見る。

「彼女、素直に協力してくれるかしら？」

「いいわよ」

「え？」

「だから、いいわよ、って言ったの」

「「「……」」」

俺を含めて、みんなが一斉に目を丸くした。

まさか、こんなにあっさり了承してくれるなんて。もしかして、これは夢？

「明日は、雨かしら？」

「いいえ、雪かもしれませんよ」

「お嬢さま。槍《やり》が降るという可能性もあるのでは？」

「ドラゴンが降ってくるかもしれないっすよ」

「なんでよ!? 人が素直に協力してあげるって言ってるんだから、そこは喜びなさいよ!? あんたら、揃いも揃って失礼ね!? 協力するのやめるわよ!?」

「ごめんごめん。素直に協力してくれるなんて、思ってもいなかったから」

「ふんっ。でも……一つ、条件があるわ。私がしたことをなかったことにしなさい」

「つまり、レティシアの詐欺は罪に問わないと？」

「そういうこと。それも含めて、全部、もう一人の犯人のせいにしましょう。そうすれば、私の名声は保たれるわ」

レティシアがアンジュの名前を騙り、一件だけとはいえ詐欺を働いたことは確定だ。公になれば、権威の失墜は免れない。最悪、勇者の称号の剝奪もありえるだろう。

それを避けるために、全ての罪をもう一人の犯人に押しつけるというわけか。

「わかった、考えておくよ」

「いいの、ハル？　そんなことを勝手に」

「レティシアに協力してもらった方が色々とやりやすいからね。この際、多少のことは妥協しよう」

「ふふんっ、さすがハルね！　私の偉大な力が必要なこと、ちゃんと理解してるじゃない」

「ただ」と間を挟み、レティシアは言葉を続ける。

「今言ったような作戦はとらなくても問題ないわ」

「どういうこと？」

「もう一人の偽者っぽいヤツから、すでに接触があるの」

「えっ⁉」

さすがに、この発言には驚いてしまう。

そこまでとは思っていなかったらしく、みんなも目を大きくしていた。

「それ、詳しく聞かせて」

「うーん。どうしようかしら？　協力するにはするけど、なんか報酬があってもいいわよねー。素直に教えるのも、なんかつまらないわよねー」

レティシアは嫌な笑みを浮かべて、見下すようにこちらを見る。

「まあ、協力関係を結んだわけだし？　教えてもいいんだけど？　でもね、ほら……それ相応の態度っていうものがあるでしょ？　わかる？　ハルの土下座、見たいなー」

「あのね……」

アリスが前に出ようとするが、それを視線で制して、ここは任せてくれ、と合図を送る。

迷うような間を置いて、アリスは元の位置に戻る。

「レティシアがそういう態度に出るなら、俺にも考えがあるよ」

「へぇ、おもしろいじゃない。どうするつもり？　尋問でもする？」

「えっと……確かあれは、七年前の夏だったかな」

「？」

「その日はとても暑くて、レティシアはたくさん水を飲んだ。そのまま寝て……トイレに行きたくなって目を覚ましたけど、寝る前に怪談をしたせいか、怖くてトイレに行けない。どうする？　どうすればいい？　そうだ、窓から外にしてしまえばいい。そう考えたレティシアは……」

「ちょっ、まっ……ストップストップストップぅううううっ！」

レティシアは顔を真っ赤にして、あたふたと両手を振りながら、俺の胸ぐらを掴んできた。

「ハルぅううっ！　あんた、なんてこと言うのよ!?　乙女の尊厳を踏みにじるつもり!?」

「レティシアがああいう態度をとるから、俺もこういう手を使ったまでさ。ちなみに、ストックはまだまだたくさんあるよ。幼馴染の特権だね」

「ぐうううぅ」

「素直にならないなら、もう一ついこうかな。寒い冬の日、レティシアはスカートなのに頭から盛大に雪に突っ込んで……」

「あああああぁぁっ⁉　わかったわよっ、わかったからやめなさい⁉　でないと、ここで上級魔法を唱えるわよ⁉」

ちょっとやりすぎたみたいだ。

でも、調子に乗ることをやめさせることに成功。レティシアはふてくされたようにしつつも、椅子に座り直して、素直に情報を開示する。

「基本的に、ハルの推理は正しいわ。今回の一件、アンジュを聖女候補から蹴落とすためにしかけられたものよ。私のは、たまたまタイミングが重なっただけ」

「断言できるの？」

「相手がそういう風に言ってきたの。で……協力関係を結べないか？　とも聞いてきたわ」

「その返事は？」

「保留にしてあるわ。うさんくさいから、即答なんて無理」

「それもそうか。それで、相手の名前は聞いている？」

「ええ、もちろん。相手の名前は……この街、アーランドの教会の司祭、ロナ・ファァルンよ」

「そ、そんな⁉」

レティシアが口にした名前に、アンジュがとても強い反応を示した。口元に手を当てて驚いて、信じられないというように目を大きくしている。

たぶん、アンジュとロナという人は親しい間柄なのだろう。今の反応から、そのことがわかる。

それを理解しつつ、話を聞くということは残酷なことかもしれない。

ただ、確かめないわけにはいかない。

酷なことかもしれないが、全てのことを明らかにしないと。

「アンジュは、ロナ・ファルンと知り合いなの？」

「……はい」

アンジュは青い顔をして、かすれてしまいそうなほど小さな声で言う。

「ロナは……私の幼馴染です」


ロナ・ファルンは、アンジュの幼馴染だ。

小さい頃に知り合い、意気投合して、以来、ずっと同じ時間を過ごしてきた。平民ではあるものの、実の姉妹のように仲が良い。

アンジュとロナはその優しい性格から、人々の力になりたいと、共に神官を志して教会へ通うように。二人は大きな才能があり、みるみるうちに力を身に付けていった。

やがて、アンジュは聖女候補に選ばれた。そしてロナは、教会の運営に関与する権利を持つ、司祭の一人に選ばれた。二人の年齢を考えれば、どちらも異例のことだ。

以降、二人は己の職務に全力を注ぐ。

アンジュは真の聖女になるために。

ロナは、司祭として街の人々を救い、正しい道へ導くために。

共に『人々の力になる』ことを目標として、一人前になるために励んだ。

「ただ、最近は連絡をとっていませんでした。私は巡礼の旅が。ロナは司祭としての務めが。それぞれに忙しく、なかなか時間がとれず、なにをしているのかわからない状況でした。でもまさか、ロナがそんなことを考えていたなんて……なにかの間違いでは？」

「どうかしら？　アイツ、確かにロナって名乗っていたわ。ちょっと肌が黒くて、髪は短め。歳《とし》はあんたと同じくらいで……そうね、首にホクロがあったわ」

「それは、そんな……じゃあ、やはり本当にロナが……」

アンジュは強いショックを受けている様子で、さらに顔を青くする。

幼馴染が自分を陥れようとしていたなんて聞かされて、平静ではいられないだろう。レティシアの件があるから、アンジュの気持ちはよくわかる。

「アンジュ、大丈夫？」

「あ……ハルさん」

気がつけば、アンジュの手を握っていた。

彼女は驚いたような顔をするものの、こちらの手を払おうとはしない。

「なにができるっていうわけじゃないけど、俺がいるから。アリスもナインもサナもいる。この前、アンジュが言ってくれたように、一人じゃないから。それを忘れないで」

「……はい、ありがとうございます」

ちょっと涙を浮かべつつも、アンジュは笑顔になる。

よかった、どうやら心を持ち直したみたいだ。

「これらの情報を元に、ギルドに動いてもらうことは？」

「ちと難しいな」

成り行きを見守っていたジンが、顎のヒゲを撫でながら言う。

「勇者の嬢ちゃんの話ってことにすりゃ、信じてくれると思うが……その場合、なんで司祭の嬢ちゃんが勇者の嬢ちゃんに接触してきたのかを説明しないとな。そこを話すのはダメなんだろ？」

「当たり前でしょ！　そうさせないために、協力してあげるんだから」

「ってなると、話ができねえわけだ。そもそもの話、司祭の嬢ちゃんが犯人っていう確たる証拠もない。まずは、そこから固めてもらわないことにはな」

「なによ。私の言葉なのに、信じられないっていうわけ？」

「個人ならともかく、組織が動くとなるとそれなりのもんが必要になるのさ。まあ、面倒って言われたら否定できねえけどな。でもまあ……勇者の嬢ちゃんの言葉だからな。無視するわけにはいかねえか。その方向で動いてみた方がよさそうだな」

「そうよ、そうすればいいのよ！」

うーん？

ジンの言うことは正論なんだけど……正論すぎるというか、やはり気になる。最初は否定的な意見を口にして賛同を得る。それから、ロナを追及する方針に切り替えて、再び賛同を得る。見方によっては、ロナに疑惑を向けるように誘導しているようにも見える。

でも、そんなことをして得られるメリットはなんだ？　目的は？　なにか企んでいる？

気になるものの、答えが見つからなくて、モヤモヤしてしまう。

「師匠、どうするっすか？」

「……ひとまず、ジンが言うようにロナを調べてみようか」

ジンの思惑はともかく、この状況では、ロナを調べる以外の道はない。

「アンジュとナインは、このまま家にいて。まだ状況が改善されていないから、外に出るのはまずいと思う。ロナのことは、俺とアリスとサナで調べてみるよ」

「私は？」

「レティシアは……」

場を引っ掻《か》き回されるのが一番困るので、なにもしてほしくないというのが本音だ。

「勇者のコネを使って、情報を集めてくれない？」

「くれない、じゃなくて、くれませんか？　でしょ」

「八歳の秋の朝、レティシアは公園で……」

「わかったわよ⁉　わかったからそれ以上は言うな！　言えば殺すわよっ⁉」

レティシアは顔を真っ赤にしつつ叫ぶ。

納得してくれたようでなにより。

「じゃあ、さっそく行動に移ろうか」

「みなさん、よろしくお願いします」

「どうか、お嬢さまのことを助けてください」

頭を下げるアンジュとナインに見送られて、俺達は屋敷を後にした。

外に出たところで、今後の方針を軽く話し合う。

「じゃあ、私は私で好きにやらせてもらうわ。安心しなさい。一応、協力はしてあげる」

「そうだね、別々に行動した方がいいかな」

「なによそれ。私と一緒じゃイヤっていうわけ？」

「うん」

「ぐぎぎぎっ！　お、覚えてなさいよっ、そんな生意気な口をきいたこと、いつか後悔させてやるんだからーっ！」

レティシアはとても悔しそうな顔をして、立ち去る。

三流の悪役のような台詞が妙に似合うのは、なぜだろう？

「じゃあ、あたし達はロナについて調べましょうか」

「あ、そのことなんだけど、アリスには別のことを頼みたいんだ」

「え？」

「ジンのことを調べてくれないかな？」

「ジンを？　どうして？」

「うーん、なんて言えばいいのかな」

確証がないのに、混乱させることを言うのはどうかと思う。ただ、下手にもったいぶり、結果的に最悪の事態を招いてしまったら目も当てられない。

うん、話そう。

俺の考えすぎなら、笑い話にしてしまえばいい。

俺は、ジンに対する違和感についての話をする。

「俺の考え過ぎかもしれない。ただ、どうにもこうにも気になるというか……なんか、都合がよすぎる気がしない？」

「と、いうと？」

「レティシアが行動を起こして、そんなに間もないはずなのに、ジンがアンジュの元に派遣されてきた。まるでこうなることがわかっていたかのように、とても素早い行動だ」

「そうね、言われてみれば確かに」

「それに、ロナの行動も気になる。ロナの関与は間違いないだろうけど、でも、そうそう簡単にレティシアに接触するかな？　他に偽者がいるとわかれば、もっと慎重に動くような気がする」

「そこまで深く考えていない、っていう可能性もあるんじゃないっすか？」

「それもあるんだけど、さらに他の可能性もあるよね。例えば、今回の事件に関わる人の一連の行動は、ロナを容疑者にするためのもの……とか」

それは、先ほど、ふと思いついた、とある可能性。

閃《ひらめ》きというよりは、妄想に近いかもしれない。

でも、不思議と、俺はその推理を捨てることができないでいた。その推理こそが正しいのではないかと、頭の中で何度も何度も繰り返し考えていた。

「アンジュに罪を着せて、聖女見習いの座から降ろそうと企む者がいるなら……ロナに罪を着せて、司祭の座から降ろそうと企む者がいてもおかしくないんじゃないかな？」

「あっ」

その可能性は考えてなかったというように、アリスが目を丸くして驚いた。

隣で話を聞いているサナも、なるほど、と納得する。

「レティシアの話を信じるなら、ロナが動いていることは間違いない。でも、単独犯じゃなくて、裏に誰かがいたら？　これは仮説だけど……これはアンジュのためなんだ、とか吹き込んでロナをいいように動かして、今回の事件を起こさせた。でも黒幕の本当の狙いは、ロナの失脚。タイミングを見計らって事件を公のものとして、ロナに全ての罪を被せて、司祭の座から引きずり下ろす。ついでに事件を解決した手柄を独り占め。どうかな？」

これが、俺の推理だ。

推理というか、かなりの暴論だ。根拠もなにもない。ただ単に、最悪のシナリオを思い描いただけともいえる。

レティシアと一緒にいたことで、悪いことを考えるのは得意だ。誇れないけどね。

なので、全てが敵の思惑通りになるという、最悪のシナリオを思い描いてみた。

「なるほど、確かに。うん、それはあるかもしれない」

「アリスは賛成？」

「うーん。正直、半々ってところかしら？　根拠がないから、さすがに全面的に支持するのは無理ね。でも……」

「もしも師匠の言うことが正しかった場合、ロナだけに焦点を絞って調査するのはやばいっす！　師匠の言う可能性も含めて、調査した方がいいっす！」

「あたしの台詞⁉」

サナがアリスの台詞を先取りして、そう言う。

「そういうわけだから、アリスは、ジンとその周囲を探ってほしい。俺の推理が正しいとしたら、どこかで証拠を得ることができると思う。なにもなかったら……その時はその時。もう一度、道を探すことにしよう」

「うん、了解。ハルとサナは？」

「俺達は、当初の予定通りロナのことを調べるよ。俺の推理が正しくても正しくなくても、どちらにせよ調べておいて損はないはず。色々な情報が必要になるだろうからね」

「オッケー。じゃあ、あたしはジンを。ハルとサナはロナを。そういう方向で動きましょう」

「助かるよ。俺の勘に過ぎないから、信じてくれなかったらどうしようかと」

「なに言ってるの」

コツン、とアリスに指で額をつつかれる。

「あたしがハルのことを信じないなんて、そんなことあるわけないでしょ」

「そう、なの？」

「もちろん。あたしは、どんな時でもハルの味方なんだから」

そう言って、アリスはにっこりと笑う。

その瞳には、とても熱くて優しい感情が込められているような気がした。

～ Another Side ～

「聖女の嬢ちゃんは、この後の予定は？」

屋敷に残ったジンは、アンジュにそう尋ねた。

「そうですね……私は調査に参加することはできませんが、この家にある資料を調べてみたいと思います。聖女のこと、司祭のこと。色々な記録が残っているはずなので、ひょっとしたら、ハルさんの力になることができるかもしれないので」

「へぇ。みんなと言わず、兄ちゃんと限定するんだな」

「えっ⁉　あ、いえ、それはその……⁉」

「ははは、悪いな。ちょっと意地悪を言ったか」

「お嬢さまに失礼を働くのならば、ジンさまをオータム家の客として扱うことはできなくなると、そう伝えたはずですが？　もしかして、記憶力が皆無なのですか？」

「そんな怖い顔しないでくれよ、ちょっとからかっただけだろ」

「……」

「ま、調べ物の邪魔をする気はないさ。好きにしてくれ。っていうか、俺もちと野暮用で出かけるからな」

「そうなんですか？」

「聖女の嬢ちゃんに問題がないこと。その他、細かい報告をしないといけなくてな。あぁ、そうそう。言っておくが、俺がいない間、外に出たりしないでくれよ？　立場が悪化するからな」

「はい、わかりました」

念押しするように言った後、ジンは部屋を出てアンジュとナインと別れた。

そのまま屋敷の外へ。

前言したように冒険者ギルドへ……立ち寄らない。ギルドを通り過ぎて、街の中心部から離れていく。

アーランドは大きく栄えている街だ。中心部に領主の館があり、波紋が広がるように住宅や商店など、様々な建物が並んでいる。最後に、街を守るための城壁が。

色々な場所で開発が行われているが、城壁の近くは空白地帯が目立つ。有事の際は危険地帯となるため、城壁の近くに住むような変わり者は少ない。

そんな場所に、小さな家が一つ。

廃屋というほどボロボロではないけれど、掃除はされておらず、あちらこちらが汚れている。一見すると、家主はいないだろう。

そんな家に、ジンは足を踏み入れた。

尾行がないことは確認済だ。

「よう、調子はどうだい？」

「あっ、ジンさん」

中にいたのは、アンジュと同じくらいの歳の女の子だ。

髪は肩まで伸びたくらい。やや癖があり、毛先が跳ねている。寝癖のようになってしまっていて、本人はとても気にしているが、それもまた彼女のチャームポイントだ。

肌はやや黒い。ダークエルフなどの血が混じっているのだろう。これは特に珍しいことではなくて、そこそこの割合で似たような人がいる。

幼い顔つきをしており、その表情は、おどおどと気弱な感じだ。

ロナ・ファルン。

アンジュの親友であり、若くして司祭の座に就任した才女だ。

「俺が言ったように、もう一人の偽者に接触してくれたみたいだな」

「はい。教会の方に調査をしていただいたところ、すぐに特定することができました。それで、その……言われた通りに、協力できないかどうか打診しておきました」

「ふむ。いい感じだな。順調じゃねえか」

「あ、あの」

ロナはびくびくとしつつ、ジンに問いかける。

その顔には、疑問の色が見えた。

「本当に、これで大丈夫なのでしょうか？」

「ん？　なにがだ？」

「アンジュは、教会の関係者に狙われている。だから私が囮《おとり》になるために、アンジュの名前を騙り犯人を誘い出す。そういう作戦、ですよね？」

「ああ、その通りだ。それがどうかしたのかい？」

「その、なんていいますか。少し強引な気がしないでもなくて……本当にこんなことをする必要があるのでしょうか？　アンジュに迷惑がかからないか、それが心配で……」

「甘い、甘いな」

「えっ？」

「俺らが相手にしてるのは、聖女を狙うような大悪党だ。そんなヤツを相手に、まともな方法は通じねえよ。ちょっとした搦《から》め手《て》が必要になる。だから、あえてこんな手を使っている、っていうわけさ」

聞く人が聞けば……それこそハルが今の話を聞けば、いやいや待て、とツッコミを入れているだろう。

アンジュが狙われているからといって、わざわざロナが囮になる必要はない。

教会の関係者に狙われているという確かな証拠は？

また、レティシアに接触した目的は？

司祭であるロナが表に立ち、動く理由は？

疑問がありすぎて、普通ならば、ジンに疑いの目を向ける。

しかし、ロナは気が弱い。

とても優しい心を持つことで司祭に選ばれたが、いざという時に前に出ることができず、相手の勢いに飲まれ、自己主張できない場面が多々あった。

今回もそれと同じように、ジンの主張に流されてしまう。

「それとも、司祭の嬢ちゃんは俺がウソをついているとでも？　危ない目にあった嬢ちゃんを助けた俺を、疑っているとでも？」

「い、いえ、まさかそんな。ジンさんは命の恩人です。そんな方を疑うなんてこと、私は……」

「そう言ってもらえると安心するぜ。司祭の嬢ちゃんと、聖女の嬢ちゃんを助けるためにやってることなのに、当の本人から疑われたらたまらないからな」

ジンはにっこりと笑う。

そして、心の中でも笑う。

ロナの命を狼藉者《ろうぜきもの》から救ったという話は本当のことだ。しかし……

（ソイツは俺が雇った犯罪者崩れで、自作自演なんだけどな）


心の中で浮かべている笑みは、とても黒いものだった。

なんてちょろい。こんなに簡単に人を信じるなんて、バカではないか？　司祭は、決して頭がいいものではないのだな。などと、ろくでもないことを考えていた。

「ああ、そうそう。こいつを渡しておくぜ」

ジンは、耳栓に似た魔道具をロナに渡した。

「これは……通信機ですか？」

「ああ。こいつを使えば、ある程度の距離が離れていても、互いの声を届けることができる。魔法を使った念話のようなものだな。いざっていう時はコイツを使って指示するから、それに従ってくれ」

「はい、わかりました」

「じゃ、次の指示があるまでは、ここで待機しててくれ。こんなところで悪いが、他にいいところがなくてな。なあに、すぐに事件を解決してみせるさ」

「わかりました……あ、あのっ」

家を出ようとしたジンを、ロナが呼び止めた。

「私とアンジュのために力を貸していただき、その、ありがとうございます」

「なあに、いいってことさ。二人を助けることは、この街のためになるからな。そのためなら、俺は喜んで働くぜ」

ジンは気のいい笑みを見せて、今度こそ家を後にした。


「この街のために……ねぇ。ははははっ！」

家を出てしばらく歩いたところで、耐えられないという様子で、ジンが笑う。下品で下劣で、まるで品のない笑い声を響かせる。

「この街のためのわけないんだよなぁ。この街の権力者のため、ってのが正解だ」

ジンの雇い主は、教会の関係者だ。

しかし、その目的はロナに話しているものと大きく異なる。

本当の目的は、依頼主の意向に従い、アンジュとロナを教会から排除すること。そのために、面倒ではあるが遠回りな計画を立てて、二人に罪を被せるように画策した。

ジンの依頼主にとって、アンジュとロナは邪魔者以外の何者でもない。清廉潔白すぎる二人がいれば、思うように動くことができず、贅沢《ぜいたく》の限りを尽くすことができない。

故に、排除することにした。

とはいえ、聖女や司祭を殺してしまうと問題が大きくなりすぎてしまう。下手をすれば、自分のところまで火の粉が飛んで来てしまう。

なので、殺しはしない。代わりに、あるはずのない罪を被り、舞台から降りてもらう。

それが、ジンの雇い主が望むことだ。

「このまま司祭の嬢ちゃんを犯人に仕立て上げて、ついでに、聖女の嬢ちゃんにも罪の一部を被せる。そうすれば、依頼主も納得だ。失敗する可能性は……ははっ、ねえな。なにしろ、誰も俺のことを疑っていない。計画は順調だ。さてさて……祝杯の用意でもしておくか？　ははははっ」

勝利を確信して、ニヤリと笑うジンではあるが……彼は知らない。

すでに、ハルに疑われているということを。

そんなことも知らず、ジンは己に酔うような感じで笑い続けた。

◆

「……っていうことがあったわ」

あれから色々な作業を進めて、時間は夜。

アンジュの部屋に、俺、アリス、アンジュ、ナイン、サナが集合する。

レティシアは、もう寝ると言い寝室に消えた。ジンはギルド関連の用事があるからと、今日は帰ってこないらしい。

都合が良いので会議を開いて……そしてアリスから、ジンに関する報告を聞かされた。

「魔道具を使って盗聴していたんだけど、ものの見事に、全部ぶちまけていたわね。アイツ、最後に自爆するような、典型的な悪人ね」

「自分が疑われているなんて、欠片も思っていないだろうから、油断したんだろうね。まあ、油断してもらうために、そういう素振りは欠片も見せなかったんだけど」

なにはともあれ、証拠を摑むことができた。

もちろん、ジンの台詞は録音済み。

「「……」」

アンジュとナインが啞然《あぜん》としていた。

「ジンさんを疑うなんていう発想、私にはまるでありませんでした。正直なところ今の今まで信じ切っていました。それなのに、ハルさんは彼の邪心を見抜いていたなんて、す、すごいです」

「私も疑いは持っておりませんでした。不躾《ぶしつけ》な態度は好ましく思っていませんでしたが、まさか、黒幕であったなんて……ハルさまの慧眼《けいがん》には恐れ入るばかりです」

「えっと……そんな大したことじゃないから。特に根拠はなくて、勘で疑いを持ったら、たまたまヒットしただけで、すごいなんてことはないよ」

「勘だとしても、十分すごいと思うっすよ。獣以上……いや、ドラゴン並みっす」

「ハルは色々とあったから、称賛を素直に受け入れにくいのかもしれないけど、でも、謙遜がすぎれば嫌味になるし、相手に対しても失礼になるの。それはわかる？」

「あ……」

「今気づいた、っていう顔をしているわね」

「ごめん」

「ううん、謝る必要はないの。ハルは、もっとずうずうしくなっていいと思う。それくらいで、たぶんちょうどいいから」

「怒られたり、嫌われたりしないかな？」

「そんな人は、所詮はその程度、っていうこと。あたしは、いつまでもハルのことが好きよ」

「っ⁉」

お、落ち着け、俺。

アリスの今の台詞は、ライクであってラブじゃない。ただの友達としての好き、だ。

それなのに勘違いして動揺したら、あまりにかっこわるい。落ち着かないと。

「あたしの想い、伝わっていない感じね」

「むぅ、なんだかモヤモヤします」

「無自覚にヤキモチを妬くお嬢さま、とてもかわいらしいです」

会議をしているはずなのに、ちょっとだけ、場がカオスになってきた。

「とりあえず、話を元に戻して……アリス。録音したロナとジンの会話を聞かせてくれる？」

「はい、どうぞ」

魔道具を使い、二人の会話を再生してもらう。

「ところどころで会話が飛んでいますが、でも、証拠は十分ではないでしょうか？」

「そうですね。お嬢さまの言う通り、問題はないかと思われます」

アンジュとナインは、そんな感想を口にした。

「うーん、ちょっと足りない気がするのよね。まだ抜け道がある気がする。とぼけられたりして、そのまま逃げられちゃうかも」

「もしも失敗したら、すごく警戒されちゃうっすね。そうなると、ものすごく面倒な状況に陥りそうな気がするっす」

アリスとサナは慎重な意見だ。

どちらの意見も正しいように聞こえる。

さて、どうしよう？

「師匠はどう思うっすか？」

「俺は……」

少し考えて、俺なりの答えを口にする。

「やろうと思えば、これでもいけるかもしれない。ただ、下手したらトカゲの尻尾切りで、ジンだけが罪に問われるかもしれない。そうならないように、ジンの依頼人の情報を掴みたいと思う」

「おー、なるほど。依頼人のことを忘れていたっす」

「具体的には、どうするんですか？」

「この証拠をエサにして、黒幕を釣り上げよう」

「ハルってば、悪い顔しているわね」

アリスがニヤリと笑う。

十分、アリスも悪い顔をしていると思うよ？

～ Another Side ～

アーランドは信心深い人が多く、無数の教会が建設されている。小さなところから大きなところまで含めると、その数は全部で十を超える。

その中で、一番大きな北区の教会の管理人を務めているのが、神官オルド・スミスだ。

でっぷりと肥えた体に、長く伸びたヒゲが特徴的だ。

ただ、いつも笑みを浮かべていることから、だらしないというよりは、朗らかで優しいという認識を持つ人がほとんどだ。笑顔でふくよかな男というのは、そんな印象を持たれることが多い。

しかし、その笑顔は偽りの仮面。

彼が実際に考えることは、常に金や権力のことばかり。

神官という立場にいるものの、金とコネで成り上がり、実力は関係していない。

オルド・スミスは、そんな人間である。

「くくく……そろそろ、あの生意気な小娘達を退場させるか」

夜の教会で、一人、オルドは今後のことを考えていた。

聖人も司祭も、なぜか自分ではなくて、年若いアンジュとロナが選ばれた。そのようなことはおかしい、あってはならないミスだ。

だから、そのミスを修正することにした。

とある冒険者を雇い、手駒として活用して、裏で色々と暗躍をしてきた。

結果、聖女と司祭を陥れる一歩手前まで進むことができた。

そのことに対して、オルドは罪悪感は欠片も抱いていない。むしろ、これは正しいことだという歪んだ正義感を抱いていた。

自分こそが絶対的に正しいと信じて疑わない、独善的な思考回路が形成されている。彼の心の歪みは相当なものだった。

「まあ、二人共顔はいいからな。ぐふふ、わしの愛人として傍に置いてやることも考えてやるか」

本人が聞けば絶対に断るだろうが、当人の意思なんて関係ないというように、オルドはだらしない笑みを浮かべていた。

聖女や司祭にふさわしい威厳などは皆無であり、むしろマイナス印象しかないのだけど、そのことを本人が自覚することはない。

自分が一番優れていて、全ての人の頂点に立つべきだ。そのためならば、どのようなことをしても許される。

心の底から、そう信じて疑っていないのだ。

「さて。そうと決まれば、さっそくジンに……」

鍵が開けられるカチンという音が響いて、教会の扉が開いた。

姿を見せたのは、ジンだ。

「おぉ、ジンか。定期報告か？　ちょうどいいところに来た。実はお前に……」

「……大将、ちとまずいことになった」

「なんだと？」

「明日、大将にまずい情報が冒険者ギルドで公開されるらしい。おそらく、俺らが裏で色々とやってきたことに関する証拠だな」

「なんだと⁉　どういうことだ⁉」

「俺もよくわからねえが……ひょっとしたら、俺のミスかもしれん。すまん」

「すまんでは済まないぞ⁉　どうするつもりだ⁉　わしが捕まるようなことがあれば、お前も捕まるのだぞ⁉　わしらは一蓮托生《いちれんたくしょう》なのだ！」

「わかっているさ。だから、今夜のうちに冒険者ギルドに忍び込み、公開されるという情報を盗み出す。そのための力を貸してほしい」

「くっ……この失態、高くつくぞ！」

「ああ、しっかりと働くさ」

6章　激闘

深夜の冒険者ギルドは、当たり前ではあるが静寂に包まれている。

人の姿はないし、物音もしない。そんな中、俺とアリスとサナは、カウンターの裏に隠れていた。

「師匠、うまくいくっすかね？」

「どうだろう？　これればかりは運が絡んでくると思う」


レティシアの勇者の特権を使い、ギルドにとある依頼をした。

聖女の偽者事件の真実に至る情報を明日、公開する……そんな話を、あちらこちらに流してもらったのだ。

ジンは、すぐに黒幕に報告をして、証拠の処分を企むだろう。

そのための方法は、とてもシンプルなものだ。冒険者ギルドへ侵入して、直接、情報を処分する。時間がないため、それ以外の選択肢を取ることはないだろう。

俺達は先回りをして、ギルドで待機。

やってきたジン、あるいは黒幕の様子を陰から見張り、今度こそ確実な証拠を手に入れる……という作戦を練り上げたのだ。


「完璧な作戦っす！」

「どうかな？　評価してくれるのはうれしいけど、さっきも言ったけど、運の要素が大きいからね。成功確率は半々ってところじゃないかな？」

「そうかしら？　あたしは、わりとうまくいくと思うわ」

「相手に考える時間を与えない、ってところがポイントっすね。敵は慌てているせいで、罠《わな》にかけられていることも気づかない。絶妙な作戦だと思うっす。師匠、さすがっす」

「……しっ、来たみたいだ」

ギルドの裏口の方から物音がした。

静かにしようと注意しているらしいが、鍵は古く、どうしても音が響いてしまう。

カチャン、と鍵が開いて……ほどなくして、ギィ、と床を鳴らす音が届いてきた。

足音の数は、二人分。

ただ、仲間を外で待機させている可能性があるため、二人だけと断定することはできない。油断禁物だ。

「誰もいないな？」

「ああ、大丈夫ですぜ。こんな深夜にギルドに残るようなヤツはいないさ」

一人はジンの声だ。

もう一人は……わからない。

アンジュやナインがこの場にいれば、わかったのかもしれないのだけど、二人にはとある役目を頼んでいるため、この場にはいない。

レティシア？

アイツがいると場がひたすらに荒れそうなので、適当に言い含めて、街の外を走らせておいた。

「わしらが事件に関わっているという証拠はどこなのだ？　金庫か？」

「どうでしょうかね。ひとまず、その部屋から調べてみますか」

二人が事務室に向かう。

暗闇に慣れていないらしく、どことなく動きがぎこちない。

ただ、俺達は違う。ずっとこんなところにいるので、暗闇に目が慣れていて、しっかりと二人の行動を捕捉することができた。

とはいえ、なんでも見えるわけじゃない。暗闇のせいで、相手の詳細な姿を確認することはできない。

声からして、一人はジンであることは確定だ。ただ、もう一人の正体がわからない。

「……師匠」

「……もう少し様子を見よう」

取り押さえるっすか？　というような感じでサナがこちらを見たので、首を横に振る。

まだ、決定的な証拠とはいえない。

ギルドに不法侵入しただけなので、言い逃れをすることはできる。多少の罪に問えるかもしれないが、それではダメだ。一連の事件の犯人であることを示して、多少ではなく、かなりの罪に問うことが俺達の目的なのだから。

二人の後を追い、俺達も事務室の入り口の近くへ。

いつでも飛び出せるようにしつつ、そっと中の会話を盗み聞く。

「どうだ？　金庫に証拠は入っているか？」

「入ってませんね。となると……そこらに放置ってことは考えられねえから、机の中か？」

ガチャガチャと事務室を漁《あさ》る音が響いてきた。

「早くしろ！　わしらが、聖女の偽者事件の背後にいるという証拠は、すぐに潰しておかなければならんのだ！」

「大将、焦りすぎですぜ」

今の発言、完全にアウト。

アリスを見る。

バッチリ録音したと言うように、魔道具を見せてきた。

よし、もういいだろう。

暗闇の中、俺は身振り手振りでサナに合図を送る。サナは俺の意図を正確に汲《く》んでくれて、さらに、外で待機するアンジュとナインに合図を送る。

それは、魔力を使った念話だ。とんでもなく高度な魔法なのだけど、ドラゴンであるサナは簡単に使えるらしい。

そして、一分後。


カッ！

突如、強烈な光がギルド内部を照らす。

「ぎゃあっ⁉」

「ぐっ。こ、こいつは……⁉」

ジンと、もう一人の男の悲鳴が聞こえてきた。

「ぎゃーっ⁉　目がー、目がー⁉」

ついでに、サナの悲鳴も聞こえてきた。

ジン達と同じく、光を直視したみたいだ。でもそうならないように、合図を送った後は目を閉じておくように、と打ち合わせをしていたんだけど。

ちょっとかわいそうだけど、介抱する時間もないので、サナのことは放っておくことに。

「アリス！」

「ええ！」

強烈な光が差し込み、眩《まぶ》しいと感じるものの、なにも見えないということはない。

一方、ジン達はまともに光を直視したらしく、視界が奪われている状態だ。

そんな二人を取り押さえることは簡単で、すぐに制圧することができた。

「な、何者だ⁉　このわしを誰だと思っている！　ええいっ、離せ！　離せぇっ！」

「なんてこった……まさか、罠だったのか？」

男は抵抗を続けて、喚き散らしていた。

一方で、罠にハメられたことを理解した様子で、ジンは苦い顔をしている。

「やっと目が慣れてきた。あんた、聖女の嬢ちゃんのところにいた兄ちゃんかい？」

「その通り。現行犯で捕まえるよ。罪状は、言わなくてもわかるよね？」

「まいったな、くそっ。完全にこちらの動きを把握してるなんて。これ、兄ちゃんが考えた作戦なのかい？」

「一応、そういうことになるかな」

「普通にすげえな。なんてことない顔して、かなり頭が回るじゃねえか。どこで、俺に疑惑を？」

「そういう話は後にしようか。とにかく……あんた達が、一連の事件の犯人という証拠は手に入れた。外には、アンジュ達だけじゃなくて、冒険者やギルド職員も待機している。終わりだよ」

「あー……そうだな。その通りだ。ここからの逆転は不可能っぽいから、ここでの俺の活動は終わりになるな」

余裕のある口調からは、逆転は不可能でも逃げることはできる、と言っているみたいだ。

俺達に捕まり、周囲をたくさんの人に囲まれて……それでも尚、逃げられるという自信があるのだろうか？

罠を見抜いていた様子はないから、あらかじめ脱出手段を用意しておくことは不可能。

なら……いつなにが起きてもいいように、常に万全の備えをしていた？　いざという時の切り札も、こうなる前から準備しておいた？

だとしたら、コイツは……

「みんな、今すぐにジンを……」

「遅いな」

惜しいと言うように、ジンがニヤリと笑いながら指をパチンと鳴らす。

「兄ちゃん達は、コイツらと遊んでてくれ」

「っ⁉」

一瞬だけど、耳鳴りのようなものがした。人が聞き取れないような、高周波が広がる、そんな感覚。

ジンがなにか企んでいることは間違いない。彼を睨《にら》みつけて、

「ハルさんっ、大変です！」

尋問しようとしたところで、外で待機しているはずのアンジュとナインが駆け込んできた。ひどく慌てた様子だ。

「魔物が、急に街中に現れて！」

「えっ」

「すでに被害が出ています。すぐに討伐をしないといけません」

街中に魔物が現れるなんて、普通はありえない。ましてや、ここは強固な壁に守られている城塞都市なのだ。

あらかじめ忍ばせておく以外に、魔物が侵入する方法なんて……まさか、こうなることを想定していた？　万が一のために、仕掛けを用意しておいた？

「これはあなたの仕業か？」

「さてね、兄ちゃんはどう思う？」

「今すぐに止めろ。魔物を暴れさせたのなら、止める方法もあるはず」

「悪いな、そんなもの……ないんだよ！」

「くっ⁉」

こちらの動揺を見抜いたのか、ジンは体を捻り、俺の拘束を逃れた。

「騒ぎに乗じて逃げるためだけに用意したものなんでね、止める方法なんてないのさ」

「このっ！」

「じゃあな。敵対こそしたが、兄ちゃんのこと嫌いじゃなかったぜ」

ジンは窓を破り、強引に外に逃げた。

その背中を追いかけたくなるものの、しかし、今はそんなことをしている場合じゃない。

「アンジュとナインは、そこにいる男の拘束をお願い。そいつが主犯格だから」

「は、はいっ」

「アリスとサナは、俺と一緒に外へ。魔物を掃討しないと！」

「わかったわ！」

「ら、ラジャーっすー」

アリスは力強く頷《うなず》いた。

サナは、まだ視界が回復していないのか、ちょっとフラフラしていた。

主犯格らしき男をアンジュとナインに任せて、俺達は外に出る。

「これは……」

今は夜だ。照明の魔道具がところどころに設置されているものの、基本的に、夜の街は暗闇に包まれている。

包まれているはずなのに……今は明るい。

街が燃えて、炎で街が照らされていた。あちらこちらから悲鳴が聞こえてくる。

「くっ、こんなこと！」

許せない。

自分が逃げるために、これだけの事件を起こして、多くの人を巻き込むなんて。絶対に逃さないし、タダで済まさないからな。

「ギャギャッ！」

ゴブリンが我が物顔で街を歩いていた。

まだ気づかれていないようなので、今のうちに倒してしまおう。

「ファ……」

「ストップ」

なぜか、アリスが待ったをかけてきた。

「ハルは、魔法は使ったらダメよ。そんなことしたら、とんでもない被害が出るじゃない」

「え？　そう言われても」

とんでもない被害と言われてもピンとこない。俺の魔法なんて、大したことは……

「あるの」

「あるっす」

二人に強い口調で言われてしまい、反論できなくなってしまう。

とはいえ、俺は魔法をメインに使うため、武器を使う技術は持っていない。このままだと、二人の足手まといになることは確実。

「えっと……あっ、そうだ。周囲に被害が出ないようにすれば問題ないんだよね？」

「え？　それはまあ、そうだけど……」

「師匠の魔法で周囲に被害を出さないのって、無理無謀無茶無体じゃないっすか？」

そこまで言う……？

「大丈夫。そうならない魔法を作ればいいだけだから。たぶん、できるはず」

「『作る？』」

効果範囲は最小に、威力は最大に、そして持続時間も最大に。頭の中でイメージを固める。

絵を描くようにイメージを広げて、塗り固めて、一つの形にする。

思い描く形は、剣だ。

「フレアソード！」

右手に炎が生まれた。

それは細く長く収束されて、剣となる。

「ふっ！」

炎の剣を手に駆け出して、奇襲をしかけて、ゴブリンの体を両断する。

切れ味は抜群。ほぼほぼ抵抗なく、炎の刃《やいば》はゴブリンの体を切断……というか、焼き切る。

さらに数匹のゴブリンが現れるが、ちょうどいい。試し斬りとばかりに、全部、斬り伏せた。

「うん、いい感じ。成功かな？」

「そ、それ……魔法？　でも、ちょっと待って。どう見ても、火魔法よね？　でも、そんな火魔法があるなんて、聞いたことがないんだけど」

「これは、オリジナルの魔法だよ。作ってみた」

「「作ってみた⁉」」

なぜか、アリスとサナが驚きの声をあげる。

「し、師匠は、その……前々から、その魔法の開発に取り組んでいたっすか？」

「いや。たった今、思いついたものだけど」

「瞬間で開発した⁉」

「魔法はパズルみたいなものじゃない？　発動する方法は理解しているから、自力で新しい魔法を作ることもできるんじゃないかなー、って」

「それで試してみたら、成功した……と？」

「そういうこと」

「「発想がおかしいっ‼」」

二人は声をピタリと揃《そろ》えて、なぜか否定するようなことを言う。

「え、これはおかしいことなの？」

「おもいきり、おかしいわよ！　魔法って、世界の歴史に記されるような偉人が何年も何年もかけて開発するものなのよ⁉　さすがに、それくらいは知っているでしょ⁉　それなのに、適した魔法がないなら作ればいいやとか……発想がおかしすぎるわ。あと、ホントに実現しちゃうところもおかしい」

「魔力だけじゃなくて、制御もとんでもないっすね。師匠、ホントに人間っすか？　やっぱ、魔王とかじゃないんっすか？」

「一応、人間のつもりだけど」

常識外と言われてしまうのだけど、これがおかしいということは、誰にも指摘されたことがない。アリスとサナが初めてだ。

さすがに、世間一般の常識はそこそこ知るものの……冒険者やら戦闘やら魔法に関する、主に戦闘技術に関しては疎い。自分がどの位置にいて、どれだけのことをしているのか、正直、まるで理解できていない。

そういう方向の常識は、全部、レティシアに遮られていたからだ。

なぜ、彼女はそんなことをしていたのか？

その理由はわからないけど、色々なところで弊害が起きている。一度、どこかでしっかりと学んだ方がいいのかもしれない。

「今度から、魔王師匠って呼んでもいいっすか？」

「やめて。ホントにやめて。お願いだからやめて」

全力で止めた。

「とにかく、これなら俺も戦うことができる。周囲に被害を出すこともない」

「まあ……そうね。そんな魔法があるなら、問題ないか。なら、ここで別行動をとりましょう。街のあちらこちらに魔物が出現しているみたいだから、固まって行動していたら手遅れになるかも。ただ、絶対に無茶はしないように。やばいと思った魔物と遭遇した場合、無理しないで、誰かと協力するか逃げるか、安全を第一に考えて」

「師匠がやばいと思う魔物がいたら、世界がやばい気がするっす」

「そうならないことを祈るわ。あたしは、北区を担当するわ」

「なら、俺はこのまま南区を」

「じゃあ自分は、一番騒がしい中央区に行くっす」

東と西は他の冒険者に任せることにしよう。さすがに、全区域には手が回らない。

「二人共、気をつけて。あと、がんばろう」

「ええ」

「がんばるっす！」

それぞれ力強く頷いて、駆け出した。

～ Another Side ～

「ダブルスラッシュッ！」

二連撃の剣技が繰り出されて、街の人に襲いかかろうとしていたウルフが両断された。

ウルフが絶命したのを確認してから、アリスは街の人に声をかける。

「大丈夫？」

「は、はい……ありがとうございます」

「怪我はないみたいね。歩ける？」

「な、なんとか」

「なら、近くの頑丈な建物の中に……そうね、そこの教会がいいわ。そこに避難して」

「あなたは？」

「あたしは、他に逃げ遅れている人がいないか探すわ。中に入るまで一緒について行ってはあげられないけど、大丈夫ね？」

「は、はいっ」

何度か頭を下げた後、街の人は教会に向かって走る。

その背中を見送った後、アリスは再び街中を駆けた。

地震でも起きたかのように、あちらこちらで物が散乱している。

時折、魔物が姿を見せて、襲いかかってきた。

「これくらい！」

アリスは華麗なステップで魔物の攻撃を避《よ》けると、カウンターを繰り出した。一撃で仕留めることはできず、二度三度と攻撃を繰り返すことで、ようやく沈黙させることに成功する。

「ふぅ」

一度足を止めて、額の汗を手の甲で拭う。

「ハルみたいにはいかない、か」

レベルは二十二で、およそハルの四分の一。職業は、下級の剣士。特殊なスキルは持っていないし、ハルのようなとんでもない力もない。どこにでもいるような、普通の冒険者だ。

「……あたし、ハルの役に立てているのかしら？」

ふと思う。

ハルの力になりたいが、自分は大した力を持たない。雑魚《ざこ》相手の戦闘なら問題はないが、強敵を相手にした場合、間違いなく足を引っ張ってしまうだろう。

そんな自分がハルの力になるなんて、おこがましいのでは？

現実が見えておらず、自己満足に浸っているだけなのでは？

時折、アリスはそんなことを考えていた。

考えても仕方のないことだけど、考えずにはいられない。

「って、ダメダメ！」

弱気になりかけたアリスは、自身を激励するように頬を叩《たた》く。

軽い痛みが気を引き締めてくれる。

「力は足りないかもしれないけど、でも、その他でハルの力になれることはあるはず。ハルってば、けっこう危なっかしいし、放っておいたら騙《だま》されちゃいそうだし……うん。あたしが一緒にいて、しっかりと支えないと。そうして力になることも必要なはず」

自分に言い聞かせるように言う。

事実、それは間違いではない。

アリスは自覚していないが、ハルは、彼女の言葉に何度も救われている。アリスの存在に何度も助けられている。

アリスが傍にいたからこそ、ハルは自暴自棄にならず、まっすぐに道を歩くことができていた。

その事実を、アリスは知らない。認識していない。

ハルに聞けば、すごく助けられていると言うだろう。

しかしアリスは、それは大げさと、笑って流してしまうだろう。自分は役に立っていない、まだまだがんばらないといけない……と。

常識が足りず、自分に自信が持てないハル。

力が足りず、自分に自信が持てないアリス。

ある意味で、似た者同士だった。お似合いとも言える。

ただ、アリスがそのことに気づくことはなくて……

「うん。ハルのために、もっともっとがんばらないと」

強い決意を胸に、アリスは燃える街を駆けた。

◆

「邪魔っす！」

風を巻き込むようにしつつ、サナが拳を振るう。その一撃は、見た目からは考えられないほど重く、強烈だ。

巨大な体を持つオーガが紙のように吹き飛ばされて、他の魔物を巻き込み、地面を転がる。

「グギャッ！」

リザードマンが剣を手に、サナに斬りかかる。剣は行き倒れた冒険者のものを利用しているらしく、なかなかの業物だ。

「なんすか、それ？」

サナは涼しい顔をして、がしっ、と剣を素手で掴《つか》む。まるで痛みを感じていない様子で、ダメージは欠片も受けていない。

「ギャッ⁉」

リザードマンは慌てた。

ありえない。どうして、人間が素手で剣を受け止められる？

慌てて、怯《ひる》み……そして、ようやく気がついた。

サナの頭には角が生えていて、腰の後ろから尻尾が伸びていることに。その角と尻尾がドラゴンのものであることに。

敵の正体を知り、リザードマンは戦意喪失して逃げ出そうとするが、遅い。

「はい、終わり」

サナは容赦なく豪腕を振るい、リザードマンを文字通り星にした。

「ふっふっふ」

サナがニヤリと笑う。

また一匹、魔物を倒した。これで、合計は三十匹だ。

かなりの戦果と言えるのではないだろうか？

「これだけ活躍すれば、師匠も自分を認めてくれるはず！」

正式に弟子入りできるに違いない。そして、たくさん褒めてくれるに違いない。

「ふへ」

よくやったね、サナ。お前のような弟子を持つことができて、俺は世界一の幸せ者だよ。これからも、俺と一緒にいてほしい。ほら、頭を撫《な》でてあげるよ。

そんな妄想を頭の中で繰り広げたサナは、だらしのない笑みを浮かべた。

「ふひっ、ふへへへ……よーし、やるぞ！　がんばるっす‼」

欲望に忠実なサナは、魔物を倒して倒して倒し続けるのだった。

◆

「ふっ！」

すれ違いざまに炎の剣を振るい、魔物の胴体を焼き切る。

しかし、浅い。

岩の体を持つ巨人が迫り、空気が震えるような唸《うな》り声を響かせつつ、拳を叩きつけてくる。

攻撃を避けつつ、舌打ち。

こんなヤツを放置していたら、街が壊されてしまう。すでに石畳の道路が粉砕されていた。

これ以上被害が広がらないように、うまく立ち回らないとダメだ。

「こっちだ！」

大きな声を出して注意を引いて、さらに石を投げて挑発する。

魔物はこちらを睨みつけて、地響きを立てながら追いかけてきた。

「よし、そのまま追いかけてこいっ」

少し走ったところで、公園が見えてきた。

遊具が壊されてしまうかもしれないけど、それは勘弁してほしい。家が壊されるよりはマシだ。

ゴォッ！

岩の魔物は公園に生えている木を引き抜いて、それを槍《やり》のように投擲《とうてき》してきた。

でも、問題はない。

これだけの広さがあるのなら、いつものように動いても支障ないはず。

「ファイアッ！」

紅蓮《ぐれん》の炎が放たれた。

初級魔法ではあるが、みんなの言葉を借りるなら、ありえない威力を秘めた規格外の一撃。これならば！　と思う、必殺の攻撃だ。

その結果は……

「……やばい」

投擲された木を一瞬で消し炭にして、岩の魔物の上半身を消し飛ばす。

ついでに、公園に生えている木々を燃やしてしまい、空に炎の舌が伸びた。

攻撃の角度を間違えていたら、家に直撃していたかもしれない。

念の為に、空の方に向けて魔法を使ったんだけど、それは正解だったみたいだ。

「これだけ広い場所でも、ダメなんだ。まいったな。これ、時間がある時に、色々と練習しておいた方がいいかも」

さらに一つ、課題が増えた。

一般常識を学ぶと同時に、戦闘技術も磨かないといけない。やることはたくさんだ。

ただ、それは後ですること。

今は他にやらなければいけないことがある。

街に現れた魔物を殲滅《せんめつ》して、襲われている人を守らないと。

魔物はあと何匹残っているのか？　先が見えず、わずかな疲労を感じる。

でも、諦めるなんてことはしない。俺にできることがあるなら、全力で成し遂げたいと思う。

今まではレティシアの言いなりで、なにもできなかった。

だから、今度こそは、と思う。

「よしっ、がんばろう！」

俺は気合を入れ直して、次のターゲットを探しに出た。

～ Another Side ～

「おいおい、なんて力だよ……」

少し離れたところに隠れて、ハルの様子を見ていたジンは、唖然《あぜん》とした。

ハルが相手をした魔物は、ストーンゴーレムだ。高い攻撃力だけではなくて、強い物理耐性と魔法耐性を持ち、レベル三十以上でなければ倒すことは難しいといわれている。

それなのに、ハルは瞬殺してみせた。

「アレが兄ちゃんの力、っていうわけか。無理して戦わなくて、ホントよかったぜ」

もしも、ハルと戦うことになっていたら？

今頃、ハルの魔法で消し炭になっていたかもしれない。

そんな事態を想像したジンは、顔をひきつらせていた。

「ホントなら、さっさと逃げるのが賢いやり方なんだろうが」

ジンは不敵な笑みを口元に浮かべた。

「やられっぱなし、っていうのはダサいよな」

コレを使うことはないだろう……そう思っていた切り札を、ジンは使うことにした。

「兄ちゃんのメインの攻撃手段は魔法だ。なら、どれだけの力を持っていようが、コイツを倒すことはできない。絶対に、だ」

ジンは、パチンと指を鳴らした。

それが合図となり、街の外にとある魔物が出現した。

その魔物の名前は、アークデーモン。

地獄に住むと言われている、他とは比べ物にならない力を持つ、上位の魔物だ。

「アークデーモンは、魔法に対する絶対耐性を持つ。どんな魔法も通じない。魔法使いキラー、っていうやつだな。さて……兄ちゃんは、コイツにどう立ち向かうかな？」

◆

「っ⁉　この気配は……」

尋常ではない気配を感じて、俺は南門へ急いだ。

五分ほどで南門へ到着した。

アリスとサナの姿はないが、その代わりに複数の冒険者達が見えた。

彼らはある一点を見て、恐怖に体を震わせている。

その視線を追いかけると、三メートルほどの巨体が視界に入る。

鋭い角と大きな翼を持つ体は、異様に細い。しかし、頼りなさを感じることはなくて、逆に大きなプレッシャーを覚える。その姿は、伝承で語られている悪魔のようだ。

細く長い尻尾がピシャリと地面を叩いて、その音で冒険者達が震える。

正直、俺も震えてしまいそうだ。

それほどまでに、魔物が放つ圧は強烈だ。

「く、くそっ、化け物め……くらえっ、ファイア！」

「お、おい。待て！　あいつは、アークデーモンだ。そんな魔法は……」

一人の冒険者が魔法を放ち、別の冒険者が彼を止めるような言葉を口にした。

どういう意味なのだろう？

不思議に思い、ひとまず成り行きを見守る。

炎が魔物を飲み込み、爆ぜる。

魔法の威力は魔力に比例するみたいだけど、なかなかの一撃だと思う。

これなら……と思うのだけど、それは早計だったらしい。

「……」

悪魔は健在だった。

かすり傷一つなくて、ダメージを受けた様子はない。

「な、なんてヤツだ。俺の全力のファイアを受けて、まるで応えていないなんて……」

「だから言っただろう、ヤツに魔法は通じない」

「それ、どういうことなのか、教えてもらってもいいかな？」

気になる会話に、ついつい横から口を挟んでしまう。

不思議そうな顔をされてしまうけど、冒険者カードを見せると仲間だと理解してくれたらしく、すぐに説明をしてくれる。

「あいつは、レベル五十オーバーの、とんでもない魔物だ。その力は圧倒的だけど、ヤツの真骨頂は他にある。それが……魔法に対する絶対耐性だ」

「絶対耐性？」

「どんな魔法も、ヤツには……アークデーモンには通じないのさ。記録によると、上級魔法を百発受けても平然としていたらしい。くそっ、なんでこんなところに」

冒険者の説明が正しいとしたら、かなりのピンチかもしれない。

俺の主な攻撃手段は魔法だ。それが通じないとなると、途端に役立たずに成り果ててしまう。

「そ……そんなこと信じられるか！　俺の魔法でアイツを仕留めてやる」

強い自信を瞳に宿して、他の冒険者が前に出た。

杖《つえ》を手に、魔力を練り上げる。

「エクスプロージョンッ！」

上級火魔法が発動して、杖の先端から赤い線が走る。それはアークデーモンの胸に吸い込まれるようにして消えて……直後、大爆発が起きる。

炎が竜巻のように渦を巻いて、空高く、雲を貫くほどに舞い上がる。熱風と烈風が炸裂《さくれつ》して、周囲のもの全てを吹き飛ばしていた。

炎と衝撃波。その二つが荒れ狂い、アークデーモンの体を貪っているのだろう。

これが上級火魔法の威力……すさまじいの一言に尽きる。

これだけのものならば、どんな生き物でも無傷ではいられないはず。

この場にいる、俺を含めた全員が、そんな希望を抱く。

「……」

しかし、希望は打ち砕かれる。

爆炎が晴れて、視界がクリアになり……傷一つないアークデーモンが姿を見せた。意地悪な神さまに、運命は変わらないと言われているかのようだ。

アークデーモンが言葉を発することはないが、ただ、胸元を軽く手で払う。そして、ニヤリと口角を吊《つ》り上げた。

今なにかしたか？　と、こちらを嘲笑っているのだろう。

「そ、そんなバカな……」

冒険者の手から杖がこぼれ落ちた。そのまま地面に膝をついて、がくりとうなだれてしまう。

切り札であり、自身が放つことができる最大の一撃だったのだろう。

絶対の自信があっただけに、それを打ち破られた時の衝撃は大きい。完全に戦意を喪失してしまったらしく、うなだれたまま顔を上げる様子がない。

彼の火力を超える自信を持つ者はいないらしく、他の冒険者達も膝をついてしまう。その顔に浮かべるのは、絶望だ。

「くっ」

アークデーモンの侵攻を許すわけにはいかない。あんな化け物が街に入れば、いったい、どれだけの被害が出ることか。

正直に言うと、怖い。

あんな化け物と戦うこともそうだけど……それだけじゃなくて、止められなかった時のことを考えると、たまらなく怖くなる。

街の人はひどい目に遭うだろう。

殺されるだけじゃなくて、想像するのも苦しいほど、おぞましい目に遭うかもしれない。

そして、アークデーモンの暴力は、みんなにも向けられるかもしれない。

アリス、アンジュ、ナイン、サナ……大事な仲間、大事な人達。彼女達を失うことが、たまらなく怖い。そのことを考えるだけで、震えて、泣いてしまいそうになる。

「お、おい。お前、まさか戦うつもりか？」

「見ていただろう？　あんな化け物、倒せるわけがない。自ら死にに行くようなものだ」

「……そうかもしれない」

「なら……」

「でも俺は戦う！」

みんなを失う恐怖を現実としないために、戦わなくちゃいけないんだ。

なにがあろうと、前に突き進まないといけないんだ。

「でも……ただ、俺の力が通じるかどうか」

現時点の俺の最大火力は、中級火魔法のフレアブラスト。

しかし、ヤツは上級火魔法のエクスプロージョンに耐えた。

普通に考えて、俺なんかの力が通じるわけが……

「……いや、そういうのはやめにしないと」

俺なんか、って考えても意味はない。

むしろ、そんなことばかり考えるようになっていたから、長い間、レティシアに支配されてきたのでは？

もっと前向きにならないと。なんでもできると言えるくらい、強い意志を持たないと。

アリスと出会ったことで、俺は、そんな風に考えられるようになっていた。

「そこの人達、下がっていて。巻き込まれるかもしれない」

「まだ、諦めていないのか？　どうして、そんなことが……」

「俺はまだ、なにもしていないから。それなのに、諦めるわけにはいかないよ。自分を卑下して、つまらない存在と蔑んで……そんな風にして諦めるのは、もう終わりにする。これからは、自分で道を選んで、どこまでも突き進んでいく」

決意を胸に、一歩、前に出た。

俺を新しい挑戦者と見たらしく、アークデーモンが足をとめた。そして手を差し出すと、指をクイクイとやり、挑発をする。

舐《な》められている。

ただ、その方が都合が良い。油断しているうちに、最大火力を叩き込む。

「ファイアッ！」

初級火魔法を全力で唱えた。

様子見というわけではなくて、一番使い慣れているため、もしかしたらこれでいけるのではないか？　と思ったのだ。

紅蓮の業火が走り、生き物のようにうねり、アークデーモンを飲み込む。

ゴォッ！　と熱波が吹き荒れる。

数人の冒険者が地面を転がるのが見えた。ごめんなさい。

「なっ、今の魔法は⁉」

「ファイア、なのか？　しかし、この威力、どう見てもエクスプロージョンだが……」

冒険者達がざわついて、口々に信じられないというような言葉をこぼす。

後で知ったことだけど……上級火魔法を使える者は、かなり限られているらしい。冒険者達は、俺が限られた人と勘違いしたらしく驚いた、というわけだ。

「……」

ほどなくして炎が収まる。

アークデーモンは……健在だ。

腕を組み、余裕の表情を浮かべている。そしてまた、指をクイクイとやり挑発をする。

「とんでもない威力なのに、まだダメなのか。もしかしたら、と思ったのに……」

「くそっ、俺達はここで終わりなのか！」

「いや、まだだよ」

「『えっ？』」

「本番は、これからだ」

次は、俺の最大火力を叩き込む。

本当なら、新しい上級火魔法を開発したいところだけど、さすがに、戦闘の最中にそんなことはできない。フレアソードは初級火魔法のようなもので……上級火魔法になると、たぶん、数時間はじっくりと考えないとダメだ。

だから、中級火魔法で挑む。

上級火魔法に劣るかもしれないけど、それが今、俺の出せる全力だ。

諦めるつもりなんてない。最後の最後まで抗う。

それが、俺のやるべきこと。

今の俺の役目。

レティシアの都合の良い道具なんかじゃなくて、一人の人間として、この危機に挑ませてもらう。

さあ、いくぞ！


「フレアブラストッ！」

先ほどの数倍の炎が生まれた。

それは荒れ狂う竜のごとく、地面を抉《えぐ》りながら、高速でアークデーモンに迫る。

炎に触れた砂が溶けて、ガラス状に変化する。局地的な嵐が発生したかのように、業風と熱波が周囲を駆け巡り、大気をキィイイイッと震わせた。

ここで初めて、アークデーモンから余裕の色が消えた。

険しい表情をして、防御魔法を展開する。

俺の魔力が勝つか。それとも、アークデーモンの防御魔法が勝つか。

勝負だ！


ガァッ‼


着弾……そして、大爆発。

先ほどのエクスプロージョンがまとめて十数回炸裂したような、そんな巨大な爆炎が生まれた。

「「「おおお⁉」」」

冒険者達は必死に地面にしがみつきながら、歓声をあげる。

俺もふんばりつつ、腕を顔の前にやり埃《ほこり》を防ぎながら、アークデーモンの様子を確認する。

「……」

アークデーモンは、変わらずに存在していた。

「マジかよ……今のとんでもない魔法でもダメなのか？」

「見たことがないような威力だったのに、それでも倒せないなんておかしいだろ。やっぱり、ヤツは魔法に対する絶対耐性が……」

冒険者達は絶望しているけれど、俺は、そんなことはない。むしろ、希望を抱いていた。

ヤツは、防御魔法を使った。それはつまり、俺の魔法を脅威に思ったということ。

その証拠に、ヤツの体は傷ついていた。あちらこちらが焼け焦げている。致命傷には遠いけれど、確かなダメージの痕が確認できる。

つまり……ヤツの魔法に対する絶対耐性という話は、真っ赤なウソ。上級火魔法に耐えるほどの力を持つために、どこかで話が歪んで伝えられてしまったのだろう。

でも、俺の魔法なら通じる。ダメージを与えることができる。

なら、やるべきことは一つ。

「フレアブラストッ！」

「「「もう一回っ⁉」」」

冒険者達が驚きの声をあげて、

「ッ⁉」

アークデーモンも驚いた様子で、ビクリと震えていた。

そんなアークデーモンに、本日二度目のフレアブラストが激突する。

豪炎が轟《とどろ》いて、大気が悲鳴をあげる。

その炎が収まるよりも先に、

「フレアブラストッ！」

「「「連射っ⁉」」」

あふれる業火を、さらなる激しい炎で包み込むかのように、第三射が直撃した。

大量の火柱が舞い上がり、視界一面が炎で埋め尽くされる。

これでどうだろう？

三発も直撃したのだから、それなりのダメージを……いや、楽観はダメだ。徹底的に、確実にやらないと。

俺が失敗したら、街の人が蹂躙《じゅうりん》される。みんなが傷つけられる。

それは、絶対に許せない。認めるわけにはいかない。

だから、万が一にもそんな事態にならないように、ありったけをぶつける！

「フレアブラストッ！」

「「「まだ撃つのっ⁉」」」

猛火が吹き荒れて、大地が四度、大きく震えた。

自分でやっておいてなんだけど、迷惑防止法違反の罪とかで、後で訴えられたりしないかな？

少し心配になってきた。

「えっと……」

これだけやれば、どうだろうか？

それなりの手応えを感じるものの、土煙のせいで状況を確認することができなくて、アークデーモンの生死は不明だ。

焦るな、俺。

下手なことをしないで、しっかりと状況を見極める。そして、いつでも最適な行動をとれるように準備をする。それが今、俺がするべきことだ。

最大限に警戒しつつ、じっと様子を見ること数分……土煙が晴れてきた。その中に、うっすらとではあるがアークデーモンの影が見える。

「ダメか……でも、諦めたりなんてしない。どこまでも抗ってみせる！」

俺は構えを解くことはなく、再び魔力を装塡。一気に解き放つ。

「フレアブラストッ‼」

「「「どんだけ⁉」」」

うっすらと見えた人影を飲み込むように、炎が吹き荒れた。再び爆炎と土煙が舞い上がり、視界が塞がれてしまう。

ひょっとしたら、この間に、アークデーモンは反撃の準備をしているかもしれない。

そのことを考えると、まったく安心できない。

なので、

「フレアブラストッ！」

六発目を叩き込んで、

「フレアブラストッ！」

ダメ押しとばかりに、七発目を放った。

「はぁっ、はぁっ……さ、さすがに疲れてきた」

限界に近いという感覚があって、体がどんどん重くなってきている。たぶん、魔力が枯渇しかけているんだと思う。

みんなから、俺の魔力はおかしいって言われているけど、さすがに無尽蔵じゃないらしい。

でも……あと一発くらいは、いけるはず！

「ダメ押しの八発目を……」

「「「もうやめてくれぇぇぇぇぇぇぇっ！」」」

冒険者達が泣きながら懇願してきた。

よく見てみると、彼らは飛んできた砂埃《すなぼこり》をまともに浴びていて、爆風で何度も転がったらしく、全身がボロボロだ。

「あ、えっと……ごめんなさい」

なんともいえない気持ちになり、ついつい謝罪してしまう。

悪気はなかったので、できれば許してほしい。

「ええと……ひとまず、そう、アークデーモンだ！」

倒せなかった場合に備えて、最大限の警戒を払いつつ、視界が晴れるのを待つ。

今のところ反撃の気配はない。

敵意や殺意が飛んでくることもない。

でも、油断はできない。

俺は構えを解くことなく、土煙を睨《にら》みつけて……

「くっ……これでもダメなのか？」

アークデーモンの影が見えた。

俺は咄嗟《とっさ》に魔法を放とうとするが、様子がおかしい、と冒険者達に止められる。

「勝った……のか？」

アークデーモンは、消し炭の人形になっていた。

～Another Side～

「おいおい、冗談だろ……？」

一部始終を覗《のぞ》き見ていたジンは、火が点きかけた葉巻をぽろりと落とした。

魔法に対する絶対耐性を持つはずのアークデーモンが、魔法で倒された。ありえない光景だ。

俺は幻を見ているのだろうか？　ひょっとしたら、知らぬ間に幻覚魔法をかけられていたのかもしれない。

ジンは大真面目にそんなことを考えて、目を何度もこする。

しかし、目の前の現実は変わらない。

「いやいやいや、ありえないだろ」

途中、アークデーモンが傷つけられた時は、心底驚いた。

今までの歴史で、アークデーモンを魔法で傷つけたなんていう記録は一切ない。つまり、ハルは歴史に名前を残すような偉業を成し遂げたということ。

それは、まったくの予想外であり、夢を見ているのではないか？　と、自身の正気を疑った。

ただ、一方で安堵《あんど》した。

ハルは、予想以上にとんでもない力を持っていることは理解したが、あれほどの威力を持つ魔法を連射することはできない。一撃で全ての力を使い果たしただろう。

ならば、アークデーモンの勝ちだ。力を使い果たしたハルが、なにもできずに蹂躙される様を特等席で見物しよう。

そんなことを思ったジンだけど、再び現実に裏切られる。

ありえないことに、ハルは、まったく同じ威力の魔法をもう一度放った。

それだけに終わらない。三撃目、四撃目と続いて……挙句の果てに、七発も使用した。

あれだけの極大魔法を連射できる魔力を持っているなんて、想像できるわけがない。完全に想定外であり、計算が狂いまくりだ。

おそらく、アークデーモンは三発目くらいで死んでいただろう。

それに気づかずに、ハルは四発も追加した。完全なオーバーキルだ。

「あの兄ちゃん、ホントに人間か？　実は、魔王とかじゃねえのか……？」

ジンは唖然としつつ、そうつぶやいて、ガリガリと頭をかいた。


ジンの本当の職業は、冒険者ではなくて傭兵《ようへい》だ。しかも、金のためなら親も子供も殺すという、血も涙もない傭兵だ。

その手は大量の血で汚れていて、さらに汚れることを欠片も厭《いと》わない。迷うことなんてないし、必要とあれば笑いながら命を奪おう。

それが、ジンという男だ。

彼が請けた本当の依頼は、アンジュやロナを陥れることでも、オルドの野心を叶《かな》えることでもない。

神官をそそのかすことで、聖女と司祭を陥れる。そうすることで、アーランドを内部からガタガタにして、崩壊させること。

それこそがジンの本当の目的であり、真の雇い主が望むことだ。

「まいったな……完全に失敗したな、こりゃ」

大なり小なり、本来の目的とは違う結果になったことはある。しかし、考えた策が全て潰されてしまい、なにも成果を残すことができていない。大失敗だ。

ジンの仕事はろくでもないけれど、それでも、多少のプライドがある。

ハルがいなければ、こんな結果にはならなかった。

いずれ必ず、と復讐心《ふくしゅうしん》を燃え上がらせる。

「やるな、兄ちゃん。次があるなら、こうはいかねえからな。その顔、覚えておくぜ」

「悪いけど、俺は覚えるつもりなんてないよ」

声は後ろからした。

◆

アーランドをぐるりと囲む城壁の上にジンの姿があった。おそらく、ここでこちらの様子を見ていたのだろう。

その後ろに忍び寄り、背中に手を当てる。

「なっ⁉」

「動くな」

いつでも魔法を撃つことができるぞ。そう脅すように、手の平に魔力を集中させる。

収束された魔力は仄《ほの》かに光り、熱を帯びる。

その感覚がしっかりと伝わったらしく、ジンはゆっくりと両手を上げた。

「兄ちゃん、どうして俺の居場所が？　っていうか、とっくに逃げたと判断しなかったのか？」

「あなたみたいな人は趣味が悪い。逃げる前に、俺に一泡吹かせようとするんじゃないか、って思ったんだよ。で、その様子をしっかりと観察するに違いない。そう考えて、一番わかりやすいところを探してみることにした。正直、確証があったわけじゃないよ」

「なるほど。っていうことは、俺の運も悪かったんだな」

ジンは両手を上げたまま、器用に肩を落としてみせる。

「ダメだな、こりゃ。ここまで完膚なきまでに負けると、ホント、清々《すがすが》しいわ」

「投降してくれる？」

「わかった、投降する」

と言いつつ、隙を見て逃げる……なんてことをする素振りはない。

ジンは両手を上げたまま、その場に膝をついて、自分から動きを封じてしまう。

「やけに素直だね？」

「兄ちゃんみたいな本物のバケモンがいたのが俺の運の尽きだ。さすがに、アレを見た後で、兄ちゃんを相手にしようとは思わねえさ。抵抗したら、どうなるか……素直に捕まった方がマシだ」

ひどい言われようだった。

まあ、おとなしく投降してくれるというのなら、それは望む展開なのだけど。

「なあ、兄ちゃん。おとなしく投降する代わりに、ちと教えてくれねえか？」

「うん？　なにを？」

「それだけの力、どこで、どうやって手に入れたんだ？」

「そんなことを聞いてどうするのさ？」

「なぁに、大した理由はねえさ。単なる好奇心だよ」

「……そんなことを言われても、よくわからない」

ずっとレティシアと一緒に冒険をしてきて、でも、虐げられてきた。力を手に入れるような特訓をしたことがない。

強いて言うのなら、レティシアに、訓練と称して無茶なことをさせられたことが関係しているだろうか？

動けなくなるまで筋トレさせられたり、気絶するまで魔力トレーニングをさせられたり。

虐げられるという過酷な環境が、逆に俺に力を与えたのかもしれない。

そんな推理を口にするのだけど、

「そいつはありえないだろ」

すぐに否定されてしまう。

「ひどい環境で逆に成長するヤツはいるけどな。ただ、それを考慮したとしても、兄ちゃんの力は異常だよ。同じ人間とは思えねえ」

「……なにが言いたいんだよ」

「大したことじゃねえんだけどな。まぁ……道を踏み外しちまった、人生の先輩からのアドバイスってヤツさ」

「アドバイス?」

「きちんと自分のことを知っておけ」

その言葉はやけに重みがあり、俺の胸に強く響いた。

「兄ちゃんは、どうも自分が規格外ってことを意識してねえみたいだからな。そこんところ、しっかりと自覚して……その上で、なぜそんな力を持つに至ったのか、調べておいた方がいいと思うぜ。取り扱いを知らない武器を持つことほど、危険なことはねえからな」

「あなたは……」

「まっ、これはただのおせっかいだ。信じる信じないは兄ちゃんに任せるぜ。おっと、迎えが来たみたいだな」

さきほどの冒険者達がこちらに気づいて、向かってくるのが見えた。

彼らが到着するまでの間、俺は、ジンの言葉の意味をゆっくりと考えるのだった。

エピローグ　ひとまずの収束と新たな始まり

意外というか、ジンは黙秘などをすることはなくて、素直に事情聴取に応じたらしい。

おかげで、一連の事件のだいたいのところが解明された。


まず、聖女の偽者事件について。

真犯人は、アーランドの教会の神官オルドだ。

権力と金だけを目的に生きているような人で、事件を起こした理由は単純明快。アンジュかロナを陥れることで、自分が聖人か司祭に成り代わろうとしていたらしい。

そのためにジンを雇い、あれこれと画策していたらしい。

でも、その犯行はお粗末なもの。

ジンの証言による調査で、今までの悪事がバレた。おまけに、他でも色々と悪事に手を染めていたらしく、そちらの証拠も見つかることに。

俗物すぎる男で、しかも、どうしようもない性格と来た。

今は裁判中。良くて強制労働奴隷堕ち。悪くて極刑……という流れらしい。

そして、ジンについて。

彼は彼で、別の目的を持っていたらしい。

アーランドを快く思わない者が本当の雇い主。その人物の命令で、オルドをそそのかすなどして、内部からの崩壊を狙っていたという。

そんな物騒なことを考えていたとは、さすがに思わなくて、その話を聞いた時は驚いた。

ただ、その野望は潰《つい》えた。

真の雇い主が誰なのか？　それについてはまだ、口を閉ざしているらしいが、口を割るのは時間の問題らしい。ジンも思うところがあるらしく、絶対の忠誠を誓っているわけではないとか。

事件の全容の解明には、まだ少しかかるらしい。

そのような感じで、事件は解決した。

アンジュの容疑は晴れて、また、オルド達にいいように利用されそうになっていたロナも無事に助けられた。

魔物が放たれたことで、街に多少の被害が出たこと。いくらかの冒険者が怪我をしてしまったこと。そんな問題はあるものの、概《おおむ》ね、ハッピーエンドと言ってもいいだろう。


「……っていうわけなんだ」

冒険者ギルドで一通りの情報を集めた俺は、アンジュの屋敷へ移動して、そこで待っていたみなに、事件の顛末《てんまつ》を説明した。

「よかったです」

ほっとした様子で、アンジュが言う。

「よかった？」

「あ、すみません。言葉足らずでした。ロナが犯人じゃなくて、よかったな……という」

「ああ、なるほど」

司祭であるロナは親友と聞いている。

彼女が無事で……そして、悪いことを企んでいるわけじゃなくて、安堵《あんど》したのだろう。

少しアンジュのことが羨ましい。

幼馴染《おさななじみ》と仲が良くて、互いを信じることができて、思いやることができて……全部、俺にはできなかったこと。

「ねえ、ハル」

「うん？」

「ハルには、あたしがいるから」

羨望の目を向けていることに気づいた様子で、アリスがそんなことを言う。

「レティシアと和解することは無理かもしれないけど、でも、ハルは一人じゃない。あたしがいるわ」

「……アリス……」

「あたしは、なにがあってもハルの傍《そば》にいる。辛《つら》い時は慰めることができるし、苦しい時は支えることができる。楽しい時は一緒に笑って、悲しい時は一緒に泣きましょう。あたしは、ずっと一緒だから。ずっと、ハルの心に寄り添うから」

「私も、ハルさんの力になりたいと思っています」

今度は、アンジュがそんなことを言う。

俺の目をまっすぐに見つめながら、どこか必死な様子で言葉を紡ぐ。

「失礼かもしれないんですけど、ハルさんは……どこか危うい感じがします」

「危うい？」

「自分のことに無頓着といいますか、他の人のことばかり気遣っているといいますか……それはもちろん、ハルさんの優しさだと思います。でも、自分を顧みていないような気もしまして、そこは、見ているとすごくハラハラします」

「そんな自覚はないんだけど。でも、心配かけているのならごめん」

「いえ、謝らないでください。繰り返しますが、それもハルさまの優しさだと思いますから。でも私は、甘えるだけじゃなくて、頼られるようになりたいと思います。まだ未熟な私ですが、がんばってがんばって、精一杯、ハルさんの力になりたいと思います」

　アンジュの優しい笑顔に心が癒やされる。

　そう感じるということは、自覚はないけど疲れていたということ、なのかな。

「私も、ハルさまのお力になれればと思います。お嬢さまと同じように、あなたさまを主《あるじ》のように慕い、忠誠を捧《ささ》げたいと思っていますので」

「自分も、師匠のためになんでもやるっすよー！　ドラゴンは義理堅いっす」

　みんなの気持ちがうれしくて、不覚にも泣きそうになる。

　って、不覚なんて言い方、適当じゃないか。こういう時は、素直に感情を出した方がいいのだろう。そうしていないから、みんな、心配しているわけで……うーん、俺、まだまだだなあ。

「ありがとう」

　その一言で十分というように、みんなは笑顔を見せた。

俺も笑顔を浮かべる。

「さてと……ちょっと話は逸れたけど、元に戻そうか」

一連の事件は解決したけど、まだ全部が終わったわけじゃない。

これからのことを考えないと。

「それにしても……オルド神官が黒幕だったんですね」

なぜか、アンジュは訝《いぶか》しむような表情に。

「なにか気になるところが？」

「その、根拠はなにもないんですけど……」

ただの勘のようなものです、と付け加えてから、言葉を並べていく。

「確かに、オルド神官は強い野心を持つ方です。ただ、それは地位や名誉を欲しているわけではなくて、自分ならこの街をより良い方向に導くことができるという、そういう方向の野心なんです。間違っても、己の欲のために、他者を陥れるような人ではなかったのですが」

「うーん……水を差すようなこと言って悪いけど、オルドの性根を見抜けなかった、っていうことはない？」

申しわけなさそうにしつつ、アリスがそんな質問を口にする。

アンジュには悪いが、俺も同じことを考えていた。

オルドがどういう人なのか知らない。罠《わな》を張っていた時に、少しだけジンとの会話を聞いたくらいだ。その印象から判断すると、アンジュのような清らかな人とは思えない。

「私が彼の本性を見抜けていなかった、という可能性はあると思います。演技に騙《だま》されていたかもしれません。それでも……やはり、違和感を覚えてしまうんです」

「失礼ながら、私もお嬢さまの意見に賛成です。何度かオルド神官と顔を合わせる機会がありましたが、やはり、このような事件を起こす人には見えませんでした。というよりは、それだけの度胸がある人とは思えませんでした」

「「……」」

アリスと顔を見合わせる。

アンジュ一人なら、勘違いで済ませられるかもしれない。しかし、そこにナインの意見も加わるのならば？

どういう結論に至るべきなのか、少し悩んでしまう。

「なんか、どこかで聞いた話っすねー」

「どこかで？」

「師匠の話と似てないっすか？」

「え？」

「その、オ、オ……オコメ神官」

オルド神官ね。

人の名前を覚えるの、苦手なのかな？　というよりは、どうでもいい人はわざわざ覚えようとしていないのかもしれない。

「そいつと勇者……人が変わるっていう点は、似てると思ったっす」

「言われてみると……」

「確かに……」

アリスと二人、納得してしまう。

ある日、突然、人が変わってしまう。レティシアもオルド神官も、その点は共通している。

なにかしら裏があるとしたら……どういうことなんだろう？

考えるものの、答えが見つからない。

でも仮に、なにかしらの原因があるとしたら？　レティシアもオルド神官も、性格の問題じゃなくて、外的要因のせいで性格が変わっていたとしたら？

「うーん……ダメだ。考えてもわかることじゃないか」

とにかくも、情報が足りない。そのせいで、どれだけ推理を重ねても憶測の域を出ないで、答えを確定することができない。

考えて考えて考えて、でも答えが見つからなくて……ダメだ。知恵熱が出そう。

「すみません。余計なことを言ってしまったみたいで」

「ううん、そんなことはないよ。むしろ、ありがたいと思う」

「と、いうと？」

「まだ確定したわけじゃないけど、レティシアもオルド神官も、性格が変わったのは、なにかしら原因があるのかもしれない。その可能性を見つけることができたのは、十分な成果だと思う。アンジュが話をしてくれなかったら、気づくことができなかった。ありがとう」

「いえ、そんな……はぅ。ハルさんにお礼を言われると、やっぱりドキドキしてしまいます」

アンジュがもじもじとなる。

なんでだろう？

「とりあえず、二人の性格が変わったことに原因があると仮定して、これからの予定を考えていきたいと思うんだけど、どうかな？」

「師匠は、その原因を探してみると？」

「うん、そうしてみようと思う」

「なんでまた、そんなことを？」

「もしも、なにかしら原因があるとしたら……それを排除して、レティシアを元に戻したい。今が歪《いびつ》な状態だとしたら、助けたい」

レティシアのことなんて気にしなければいい。このまま、みんなと一緒に冒険をして、冒険者ライフを満喫すればいい。

でも……どうしても、レティシアのことを切り捨てることができない。昔の思い出が胸に刺さり、どこかで彼女のことを考えてしまう。

「甘いと言われれば、甘いんだと思う。きちんとした判断ができない、情けない男なのかもしれない。でも俺は……それでも俺は、レティシアの幼馴染なんだ」

だから、助けることができるのなら、助けたい。

甘いと言われるかもしれないけど、でも、そうすることが俺の役目なんだと思う。

「ハルってば、ものすごいお人好しね」

「そうですね、お人好しです」

俺の考えを話すと、アリスとアンジュが呆《あき》れたような顔で、そう言う。

ナインとサナはなにも言わないものの、表情は二人にとてもよく似ている。

「単にレティシアの性根がねじまがっている可能性もあると思う。仮に原因があったとしても、レティシアがやったことはそのまま。ハルが受けた仕打ちは消えないのに」

「それなのに、ハルさんは原因があれば、それを排除して、レティシアさんを助けたいなんて……お人好しすぎます」

「えと……二人共、怒っている？」

「「代わりに怒っているの」」

こんな時になんだけど、自分のことで誰かに怒ってもらうことは、うれしいことなんだな。

「でもまあ、とてもハルらしい台詞ね」

「そうですね。ハルさんだからこそ、口にできる台詞だと思います」

一転して、二人は笑顔になる。

ナインとサナも、合わせて笑顔になる。

「これは、俺らしいのかな？」

「ええ、とてもらしいと思うわ。甘いけど、でもとても優しい。あたしは、それでいいと思う。そんなハルの方が好きよ」

「うん……ありがとう」

アリスの言葉が温かい。

みんなの笑顔が温かい。

そんな優しい想いに囲まれて、俺もまた、笑顔で応えた。

◆

冒険者ギルドの牢《ろう》に、ジンが拘束されていた。壁から伸びた鎖が片足をガッチリと摑んでいる。牢は地下にあり、出入り口は一つ。そこは小さな部屋になっていて、常に二人以上の職員が待機して、犯罪者を見張っている。

もちろん、ギルド職員だけではなくて、戦闘ができる冒険者も待機している。なにか起きた場合は、すぐに駆けつけてくるだろう。

以上のことを考えると、この地下牢からの脱獄は、かなり難しいだろう。

逆に言うと、侵入することも不可能なのだけど……

「よぉ、あんたかい」

「……」

ジンが囚われている牢の中に、もう一人の影があった。

大きなフードを被っていて、その顔はわからない。

背が小さいことから、大人ではないことがうかがえる。ただ、それ以外は、大きなフードのせいでわからない。男なのか女なのか、それすらわからない。

「抜け目ない依頼主のことだ。俺が失敗した時のことも考えて、あんたを近くに潜ませていたんだろうな」

「……」

「っていうか、あの依頼主は、慈悲や情ってものが皆無だからなぁ。もしかしたら、成功失敗問わず、俺を処分することを考えていたのかもな。ったく、やってられねえな。まあ、そこんところを見抜けなかったのは俺のミスだから、なんともいえねーか」

「……」

「やれやれ、俺はとっくに詰んでいた、っていうわけか。人生、ままならないもんだねえ」

「……」

ジンはあれこれと語りかけるものの、影像を相手にしているかのように、返事はない。

お前の話なんてどうでもいい。自分は自分のやることをやるだけ。

そう言うかのように、影が動いた。

短剣を逆手に持ち、ゆっくりと振り上げる。

その光景を、ジンは、どこか他人事《ひとごと》のように眺めていた。

「ああ、そうそう」

「……」

最後の遺言というように口を開くと、わずかに影の動きが止まる。

「色々としゃべったが、依頼主……我らの主の名前は、きちんと伏せておいたぜ。そこら辺はしっかりとやるからな、安心して報告したらいい」

「……」

「なんて、ウソだけどな」

ジンがニヤリと笑う。

「捕まった時点で、こうなることはわかっていたからな。プライドのために口を閉じるとか、そんなことありえないぜ」

「……」

「洗いざらい、全部、ぶちまけてやったよ。俺、ここまで人の質問に素直に答えたこと、人生で初じゃねえかなあ？」

「……」

「まあ、すぐに捜査の手が伸びることはないだろうが、それでも、誰かが近づいていくだろうな。例えば、そう……あの兄ちゃんとか」

「……」

「これがまさしく、飼い犬に手を噛《か》まれる、っていうことか？　ははは っ、ざまあみやがれ。多少のダメージを与えてやれたと思うと、せいせいす……」

「っ！」

そこでジンの言葉が消えた。

首が切断されて、頭部が転がる。

言葉になろうとしていた声が、意味のない音となり、わずかに響いた。

「……」

頭部を失った肉体から、噴水のように血が湧き出る。

影はその血を浴びるのだけど、欠片も気にしていない様子で、微動だにしない。

たった今、人を殺した。首を斬り落とすという、とても残酷な方法で殺した。殺しに慣れた人間だとしても、多少の感情の変化はあるだろう。

しかし、影に変化はない。

感情の揺れはないというかのように、ただただ、静かに短剣を鞘に収納した。

やがて、ジンの体がぐらりと傾いて、そのまま横に倒れた。

ドサッ、という音に反応して、見張りがやってくる。

「おい、なにを騒いで……ひぃっ⁉」

「なっ、あっ……⁉　あ、頭が……な、なんで⁉」

ジンの悲惨な死体を目の当たりにした見張りは、大きく動揺した。

その隙を突くように、影がすぅっと消えるのだけど、誰もそれに気づくことはない。

番外編　乙女の内緒話

それは、よく晴れた温かい日のこと。

「あら？」

アリスが散歩をしていると、アンジュを発見した。複数の手荷物を下げて歩いているのだけど、重いらしく、ふらふらと蛇行している。転んでしまうのではないかと、見ている方はハラハラしてしまう。

「アンジュ！」

「あ、アリスさん」

「どうしたの、それ？」

「これから、ちょっとした仕事をするんですけど、それに必要なんです」

「仕事？　えっと……まあいいわ。とりあえず、はい。貸して」

「え？　ですが」

「いいから、いいから。見た以上、放っておけないでしょ。ほら、貸してちょうだい」

アリスは、半ば強引に半分の荷物を受け取る。

「ありがとうございます。実は、少し大変でした」

「ナインはいないの？」

「今日は、屋敷の方で用事があって、私一人なんです」

「そっか。一人でがんばろうとするところは、アンジュの偉いところだと思うけど、でも無理は禁物。難しい時は、あたしやハルを頼ってね」

「はい、ありがとうございます」

「それで、これは……野菜？　そっちの袋は、お肉？　料理でもするの？　それにしては、やけに多いような気がするんだけど……アンジュの仕事って？」

「はい、それは……」

◆

「はい、みんな。ごはんができましたよ」

アンジュが笑顔でそう呼びかけると、たくさんの子供が教会から飛び出してきた。

「わーい！　ごはんだごはんだー」

「アンジュお姉ちゃんのごはん、すっごくおいしいから好き！」

「ごはんもいいけど、後で一緒に遊ぼう！　ねっ、遊ぼう？」

子供達はみんな笑顔で、アンジュにとても懐いていた。中には、ピタリとくっついて離れようとしない子もいた。

教会に引き取られた身寄りのない子供達にごはんを作る。聖女として力を身につけるだけではなくて、こうしてボランティアに励む。それがアンジュの仕事の一つだ。

人によっては面倒と思うかもしれないが、アンジュは率先して引き受けて、時々、教会に顔を出している。聖女としての役目がなければ、毎日、顔を出したいくらいだ。

「アンジュって、すごいわね」

配膳を手伝いながら、アリスがそう言う。

しかしアンジュはその言葉の意味がわからない様子で、小首を傾《かし》げる。

「えっと、なんのことですか？　私がすごいと言われても、そんなことはないですし」

「ボランティアをして、子供達を笑顔にして、それは十分にすごいことよ。そうそう簡単にできることじゃないわ」

「そんなことないですよ。これは仕事の一環ですし、すごいことじゃないですよ」

「十分にすごいわ。まったく。ハルと同じで、アンジュも謙遜がすぎるところがあるんだから」

やれやれと、アリスはため息をこぼす。

ただ、その顔は笑っていた。

アンジュは仕事の一環と言うが、嫌々やっている様子はない。仕方なくという雰囲気でもない。

子供達のことを真剣に考えて、自分にできることを必死にがんばっている。一緒にいると、そんなアンジュの温かい想いが伝わってくる。

その証拠に、子供達はみんな、アンジュに懐いている。ただの仕事でボランティアをしていたら、こうはならないだろう。

「アンジュは、よくボランティアをしているの？」

「たまに、ですよ。本当は毎日顔を出したいくらいなんですけど、聖女となるとなかなか……まま
なりませんね」

「そういえば、アンジュはどうして聖女……教会に？　アンジュの立場なら、そのままお父さんの後を継ぐ、っていう選択肢もあったんじゃない？」

「そうですね、それもあったと思います。ただ、私はもっと直接的な立場で、色々な人と関わりたかったんです」

「直接的？」

「例えば、私が後を継いで領主になったとして。その場合は、街の人と顔を合わせることはないと思うんです。公務って、そういうものですから」

「なるほど。だから、直接、顔を合わせることができる教会に属して、そして聖女になった？」

「はい、正解です」

屈託のない笑顔で頷《うなず》くアンジュに、アリスは尊敬の念すら感じてしまう。

このようなことを本心から言える者なんて、ほとんどいないだろう。やはり、聖女になるべき人は違う。そう実感するアリスだった。

同時に、アンジュのことをもっと知りたいと思う。

そして、今以上に仲良くなりたいと思う。

ただ、どうしたらいいいか？

あれこれと考えつつ、とりあえず、今はボランティアに勤しむ。子供達に食事を配り、同時に礼儀作法などを教えていく。

そんなアリスに、次第に子供達が懐いていく。アンジュと一緒にいること、ごはんをくれるということで、優しいお姉ちゃんと認識されたようだ。

アリスに気を許した子供達は、気さくに気軽に接するようになる。やや慣れ慣れしいところもあるが、心を許してくれた証《あかし》と、アリスは笑顔で接する。

そうして、温かい交流が続いて少しした時のことだった。

「なーなー、アンジュ姉ちゃん。俺と結婚しようぜ」

「え？　え？」

ませた男の子が、そんなことを言い出した。

子供の言うこと、と流すことができず、アンジュが困った感じで返事に詰まる。

下手なことを言うと傷つけてしまうかもしれない。だからといって、安易に約束をするわけにはいかない。どう答えるのが正解なのか、アンジュは考えて考えて、目をぐるぐるさせてしまう。

「ねえ、きみはアンジュが好きなの？」

見かねたアリスが、助け船を出すようにそう口を開いた。

「す、好きっていうか、あー、そうだな。アンジュ姉ちゃんなら、俺にふさわしいから、もらってやるのさ！　俺なら、アンジュ姉ちゃんを守ってやれるぜ！」

「そっか、きみは頼もしいのね」

「ふふん」

「でも、それだけじゃあ、アンジュは渡せないかな」

「え？」

「男の子は、強いだけじゃダメなの。なによりもまず、優しくないとダメ」

「……優しく……」

「アンジュを守ってあげるというよりは、一緒に歩いて支え合う、っていう方が理想かな？　女の子は、そういう人と結婚したいのよ。きみがそうじゃない、とは言わないけど、でも、最初にそう考えられなかったのはマイナスポイントかな」

「ぐっ」

「だから、まずはがんばるの。優しくて強い男の子になれるように。それで、ずっとアンジュと結婚したいなら、その時はまた話をするように」

「ああ、わかったぜ！　俺、がんばるよっ」

「うん、がんばって」

元気に頷く男の子を、アリスは笑顔で見送る。

そんな彼女を見て、アンジュは感心するような尊敬するような目を向ける。

「はぁ……すごいですね、アリスさん。男の子を傷つけることなく、やんわりと断れるなんて」

「うーん、慣れかな？　あたし、色々とあって、たくさんの街でたくさんの子供と接してきたから。こういう時はこうすればいい、ってなんとなくわかるの」

「子供が好きなんですね」

「そうね。嫌いじゃない、というか、好きかな？　かわいいし、元気でやんちゃするところも、やっぱりかわいいし。将来は、自分の子供が欲しいかな……なんて」

照れた様子で言う。

ちなみに、将来の相手に誰を思い浮かべたのか？

さすがにそれを口にすることは恥ずかしく、アリスは、その辺りはぼかしておいた。

「アリスさんのおかげで助かりました。子供相手とはいえ、私、ああいう話をされてしまうとどうしていいかわからなくて、ちょっとしたパニックに陥ってしまうんです」

「こう言うのはなんだけど、アンジュって恋愛が苦手なの？」

「それは……よくわかりません。よくわからないんです」

アンジュが困った顔で、どこか遠くを見ながらそう言う。

「私は領主の娘で、聖女で……誰かの役に立てるようにがんばってきました。ただ、その分、自分のことを考えていない、らしいです。以前、ナインにそんなことを言われました」

「なるほどね。確かに、アンジュはそういうところがあるかもね」

領主の娘として、民のことを考えて。

聖女として、己を犠牲にすることを考えて。

自分のことは二の次。いつも他人のことばかりを思う。

それ故に、恋がわからないのだろう。

そんなことを考えたアリスは、アンジュに対して同情のような思いを抱いた。アンジュの心はとても立派なもので、素晴らしいと思う。

しかし、自分の幸せもないがしろにしてしまう考え方、生き方は寂しくはないだろうか？　やはり、女に生まれた以上は好きな男と結ばれたいものだ。

「アンジュは、誰かと結婚したいと思わないの？」

ついつい気になってしまい、アリスはそんな問いかけを投げた。

「……結婚……」

アンジュは考えるような仕草を取り、

「っ」

ぼんっ、と顔を赤くした。

その反応で、誰を相手として想像したのか、すぐにわかる。

ただ、アリスはそれを指摘するようなことはしない。

アンジュ自身、無自覚なのだ。それなのに指摘するようなことをしては、野暮以外の何ものでもない。というか、ただの嫌がらせになってしまう。

「あの、少し聞きたいことがあるんですけど」

「どうしたの？」

「その、なんていうか……最近の私、よくわからない気持ちになることがあって」

「うん」

「本当によくわからないんですけど、なぜか、ハルさんのことを考えることが多いんです。ふとした時にハルさんのことを考えていて、あと、目で追っていたりして。でも、なんでそんなことをしているのかよくわからなくて」

「そっか」

かわいいなあ、とアリスは思う。

恋心を理解できず、翻弄されるアンジュは乙女そのもの。同性から見ても魅力的で、ついつい視線と心が惹《ひ》きつけられてしまう。

アンジュの仕草に悶《もだ》えるナインはこんな気持ちなのだろうか？　そんなことを思うアリスだっ

た。

「アリスさんは、この気持ちについて、なにかわかりますか？」

「んー」

アリスは迷う。

答えることは簡単だ。それは恋心。ハルを好きになっているのよ、と一言告げるだけ。

しかし、それでいいのか？

ライバルが増えることに関しては、まったく気にしていない。どうでもいい。

それよりも気になることは、いきなり答えを提示していいのか？　ということだ。

繊細な問題だ。自分で気づくことなく、他人から答えを提示されることで、逆に混乱してしまう可能性がある。

そもそもの話、そういう恋愛感情を指摘していいものなのか？　こういうことは、やはり自分で気がついた方がいいのではないか？　サポート程度に留《とど》めるべきではないか？

「あの、アリスさん？」

「あっ、ご、ごめんね。ちょっと考えてて」

あれこれと考えて、アリスは答えに迷う。

ただ、結局のところ、こういう問題に正確な回答はないと悟り、思うがままに言葉を紡ぐ。

「ごめんね。アンジュの気持ちは、ちょっとわからないかも。思い当たるところはないでもないんだけど、下手なことを言って混乱させるわけにはいかないから」

「そうですか……」

「ただ、一つだけ、ハッキリと言えることはあるわ」

「それは？」

「その気持ちを大事にして、そして、しっかりと育んでほしいの」

「大事に……育てる」

想いを確かめるように、アンジュは自分の胸元に手をやる。

とくんとくんという心臓の鼓動。それだけではなくて、ハルのことを想う気持ち、温かいなにかが流れているような気がした。

アリスの言葉を受けて、それを今まで以上に、しっかりと感じ取れるようになった。

「あたしは詳しいことは言えないというか、言っちゃいけないと思うの。もしも外れてたら大変なことになるし、正しかったとしても、あたしは、アンジュ自身に気がついてほしい。そういうものだと想っているから」

「よく、わかりません」

「うん、今はわからなくていいの。ただ、これからその想いを育てていけば、いつかわかる時が来ると思うから。そのために」

「大事にする、という感じでしょうか？」

「そういうこと」

「……」

じっと考え込むアンジュ。その姿を見て、アリスは少し不安になる。

言いたいことは伝わっただろうか？

アンジュがハルに恋してる、なんてストレートに言うわけにはいかない。できることなら、自分で気がついてほしい。

そう思ったからこそ、言葉にできるギリギリの範囲で攻めてみたものの、うまくいったかどうかはなんともいえない。

ドキドキしつつ、アンジュの反応を待つ。

「はい、わかりました」

ややあって、アンジュはにっこりと笑う。

「あ、いえ。実はよくわかってないんですけど、でも、アリスさんの言いたいことは、なんとなくですがわかりました。この想いは大事にして、しっかりと育てたいと思います」

「うん、それでいいと思う」

「私、楽しみです。この想いが、これから先、どんな風に育っていくのか。どういう風に変化していくのか。そのことを考えると、とてもどきどきします」

「ふふっ、それはとても良いことよ。あと、今以上にどきどきすることを約束するわ」

「今以上に……すごいです。想像がつきません」

「一言で言うと、とても楽しいかな？」

「楽しみです！」

アンジュは、教会の子供達と同じように、無邪気に笑う。

そんな彼女を見ていると、アリスは微笑ましい気持ちになる。

アンジュはライバルではあるのだけど、でも、友達でもあり仲間でもある。これから先、一緒に過ごすことでどんな想いを抱くのか？　どんな経験をするのか？

　そのことを考えると、胸が躍る。

「ところで、アリスさん」

「なに？」

「アリスさんは、私と同じような想いを抱いているんですか？」

「うぇ⁉」

　不意打ちの質問に、ついついアリスは変な声をこぼしてしまう。

　そんな動揺を知ってか知らずか、アンジュは純粋な目を向けて、言葉を重ねる。

「アリスさんも、私と同じようなどきどきを？」

「えっと、それはなんていうか、その……」

「もしよかったから、聞かせてほしいです。参考にしたい、という気持ちもあるんですけど、でもそれだけじゃなくて、単純に聞きたいです」

「えっとぉ」

　色々と無自覚故に、ぐいぐいと踏み込んでくるアンジュに、アリスはとても困る。激しく困る。

　どうすればいいのか？

　ハルを好きといえば、それは、間接的にアンジュに答えを示すことになる。なので、その答えはありえない。

　答えるなら、自分も同じようにどきどきする想いを抱えている、だろうか？

　しかし、恥ずかしい。

聞き手になっていた時は、特に動揺することはなかったものの、話し手になると途端に意識してしまう。

恋のライバルに、同じ好きな人の魅力を語るとか、どんな罰ゲームだろうか？

「あー……そうね。じゃあ、ちょっと話をしましょうか」

迷った末に、アリスは素直に話に乗ることにした。

自分だけアンジュの想いを聞くのは不公平だ。

そしてなによりも、恥ずかしさはあるけれど、好きな人について語りたい。思う存分に話をして、気持ちを共有したい。そんな思いがあった。

なんだかんだで、アリスも恋する乙女なのだ。そういう話は、自分のものであれ他人のものであれ、大好物である。

ましてや、好きな人は同じ。

きっと盛り上がるだろう。色々な話ができるだろう。

そう考えれば、断る理由はなかった。

「あ、ただこれからする話は内緒よ？」

「みなさんには秘密なんですか？　ナインに話したらダメですか？」

「ダメ」

「ハルさんにもですか？」

「ハルが一番ダメ」

「そうなんですか……」

心なしか残念そうだ。

口止めしていなければ、まっさきにハルに話をしていたかもしれない。そう思うと、口止めすることを忘れなくてよかった、と心底安堵《あんど》するアリスだった。

「これからする話は、とある特定の乙女だけに許されたものなの。だから、まあ……百歩譲って皆に話すのはアリとしても、ハルに話すのだけはダメ」

「厳しいんですね」

「そういうものなの。どう、約束できる?」

「はい、約束します」

「うん、いい返事ね」

これなら大丈夫だろう。

安心したアリスは、話を再開する。

「それじゃあ、さっきのアンジュの問いかけに対する答えなんだけど……あたしも、あるわ。アンジュと同じように、どきどきする想いを、その、抱えているの」

「わぁ」

照れるアリス。目をキラキラさせるアンジュ。

あれこれと話をしていたアリスではあるが、なんだかんだで彼女も恋する乙女であり、アンジュと変わらない。

そんな二人は、楽しそうに会話を重ねていく。

「アリスさんは、どういう想いなんですか?　やっぱり、私と同じなんですか?」

「んー、あたしの場合はアンジュより明確になっているから、ちょっと質が違うかも？　でも、根本的なところは同じ。どきどきして、温かくて、優しい気持ちになることができるの」

「わぁわぁ、すごいです。私と同じです」

「それで、まあ、ちょっと恥ずかしいんだけど、素直なことを話すと……」

「はい！」

二人は頬を染めて笑いつつ、ガールズトークに花を咲かせるのだった。

◆

俺は一人、街を歩いていた。

右手に野菜や肉などが入った袋。ナインに頼まれたものだ。

なんでも、アンジュが、教会の子供達に料理を作るというボランティアをしているらしい。いつも量が足りなくなるため、材料を届けてほしいと頼まれた。

屋敷の仕事で忙しいナインと違い、俺はヒマなので二つ返事で了承した。

「それにしても、ボランティアかぁ」

そんなことまでしているなんて、本当にアンジュは偉いな。

聞けば、領主の娘として、多少なりとも公務をしているらしい。無理矢理なんかではなくて、自分から望んだこと。

それだけの仕事を抱え込んで、少し心配ではあるけれど……でも、たくさんのことをがんばることができるアンジュのことを、素直に尊敬する。

「他に用はないし、俺もボランティアを手伝おうかな」

そんなことを考えつつ、教会へ。

少し探してアンジュを発見するのだけど、なぜかアリスの姿もあった。

「アンジュ、アリス」

「あれ？　ハルじゃない」

「どうしたんですか、ハルさん」

「これ、ナインから。そろそろ材料がなくなるだろうから、追加で発注しておきました、って」

「あ、助かります。まさにその通りというか、材料が心もとなくなってきたところだったんです。子供の食欲は侮れないですね、ふふっ」

「それじゃあ、追加の材料も届いたし、また張り切って作りましょう」

「はい！」

二人は笑顔で、がんばるぞ、というように意気込む。

「俺も手伝ってもいいかな？　特にやることはないし、二人の力になりたいんだ」

「はい、もちろんです。ハルさんなら、大歓迎ですよ」

「それじゃあ、ハルはあたし達のサポートに回ってくれる？」

「ハルさん、お願いします」

「了解」

手を洗い、それからエプロンを身に着けた。

そして、二人のサポートに回る。

「ねえ、アンジュ。次はなにを作るの？」

「そうですね……そろそろ、デザートでも作りましょうか。子供達も色々と食べて、甘いものが欲しくなってくると思います」

「材料は、野菜とお肉と……果物がちょっと。うーん、厳しい？」

「そうでもないですよ。野菜で作るケーキとかありますから、大丈夫です」

「なるほど。さすが、アンジュね。頼りになるわ」

「いえ。頼りになるのは、アリスさんの方です。私一人だったら、手が回っていなかったと思います。改めて、ありがとうございます」

「ふふっ、どういたしまして。でも、今後もこういうことがあったら、遠慮なく言ってちょうだいね？　絶対に手伝うから」

「はい、頼りにしていますね」

「ええ、頼りにしてちょうだい」

二人は笑顔を交わして、とても仲良さそうに話をしていた。

うーん？

妙な違和感というか、疑問というか。

アリスとアンジュって、こんなに仲が良かったっけ？

いや。元々、仲は悪くないし、良かった方だと思う。

でも、それを差し引いても、とても仲が良いように見える。まるで、この一日で急速に接近したかのような、そんな印象。

　いったい、どうしたのだろう？

　なにかあったのかな？

「ねえ、アリス。アンジュ」

「なに？」

「はい？」

「二人共、やけに仲が良いように見えるんだけど、どうかしたの？」

「えっと……」

「それは……」

　アリスとアンジュは、互いの顔を見た。

　考えるような間を挟んで、そして……

「ふふっ、内緒よ」

「はい、内緒です♪」

　にっこりと笑いながら、唇に人差し指を当てるのだった。

こんにちは、深山鈴《みやますず》といいます。

『追放の賢者』を手にとっていただき、ありがとうございます。『小説家になろう』にてこっそりと連載していましたが、たくさんの応援をいただき、こうして形にさせることができました。

この作品は、『幼馴染ざまぁ』というジャンルです。酷い幼馴染に主人公が苦しめられて、後になにもかもひっくり返す、という。他の作品の影響を受けて書いてみました。

ただ、幼馴染を単純な悪役にしたくなくて、ちょっとした仕掛けを考えてみました。それがどうなるか？　好評をいただけるのか、あるいは不評になってしまうのか？

もう少しお付き合いいただけるとうれしいです。

最後に謝辞を。イラストを担当していただいた、藻《も》先生、ありがとうございます！　かわいいと綺麗が見事にマッチしたイラストで、いつもニヤニヤしつつ拝見しています。

コミカライズを引き受けていただいた、杉乃紘《すぎのこう》先生、誠にありがとうございます！　レティシアが怖かわいいです。アリスはストレートにかわいいです。

担当様、いつもありがとうございます。打ち合わせで長電話してしまい申しわけありません。

そして、出版に関わる方々、応援していただいた読者の皆様、ありがとうございます。力を貸していただけなければ、ここまで来ることはできませんでした。

またお会いできることを祈りつつ、今回はこの辺りで。ではでは、また！

Kラノベブックス

追放《ついほう》の賢者《けんじゃ》、世界《せかい》を知《し》る
～幼《おさな》馴《な》染《じみ》勇者《ゆうしゃ》の圧力《あつりょく》から逃《に》げて自由《じゆう》になった俺《おれ》～

深山《みやま》 鈴《すず》

2021年2月26日第1刷発行

発行者	森田浩章
発行所	株式会社 講談社 〒112-8001　東京都文京区音羽2-12-21
電　話	出版　(03)5395-3715 販売　(03)5395-3608 業務　(03)5395-3603
デザイン	寺田鷹樹
本文データ制作	講談社デジタル製作
印刷所	豊国印刷株式会社
製本所	株式会社フォーネット社

ISBN978-4-06-523071-8　N.D.C.913　355p　19cm
定価はカバーに表示してあります

ファンレター、
作品のご感想を
お待ちしています。

あて先
〒112-8001　東京都文京区音羽2-12-21
(株) 講談社　ラノベ文庫編集部 気付
「深山鈴先生」係
「藻先生」係

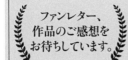